移動迷宮　中国史SF短篇集

飛氘
梁清散
韓松
宝樹
夏笳
馬伯庸
程婧波

大恵和実 編訳

中央公論新社

序

　悠久にして激動の中国史、可能性と想像力をつむぐＳＦ。この二つが融合したらどうなるのか。さらに、世界的に活躍している中国人作家が中国史ＳＦを書けばどうなるのか。もちろんつまらない訳がない。

　中国史ＳＦを初めて読んだのは、二〇一八年の二月。始皇帝と荊軻《けいか》を主人公とする劉慈欣《リウツーシン》（中原尚哉訳）「円」（ケン・リュウ編『折りたたみ北京』早川書房）を読み、眼前に広がる驚異の光景に鳥肌が立ったのを覚えている。その日から邦訳・原書を問わず、中国史ＳＦを読み漁り、いくども感歎のため息をついてきた。

　本書は、そんな中国史ＳＦの魅力に取りつかれた編者が、数多くの中国史ＳＦの中から、八作品を選《よ》りすぐった日本オリジナルアンソロジーである。収録作家は、韓松《ハンソン》・宝樹《バオシュー》・馬伯庸《マーボーヨン》・梁清散《リァンチンサン》・程婧波《チョンジンボー》・飛氘《フェイダオ》・夏笳《シァジア》の七名（生年順）。一九六五年生まれの韓松《ハンソン》を除く全員が一九八〇年代生まれ（中国語では八〇後《ホウ》）である。

　舞台となる時代は紀元前五世紀（春秋戦国）から二十世紀（中華民国）まで、ジャンルも、お馴染みのタイムスリップものから、歴史のｉｆを描いた改変歴史もの、ファンタジー色の強いものなど多岐にわたっている。

　本書の収録作に共通しているのは、中国の台頭著しい二十一世紀に発表された作品であること。そして言うまでもないが、編者が心から面白いと思った中国史ＳＦであることだ。とはいえ、ここに収めた八篇以外にも優れた中国史ＳＦはまだまだあり、ジャンルの重複や紙幅の関係で涙を呑んで削った作品も数多い。これらの作品も、いずれ機会があれば紹介したい。

作品の配列は、おおむね時代順となっているが、どこから読み始めても大丈夫なように、各短篇の前に作品内の時代背景に関する説明を付した。また、編者解説では、中国史ＳＦの概要や、各短篇と史実との関係などについてまとめた。

歴史ＳＦは過去と現在と未来をつなぐ扉であり、並行世界や異世界を覗ける小窓でもある。さらには思考を常識から解き放って混沌《カオス》に誘《いざな》う、めくるめく万華鏡にして迷宮なのだ。そんな歴史ＳＦの魅力を存分に発揮した珠玉の中国史ＳＦを多くの読者に楽しんでいただければ幸いである。

二〇二一年五月

大恵和実

目次　移動迷宮

凡 例

人名ルビは原則、清朝以前の人物には日本語読みを付し、それより後の人物はピンインで表記した。ただし、慣例的な読みや作品の雰囲気により適宜変更した。また、読者の便を鑑み、いくつかの人名ルビは、作中初出のみとせず、繰り返し付した

作品理解に資する補足情報は、注番号を振り、訳注として各作品末に付した。訳者による簡便な注記は〔 〕を用い、本文中に記した

中国史ＳＦ短篇集

移動迷宮

飛　氘

孔子、泰山に登る

上原かおり 訳

春秋戦国時代（前八世紀〜前三世紀：日本列島は弥生時代）は、百以上の小国家がバトルロイヤルを繰り広げて七か国（戦国の七雄）となり、最終的に秦の始皇帝による中国統一を迎えた乱世の時代である。この時代には、経済・政治・社会・思想面などで大きな変動が起き、諸子百家と総称される多数の思想家集団があらわれた。代表的な思想家集団には、孔子の儒家、墨子の墨家、老子・荘子の道家などがあげられる。

本作の主人公である孔子は、様々な苦難や思想家との交流を経て、泰山を目指すこととなるが……。

1

冷たい風が吹きすさぶ寒冬の臘月《ろうげつ》、夫子孔《ふうしこう》※1は弟子たちとともに都から離れた広野で包囲され、孤立して助けはなかった。

正直なところ夫子孔はずいぶん長い年月を江湖にさすらい、軽蔑され、無視され、憎まれ、急に冷たくあしらわれたり、また急に厚く迎えられたり、陰謀に計略、面従腹背《めんじゅうふくはい》、軟禁、陥穽《かんせい》にあい、暗殺されかけたこともあった。あらゆる波風にもまれたが、聡明で目端が利き、心が真っ直ぐであったから、凶運を幸運にかえ、苦難を一つひとつ乗り越えてきた。だから夫子は自分が天命を授かっていることをますます確信し、世俗の小人が彼を傷つけることは絶対にできなかった。しかるが故にこの度、陳と蔡の両国が遣わした烏合の衆に包囲され、荒地の山に足止めをくらい、身動きがとれず、飢えと寒さに襲われても、あいかわらず落ち着き払って弟子たちに『詩』と『楽』を講じていた。

「関関《かんかん》たる雎鳩《しょきゅう》は河之洲《かわのす》に在り……」※2夫子は三日も食べていないとは思えないほどよく通る大きな声で講じた。「詩経には五百もの詩がありますが、ひと言で言いますと、邪《よこしま》でない気持ちということです」

詩は確かに良い詩であったが、藁葺きのぼろ家の中で震え縮こまる数十名の弟子たちの顔は蠟《ろう》のように黄色く、額に冷や汗をかき、きちんと座ってはいるが身が入っていない。よりによってこんな時に乾風《からかぜ》が発熱している頭に吹きつけ、まるで棒で殴られているようだ。こうしてまた誰かが空腹のあまりばたりと気を失った。

夫子は話すのをやめて浮かない顔をした。しかしやはり座ったまま、今度は琴を弾きはじめた。空腹のあまり気を失った伯牛《はくぎゅう》※3は以前から身体が弱かった。みなは彼を隅に連れてゆき水を飲ませた。しばらく経つと伯牛は意識が戻ったが、身動《みじろ》ぎもせず、だるくて目を開けることができなかった。

琴の音は抑揚があり、格調高く厳かであった。みなはそれが先生の一番好きな『文王操※4』であることがわかって静かに耳を傾け、次第に聞き入って空腹さえ忘れてしまった。伯牛でさえ蠟のように黄色い顔に微かに笑みを浮かべた。

一曲終えて、余韻を耳に感じながら、夫子は宙を見つめつつ考えはじめた。厳粛な面持ちで、まるで古代へ、文王を訪ねているかのようだ。

しかしながら、誰かの腹が意気地なくグーグーと鳴った。みな現実に引き戻され、どことなく落ち着きがなくなってしまった。

公良孺《こうりょうじゅ》※5が眉間に皺をよせて夫子に近づき、恭しく言った。「先生、連中は道理がわかる手合ではありません。ここまで譲歩しないということは、わたしたちが死ぬのを待っているのでしょう。わたしが戦いに行きましょう、行かせてください！」

公良孺は武術家で、喧嘩が得意である。以前、蒲《ほ》で包囲された時、彼がたくさんの蒲の者と大いに戦ってくれたおかげで衛《えい》国へ逃れることができた。しかし夫子は、万やむを得ぬ限り、粗暴な真似は許さなかった。

「やれやれ」夫子は公良孺を見た。「あの者たちは痩せてどす黒く、ぼろぼろの服を着ています。目にも力がありません。あの者たちを愛せませんか？」

公良孺は口をつぐんだ。

「あの者たちは奴隷で、天命を知らず、礼儀を知らず、言葉を理解できません。しかし奴隷も人なのです。ですから、愛さねばなりません。それがつまり仁なのです。あの者たちも、わたしたちを包囲せざるをえないのでしょう。戦ったところで何の意味がありますか？」夫子は公良孺がまだ不服そうなのを見て、さらに言った。「それに、あなたにしても何日も食べていないでしょう、勝てるのですか？」

「ではどうしたら良いでしょうか？」公良孺はひび割れた唇をなめた。いささか腹を立てていた。二日前なら一人残らず殴り倒してしまえたのに、夫子が許さなかったのだ。

「もし、天がわたしに使命を与えているなら、あの出稼ぎの農民たちはわたしに対して何ができるというのでしょうか？」夫子はそう言って目を閉じた。

公良孺は顔を曇らせ、引き下がるしかなかった。この時、子路《しろ》※6が息巻いて詰め寄った。「先生、君子にも万策尽きるという時があるのですか？」

夫子は子路が一途な性格であることをわかっていたので腹を立てなかったが、みながいま納得できず不満を覚えていることもわかっていたので、琴をやめ、立ち上がってみなに問いかけた。

「犀でもなく虎でもないのに広い野原を徘徊《はいかい》し、どうしてここまで落ちぶれてしまったのでしょうか？」

含意を解せぬ者は、夫子が何か変わったなぞなぞを始めたのだと思ったに違いない。こういうことにはみな慣れっこになっていたが、やはり顔を見合わせた。数人の高弟をのぞいて、ほかの者は夫子の話をあまり理解できなかったし、体力も落ちていたため、だんまりを決め込んだ。

子路が恨みがましい顔付きで言った。「わたしにしてみますと、実践は真理を試す唯一の指標であり、相手がわたしたちをここに縛りつけ、わたしたちも逃げる力がない。これはつまり、先生の学説がまだ高明でないこと、徳がそこまで高くはないこと、相手は信じていないし従いもしないことを物語っています」

「伯夷《はくい》と叔斉《しゅくせい》※7は餓死しましたが、彼らの徳も高くはないのでしょうか？　比干《ひかん》※8は殺されましたが、彼は聡明ではないのでしょうか？」

子路はにわかに言葉につまり、むしゃくしゃして顔を赤らめた。

もう一人の高弟、子貢《しこう》※9がためらいがちに口を開いた。「あの、おそらく先生の徳は高すぎて、歩幅が大きすぎて、すでに時代の先の先を進んでいらっしゃるのですが、普通の人の理解の範囲を超えているので、誰も受け入れられず、だからわたしたちを生かしておかないのではないでしょうか？　先生、少しゆっくり歩くことはできないのでしょうか？」子貢はいつも実務的であった。

夫子はしばし沈黙したが、それには答えなかった。この時、頬骨が出て、血色がわるく、髑髏《されこうべ》のように痩《こ》けた顔の者がふいに大きな声をあげた。「先生の学説は確かにとても深遠です。宇宙をもってしても納まりきれないのですから、人に受け入れられないのも当然です。しかしそれこそ君子の風格！　道が行われないのは、世人が愚昧であるからで、為政者の恥ずべきことであって、先生が間違っているのではありません。受け入れられないからといって気に病む必要はありません。歴史は最後には公道〔正しい道、正義の意〕をもってわたしたちに応えてくれるでしょう!」この痩せた男は夫子の最も自慢の高弟、子淵《しえん》[※10]であった。彼は菜食主義で潔癖なところがあり、いつも栄養不良であった。最近は麺に灰を混ぜて売る者がいるとの噂が立っているので、彼はなおのこと、日々、簞食瓢飲《たんしひょういん》[※11]で過ごしていた。ひどく痩せているのだが、いまに至るまで飢えて気を失うこともない。しかもこのように力強く大きな声で話したので、みなとても驚いた。

　夫子は二人の話を聞いて後、子貢に厳しく言った。「土地を耕すのが上手だからといって、必ずしも豊作を得られるとは限りません。機転が利き、手先が器用だからといって、作ったものが必ず他人に気に入られるとは限りません。君子の歩みが速く遠くまで行ってしまえば、後についてくる人々は必ずしも追いつけるわけではありません。しかし自分で高遠なところに立つことを望まず、後ろを振り返り、相手に合わせて譲歩するのは、自分の品格を下げる行為ではありませんか? 子貢、あなたは己を律することに関して、あまりにぬる過ぎます!」

　子貢は学問がよくできるばかりでなく凄腕の外交家であり、金儲けも得意で財産家だったから、国の外にも名の知れた人物であった。夫子はこの教え子を気に入っていたが、時には不満も覚えた。だから面と向かって批判し、弟子の進歩を促した。

　子貢は顔を微かに赤らめた。夫子は、今度は顔回〔子淵〕の方を向き、微笑んでうなずいた。

　こうしてみなが慚愧《ざんき》の念にかられて俯いた。とはいえ夫子も結局は心を決めて、公良孺に子貢を安全に送り届けるよう命じた。日が暮れる頃にこっそり山を下り、楚国へ行って昭王に救援の兵を求めるよう言付けたのである。なぜなら、もしも餓死者が出れば、人を愛する原則から外れるからだ。

2

夫子孔と弟子たちが都から離れた広野に閉じ込められて十日目、その日はうららかな日和であった。

青い空に輝く太陽がのぼり、大きな白い雲がゆったりと流れて影を落とし、大地が明るくなったり暗くなったりした。金色の大きな鳥が一羽、白雲の上を飛んでいった。

夫子孔の一行からまだ餓死者が出ないので、陳国の大夫はいぶかり、不安を覚えた。そこで治安維持責任者に調べさせ、間もなく真相がわかった。なんと奴隷たちは無学ではあるが、畢竟《ひっきょう》、禽獣ではなく、人を殺めるのに耐えられず、四日目の晩から、誰かが自分の食べ残したマントーや粥をこっそりぼろ家の外に置きはじめていたのである。

「あほどもが！」陳国の大夫は血相を変えて怒り、裏切り者を捕まえて死刑にしてくれると思ったものの、いかんせん、いまは呉国と戦っている最中、壮丁《そうてい》に欠いているのは確かで、殺すのは割に合わない。仕方なく寛大な措置をとって一人三百回の鞭打ちにした。こうして山の麓に狼とも幽霊ともつかぬ泣き声がひとしきり響くこととなった。

山の上のぼろ家の人々はその声を聞いて気が気でなく、今宵は冷めた粥もないことを覚悟した。辺りはしんと静まり返り、子路が目を血走らせて突然大声をあげた。「先生、助けの兵はまだやって来ません。わたしたちは決死の戦いに挑まなくては！」

夫子孔は押し黙ったまま浮かない顔をしている。

「人が死んでも学説は不滅です。しかし世の中には小人と愚者があまりに多く、先生の意図が曲げられないという保証はありましょうか？　ですから先生は必ず生きながらえなければなりません。ましてわたしたちは義を行っているのです。他人に受け入れてもらえないからといって抗《あらが》わないのは、不義を放っておくということではありませんか？　わたしたちの主張は義によって求めるべきで、力によって奪われるべきではありません」何日も黙っていた子羽《しう》[※12]がついに声をあげた。

夫子は愕然とした。この額が狭く、鼻が低く、口の小さな不男が、思いの外このような見識ある発言をしようとは思ってもみなかった。どうやら自分は容貌で人の良し悪しを判断する間違いを犯したようであると、思わず嘆息したのだった。

みな、先生が黙認したことがわかった。そこで子路と子羽が戦略を練った。誰が突撃し、誰が援護し、誰が先生を守るかを、みな真剣に聞きながら、興奮し、恐れも感じた。

「道を得た者には助けが多く、道を失った者には助けが少ない。それに、哀兵必勝〔悲しみに奮い立った軍隊は必ず勝つ〕と言うではないか！」子路は目を輝かせ、発破を掛けた。

みな闘志に燃え、敵に読書人の気骨を見せてやろうと決意を固めた。

忙《せわ》しく荷造りし、先生を車に乗せた。まさにこの時、金色の大きな鳥が白い雲間から現れた。広野の者たちはそれを見て大騒ぎした。山の上の者たちも急いでぼろ家から飛び出し、その珍しい鳥を見上げた。しかし日差しが眩しかったため、きらきらと光る鳥が空をかすめて下りて来るのしか見えなかった。脇腹に「楚」という黒い字が見えたようだ。思わず驚いて、声をあげてのけぞった。金の鳥は右へ左へ傾きながら山麓の枯れ草の広場に着地した。そして、陳蔡両国の陣営に突っ込み、あれこれかき回して上を下への大騒ぎを起こした。無数の天幕をなぎ倒し、滑るように数百歩進んでから、ようやく立ち止まった。

子路と子羽は二人とも強く勇ましい男であったから、ほんの一瞬で驚きの中から我に返り、大きな好機を逃さず声をあげ、みなを統率して一気に山麓へと突撃した。山麓で包囲していた兵士たちは、不意をつかれて応戦する間もなく亡き者となった。それに、奴隷たちは鞭で打たれたばかりであったから、命がけで戦う者はなく、敵軍は総崩れとなり、惨敗を喫することとなった。

公輸般《こうしゅはん》※13は天下に名高い工匠であった。彼が作ったものはどれも極めて精妙で、普通の人にはわけがわからなかった。夫子孔は聖人であるが、そのような妖怪のごとき風変わりな物には興味がなかったため、ほかの者と同様に理解できなかったし、見る気もなかった。

「太陽が照れば地上は熱くなり、種に芽が出て花が咲き、実を結びます。人は、食べれば動き回る力が出ます。天地万物は次から次へと生じて止むことがありません。というのは〝能〟があるからです。〝能〟は生まれるのではなく、また滅びもしません。世界の一切は〝能〟の千変万化に過ぎません。〝能〟の奥義がわかれば、だいたいのことはできます。たとえば、木材の塊を飛ばしたり。わたしはそれを飛行機と呼んでいます……」公輸般《こうしゅはん》は木材で作った金色の大鳥のかたわらに立ち、熱心に夫子孔と弟子たちに講じた。彼はまさにその金の鳥に乗って天から降りてきたので、誰もが度肝を抜かれたのだった。

「ならば、先王の礼楽も〝能〟だったのでしょうか？」夫子は無表情に公輸般《こうしゅはん》の話に水を差した。

この話をしている時、空の色はすでにだいぶ変わっていて、何時《なんどき》なのかわからなかった。太陽は厚い雲の後ろに隠れ、陰気な風が吹き、湿った空気が辺りに広がり、真夏のようで、少しも真冬の感じがしない。ついさっきまで争っていたので、誰もがまだ興奮気味で、落ち着きを取り戻していなかった。公輸般《こうしゅはん》が近頃〝能学〟なるものを広め、何やら奇妙なものを作ったという噂は聞いていたが、誰も信じていなかった。しかし、いましがた人が天を飛ぶのを目の当たりにして、遅ればせながらその学問のすごさを知り、驚きと恐れを感じずにはいられなかった。とはいえ、先生がそばにいたため、軽々しく口を利くわけにはいかず、黙って聞いていた。

「それは……道理からしますと、全ては〝能〟の変化によるものです。ですから、礼楽の類もそうでしょう……」公輪般《こうしゅはん》はすこしためらった。彼は創造の奥義の研究に専念することや、実在する物を作るのが好きで、礼楽の類には、実はあまり関心がなかった。

「それでは、お尋ねしますが、礼と楽が崩壊したら、〝能学〟は人心を救うことができますか?」

夫子は冷ややかに尋ねた。

「それは……」公輪般《こうしゅはん》は前々から夫子孔が変わり者だということを聞いていたが、人が空を飛ぶような偉大な奇跡に対してさえ、このように少しも心を動かされないとは思いもしなかった。そこで彼も冷淡になり、軽蔑するように言った。「道理からしますとできます。ただ、やろうとすると面倒です。わたしはそんなことに手間をかける気はありません」

「ふむ」夫子はこれ以上話す気はなくなったが、誠意を込めて敬礼し、謝意を示した。

公輪般《こうしゅはん》は返礼し、この老人と言い争わないことを腹に決めて笑みを浮かべた。「楚王はもともと大軍を起こして救援に当たらせるつもりでしたが、子貢先生がおっしゃるには、あまり長くは持ちそうもないとのことで、折しもわたしは新しく飛行機を発明したところでしたから、楚王はわたしを遣わし揺さぶりをかけさせたのです。風に乗って進めば一日に千里ですから、ちょうど間に合います。もともとは気勢を見せて敵のぼんくらどもを脅すくらいのことを考えていたのですが、着地の技術がまだ未熟なもので突っ込んでしまいました。相手はめちゃくちゃになるし、わたしも脳震盪を起こすし……へへへ、こちらのみなさんを傷付けなかったのは幸いでした」

「誠に感謝に堪えません」夫子は穏やかに言った。「では、参りましょう」

「そんなに急ぎません。飛行機が壊れたので修理をしなくては。敵もすぐには戻ってこないでしょう。それに天候が怪しい。救援軍ももうすぐやって来ますので、少し休む方が良いでしょう。何か食べて精をつけましょう」

雨雲が垂れ込め、陰気な風が吹いていた。夫子は、弟子たちの顔色が悪く、やつれて活気がないのを見て言った。「それもそうですね」

こうしてみなは散らかった野営地を片付けながら穀物や肉の燻製などを探し出し、火を起こして飯を作った。米の香りが漂いはじめたころ、雨粒が落ち始めた。みなは大急ぎで粥の鍋を天幕に運び入れた。雷の音が何度かして、どしゃぶりの雨となった。

真っ暗な天地に、時折閃光が走った。みなで鍋を囲み、燻製肉を食べ、まだいくらか生煮えの粥を啜った。

3

夫子孔は、稷下《しょくか》の学宮で、何年も会っていなかった老聃《ろうたん》※14と再会し、大いに驚いた。

「ここでお会いするとは思いませんでした」夫子孔はすでに各地の国々で信望を集める大学者であったが、昔の先生に対して礼儀正しく挨拶した。内心、少し気まずく、驚きと恐れを感じ、久々の再会に感激もしていた。

「ああ」老聃《ろうたん》は彫像のようにそこに佇んでいる。その顔は満面皺だらけだが、隅々まで凪《な》いでいる。薄くなった白髪と耳にかかった白い眉が夕風に吹かれて乱れ、ゆったりとした黄色い長衣がしきりになびいている。

その時、天下はさらに太平から遠のいていて、夫子孔も老いを迎えた。

名声はますます高まってはいたが、事業はあいかわらず進まなかった。少し前、楚の昭王の計らいで七百里の土地を封ずることになりそうだったが、思いがけず子西《しせい》という者の邪魔が入ってだめになった。重用されず、毎日ひまであったから、学術に専念するしかなかった。当地の文化を研究したところ、中原の文化に及ばなかったため、多くの専門書を書き、馬車五十台分になった。しかしながら一巻も売れず、仕方がないので高官や身分の貴い人たちにただで贈呈したのだが、外見を飾った文学作品と見なされたり、子供の手習いに使われる始末だった。ところが子貢がふと奇策を考えた。みなを集めて先生が常々話していることを書き留め、冊子にまとめたところ、庶民の人気を集め、あっという間にベストセラーとなり、ずいぶんたくさん稼ぐことができた。夫子は少し機嫌を悪くしたが、銀子《ぎんす》があれば馬車を修理できるし、弟子たちに格好がつく服を買ってあげられるので、それも悪くないと考えた。まもなくして昭王が亡くなると動乱が起き、多くの者が殺されて、国外の者までひどい目にあった。公輸般《こうしゅはん》のように才能のある者さえも危険を感じて、あっさりと飛鳥に乗ってよその土地へ行ってしまった。夫子もがっかりして何をするのも嫌になった。それに胃の調子も優れなかった。これは楚国の料理に慣れなかったためである。接輿《せつよ》という義人が、こっそりと、子西が謀殺を企てていると教えてくれた時、夫子はみなを連れて立ち去った。もともと陳国に戻るつもりであったが、途中、招待状をもらった。なんでも、斉国の稷下《しょくか》学宮で斉と魯の論壇を開いて斉魯の共栄主義を宣揚し、文化事業を繁栄させるために学術的論争を行う諸子百家を招くという。夫子は年のためか懐かしくもあり、旧友たちに会いたくなった。もう一度「韶《しょう》」※15を聞いて、斉国がどんな成果をあげているのか覗いてみるとしようか。

そこで弟子たちを連れて論壇に参加することにした。

対外的な印象をよくするため、各国は人材を礼遇すると発表し、文化面での存在感の増強を図った。あらゆる国際紛争は学術の名のもとに暫時停止し、各地の堅固な関所も規制がずいぶん緩和され、みなは文化界の著名人の風采をひと目見に行こうとした。学宮の周りの宿屋は満室となり、かつてはひっそりと物寂しかった横丁に、のっぽだのチビだの、太っちょだの痩せっぽちだの、種々様々な人がにわかに入り乱れ、十七八種の、互いに通じ合わない言葉が飛び交い、とても賑やかな感じがする。

論壇の勢いはすさまじく、各学派が代表者を送り込んで自らの学説を宣伝し、互いに反論した。宣伝が功《こう》を奏《そう》して、孔門の論壇は満席になった。秋になってはいたが、ぎゅうぎゅう詰めでむしろ少し蒸し暑いくらいだ。夫子はすでに高齢で長くは座っていられないため、線香半分の時間のみ講義し、仁義と忠恕《ちゅうじょ》の問題を少し話すと、立ち上がって降壇を告げた。聴衆が満足するわけもなく、大金を払って入場したのだから必ずサインをもらうのだと周りを取り囲んだ。さらに、痩せて汚れた顔の者数名が夫子孔と論争しようとして声をあげ、会場は騒然となった。幸い主催者は予め心得ていて、孔先生の高弟の子路にサイン販促の代わりを頼み、夫子本人はりっぱな体格の男たちに守られて通用門から出て行き、背後には失望の声が起こるのだった。

「今後はこのようなことをしてはなりません。わたしたちは義を求めるべきであり利益を求めてはなりません」夫子は浮かない顔で言った。子貢はしきりにうなずいた。今回のサイン会は彼が計画したのだ。

宿屋に戻ると、夫子は気持ちが落ち着かず、晩餐がまだ始まらないのを見て、こっそり裏口から気晴らしに出かけた。歩いていると、足の不自由な乞食たちに小銭をせがまれた。その後、人気のない場所めがけて歩いた。何もない丘に登ると、なんと老聃《ろうたん》に遭遇した。無論とてもいぶかしく思った。正直なところ、御老人はとっくの昔に世俗を離れたと思っていた。

「先生は関所を出て、西へ向かわれたのではなかったのですか？」夫子孔はついに好奇心を抑えられなかった。

老聃《ろうたん》は落ち着き払ってそこに佇み、唇を微かに動かした。「あなたはまだわからないのですか？反《はん》は道《みち》の動《どう》なり。※16 西は東であり、上は下なのです。福と禍、是と非……」またひとしきり風が吹いて、老聃《ろうたん》は口をつぐんだ。まるで風が彼の言葉を吹き飛ばしてしまったかのようだ。遠くで黄砂が巻き上がった。

まさか、ずっと西へ進めば東に着くことができるというのか？　若い頃ならば、きっと承服できず、でたらめな話だと思ったに違いない。しかし時が経ち、気性がずいぶん和らいで、かつまたこの頃この類の問題について途方に暮れていたため、御老人の話は本当にいくらか道理があるかもしれないと思った。

「先生はすでに完全に生死を超越され、天地造化の奥義を悟ったことでしょうね？」

「うむ、こういう話はよしましょう」老聃《ろうたん》はため息をついた。

そこで二人とも沈黙し、遠くの山を眺めた。深紅色の空を、カラスが悲しげに鳴きながら旋回している。夕風に吹かれて、二人の老人は寒さに身を縮めた。

ここ数年、夫子の顔見知りは一人また一人と他界してしまい、自分も老いて、体内の気勢は以前ほどではなくなった。そんな時に老聃《ろうたん》に出くわしたので、まことに万感こもごも胸に迫り、感動すら覚えた。そこで少し迷ったものの、胸の内の秘密を唐突に口にした。

「先生、わたしは泰山に登ろうと思います」

「うむ」老耼《ろうたん》の目がさらに細くなった。まるで眠ってしまったようだ。「あなたは地上で十分に見たのですか？」

「はい。わたしは諸国を遍歴し、各地の話もすべて聞きました。めずらしいものもたくさん目にして、様々な儀礼と音楽を理解しました。当初は、良いものとひどいものがあって我慢ならないと感じましたが、いまは年を重ねて、犬のように困窮して流浪の身となることにも慣れ、どうしても世渡りのことを考えてしまいます。あいかわらず自ら道を実行していますが、なかなか賛同が得られず、だんだんと、地上のことは実はほとんど似たり寄ったりではないかと思うようになりました。わたしは毎日何度も反省しています。その結果、自分ではわかったつもりでいたことが、本当にはわかっていなかったことに気づいたのです。人心純朴でなくなったのなら治さなくてはなりませんが、しかしどのような治し方があるでしょうか？　そこでわたしは天に教えを請いたいと思いました。前回、魯国が文学者の討論を開いた時、わたしたちを東山に招きました。山頂に登ってわたしははじめて知りました。魯国は泥団子に過ぎなかったのです。そこで考えました。自分がこれまで話していたことは、単純だったのではないかと。しかし東山にしてもまだとても小さく、天にはまだまだ遠いですから、わたしは泰山に行きたいと思いました。聞くところによりますと泰山はたいへん高く……平地から遠く離れていて、天に近く、雲の上にあるそうですから、新しい考えが浮かぶのではないかと思ったのです」

夫子は一気にこんなにたくさん話したので、微かに顔を紅潮させ、すこし息をきらしていた。

老耼《ろうたん》はわずかに首をかしげて孔のほうに振り向いた。そわそわ不安げな孔の様子を目にすると、かつての凄まじい気勢が思い出されて気の毒になり、ため息混じりに言った。「あなたの心は、まだ落ち着いていないのですねえ。欲しいものが多すぎると、不足するのです。一つも求めなくなってはじめて強い心、真正直になれるのです……」

空がますます暗くなり、遠くの山の麓に炊煙が立ちのぼった。

老耼《ろうたん》がこのように言うのはわかっていたが、夫子はやはり受け入れることはできなかった。

「天の様子を見たこともないのに、どうして天道をわかったと言えましょうか？」

老耼《ろうたん》は笑っているような、いないような面持ちで言った。「行かなくても、たどり着かないことはなく、どこへ行かずとも、宇宙のどこへでも行ったことになるのです」

夫子孔は寂し気にひとり言を言った。「わたしはいつも、わたしのことは天だけがご存知だと思っていました。しかしいま、自分が天を理解してはいなかったことがわかります。わたしの道も命とともに終わるわけですが、わたしは見てみないことには納得がいかないのです」

夕焼けが暗くなり、夜の帳《とばり》が降りた。世界は暗闇に包まれ、陰気で湿った空気が辺りに広がった。老耼《ろうたん》は踵《きびす》を返した。「行きたければ、行きなされ」そう言うと悠然と立ち去った。

4

「泰山は天を支える柱です。それが数百層の空を突き、天を支えているのです。人に登れるわけがありません……」夫子が泰山に登ろうとしているという噂を聞き、季康子《きこうし》※17がまっさきに駆けつけて諫《いさ》めた。「……先生は聖人であり賢人でありますが、しかし……昔から泰山に登ろうとした人は少なくありませんが、途中で引き返したり、足を滑らせて死んでしまったり、失踪してしまったりで、頂上に登った人はいません。いつも山で薬草を採っている者でさえ、玉皇坡《ユィホアンポー》〔泰山最高峰の玉皇頂に至る坂道〕まで行ったら、行ける所まで行ったことにしたのです。その先は神の森、人には踏み入ることはできません。どれだけの人がむざむざ命を落としたことか。それに、そこから上は雲霧が広がっていて、何もかも氷と雪に覆われている……無理です、なりませぬ！」

季康子《きこうし》は魯国の権勢ある高官で、夫子との関係は良かった。泰山は天を支える柱であり、魯国の聖地であり、登りたい人も多く、毎年、命を落とす冒険家は少なくなかった。だから魯国では禁令を発し、特別な理由がない限り、役所が通行証を発行することはなく、勝手に登るのは違法であり、そしてこの事は季康子《きこうし》の管轄であった。

「もしも天がわたしに求めていないのならば、自然とわたしを挫折させることでしょう。もしも天がわたしに行かせたいのであれば、自然とわたしを助け、災い転じて福となりましょう」夫子は落ち着きはらって答えた。このようなことは彼がこの一生で何度も口にしたことであり、信じてきたことである。

「まったく、先生のその理屈は、ほとんど敵なしですね……そうはおっしゃっても……お身体にしましても、若い頃とは違うのです、どうして登れるわけがありましょうか？　無理です、なりませぬ！」季康子《きこうし》はやはり諫めた。

「きっと何か方法があるはずです」夫子は泰然《たいぜん》として答えた。

「先生はなんと言っても国学の大家でいらっしゃる。万一のことでも起きましたら、わたしどもは責任を負いきれません……先生が気晴らしをしたいのでしたら、旅行の手筈をととのえましょう。さらに土地も準備して、学問に専念していただけるようにいたします……」

「大いに感謝します。しかしその気遣いには及びません」夫子は礼を述べ、客を送った。

聖賢が郷里に錦を飾り、魯国の国中が三日祝った。こうしてみなが夫子を国の宝と見なすようになり、このような著名人が出たことを誇りに思った。大学から講演に招かれれば、辞退しにくい。高官、高貴の者たちも会いに来て、為政の道理について教えを請い、たくさんの進物を贈ってきた。夫子は礼儀正しく挨拶し、自身の語録を贈って返礼とした。このような賑わいが三か月ほど続いて、ようやく静まった。夫子もあまりに気を遣ったために病に伏してしまった。季節はすでに冬となり、夫子は家で静養するしかなく、年が明けて春になるのを待って行動を起こすことにした。

「いま、国はついに先生を重んじるようになりましたね……」みなが近くに寄ってきて、夫子の枯れた樹皮のような顔を見ては心を痛め、慰めの言葉をかけようとした。

夫子は首を横に振って弱々しく言った。「口ではわたしを敬っても、わたしの主張を実行しないのですから、礼儀に適っていません。わたしは重用されずして〝国宝〟と呼ばれており、名実相伴っていません。礼儀を失すれば社会は混乱しますし、名実相伴わなければ過失を生じることでしょう。あなた方は彼らに学んではなりません」そう言うとため息をついて目を閉じた。心は疲れていた。

みなは感動すると同時に、先生もいずれはあの世へ行ってしまい、このように自分を教え諭す人がいなくなってしまうことに思い至り、思わず気が塞《ふさ》ぎ、感傷的になった。

「先生、やはり泰山へ行くのはよしてください。わたしは占ってみたのですが、それはあまり宜しくないようです」子木《しぼく》[※18]は夫子から『易』を学び、よく心得て、この頃はともすれば八卦《はっけ》を見るようになった。

「『易』は実に奥深いものです。わたしははっきりとは研究していませんが、あなたはわかるようになったのですか？」子木は顔を赤らめ、二の句が継げなくなった。

夫子は眠りにつき、そして夢を見た。

夢の中で、赤く、長い獣が空を飛び、行ったり来たりしていた。


そして臘月《ろうげつ》二十三日、ようやく初雪が降った。

子貢が入ってきた時、夫子は炉のそばで『詩』を選《よ》り分け、削っていた。簾《すだれ》のめくられた入口から冷たい風が雪とともに吹き込み、風に吹かれた炉の火が勢いを増した。

夫子は自分の命がもはや長くはないと感じていたため、以前にも増して勤勉になった。自身の学説は、他人は聞くのを嫌がるし、自分でも説くのが煩わしくなったため、近頃は書物を書き著すよりも古い書物の編纂を好んで行った。『詩』には数千首あった。以前、五百まで削ったが、まだ儀礼にそぐわないものがあるように感じられたため、さらに少し削ることにしたのだ。しかし生気が弱っているために、休み休み進めるしかなかった。

「先生、まだそんなことをされているのですか？」子貢は礼儀正しく挨拶をしてから尋ねた。

「ええ。三百首まで削ったところですが……削っても削っても、これで良いということがありませんね」夫子は一巻《ひとま》きの竹簡を手渡した。竹簡には名目がびっしりと書かれており、一部に、朱色でまるとばつの記がついていた。

「わたしもだいたいこんなところだと思います。先生、ご自分の身体も労《いたわ》らなくては」子貢はひとしきり詳しく見てから、半ば冗談まじりに言った。「実を言うとなかなか良いのもあります。削るのももったいないようなのが。内々に番外編を出しては……」

「うむ……」夫子はしばしぼんやりとした。どうやらこのことはもう考えていないようだ。「すべて買いそろえましたか？」

子貢はうなずいた。「あちらこちらで争いが起きていて、物資が不足しています。幸い、知り合いがおりますので、特別の客にとってあるものを分けてもらいました。それで大体は揃いました。出版界は今年不景気でして、『論語』の売れ行きは昨年ほどではありません。ですがそれでもけっこう稼げました。年越し用の品を買い終えても、まだけっこう残っています……」

夫子孔は満足そうにしばらく子貢を見つめ、おもむろに口を開いた。「みなに分けてください。正月が過ぎたら、解散してください」

「承知しました」子貢は少しためらいがちに切り出した。「それから、途中、ある人に出会いまして。ぼろぼろの服を着て、顔の汚れた者が、水をくれと言ってきたのです。わたしは彼が渇き死んでしまうのではないかと思いまして、どうも悪党にも見えませんし、連れ帰りました」

夫子はうなずいた。「どうぞこちらへ」

こうして黒い顔の、のっぽの痩せた男が入ってきた。服は雑巾の方がまだましなくらいにぼろぼろで、痩せこけた骨格にひらひらと引っかかっているようであった。履き潰したわら靴を腰に掛け、裸足でそこに立っている。頭から爪先まで黒く、まるで雷に打たれて焦げた枯れ木のようだ。

「お邪魔します」黒い顔の男は拱手の礼を行った。喉に砂がつまったかのようなかすれ声であったが、瞳は星のようにきらきらと輝いている。

「はやく何か召し上がりなさい……」苦しんでいる人を見ると、夫子はいつも心穏やかではいられなかった。

子貢はすぐに男を厨房へつれてゆき、鍋の蓋をあけて粥をどんぶりに入れてやり、二十個のマントー、肉入りの味噌を一碗、生姜の薄切りの入った小皿を並べて言った。「ゆっくりお召し上がりください」黒い顔の男も遠慮せず、座ってさっそく食べ始めた。

　線香がまるまる一本燃え尽きた頃、大男が出てきた。夫子も子貢もたいへん驚いた。あの皮袋のようになっていた骨格は、まるで水につけた乾物のように、にわかに何倍にも膨張し、いま広間に立っている姿は実にたくましく、まるで黒い鉄塔のようであり、声もよく通るようになった。

「ああ、もうずいぶん長いこと満腹したことがありませんでした。誠に感謝に堪えません！　これでまた元気を取り戻しました。やれやれ……やるべきことが多く、やり終えることができません……わたしはただ、ここを通った時、水をいただこうと思ったのですが……けれども人は恩に報いるべきです。聞くところによりますと、先生は泰山に登るおつもりだそうですね。わたしは賛成しませんが、手助けいたしましょう……」

　夫子はわけがわからず、尋ねた。「まだ御尊名を伺っておりませんでしたね？」

「大した者ではございません。人からは翟《てき》※19と呼ばれています……」男が笑うと、きれいな白い歯がこぼれた。

5

　その年の春は早くやって来た。正月が過ぎたと思ったら、もう川が溶けて砕《くだ》け、至るところ氷のかけらがきらめいた。潤った川べりに、でっぷりとしたものが立ち、真っ赤で、遠くから見るとまるで岸に乗りあげてしまった金魚のようであった。

「軽いものは上へ漂い、重いものは下へ沈む。火で炙れば、熱気は自ずと人を天へと飛び上がらせます」翟《てき》は説明した。「これがあれば玉皇坡《ユィホアンポー》までひとっ飛びです」

「すごい！」季康子《きこうし》は賞賛した。「大きな川も険しい山も、もはや問題ではないのですね。やはり技術こそ第一の生産力です！」

「まあそれは、やはり人を根本としなくては」と、翟《てき》はうやむやに言った。

「もっと高く飛べますか？」子路は尋ねた。

「飛べます、けど……勘弁してください。わたしは鬼神を崇敬しているのです。玉皇坡は人間界の境界碑。わたしはそこにまでしか送れません。その先はあなたがたの運命次第です」

夫子はただうなずいて、雲桴《うんふ》〔雲をゆくいかだの意〕を見つめた。皺だらけの顔にいくらか憂いの色を漂わせている。


雲桴には三人しか乗れないため、夫子は翟《てき》のほかに子路だけを連れて行った。他の者たちも一緒に行きたがったが、夫子の心は決まっていて、みなどうしようもなかった。

「いま、世の中は荒れています。あなたがたは、それぞれ真面目に取り組むべき事がありますから、一緒に行くべきではありません」誰が説得しようと夫子はただそう答えた。

「わたしは行って見てみるだけで、すぐに帰ってきます」そして子貢に言った。「なにか起きたら、あなたが面倒を見てください」

子貢は深くうなずき、みなの目が赤くなった。


三日後、追い風の良い日となり、魯の要人や各国の大使が夫子を見送りに来た。翟《てき》が夫子孔子路を雲桴に乗せ、縄をほどき、火をつけると、雲桴は地上を離れて空に向かった。

足元の大地は次第に遠のき、地上の人、家、畑、川は小さくなった。黒い土、緑の湖、白い煙、なだらかな緑の丘が色とりどりで美しい。塵芥《ちりあくた》は次第に見えなくなり、何万里の景色が広がった。前方に金色の丸い太陽が見え、耳元で笛の音のように響く風が冷気をもたらし、頭上の火鉢は燃え盛る炎で熱くなり、黒い煙と人を焼かんばかりの熱を発して雲桴を膨らませ続け、いくつもの山や川を渡り、いく層もの雲をのぼってゆく。

「雲にのぼり霧に乗るというものだ、ははっ！」子路は猛者《もさ》であったが、それは地面の上の話で、空を飛ぶのは初めてだったから、やはりいくらか動悸がして目眩を覚え、わざと大声で叫んだのだった。

翟《てき》は火鉢に木炭を加え、子路に向かってにっこり笑った。その自信に満ちた顔に、子路は感動した。

夫子は少し寒気がして関節が痛んだので、犬の皮の膝当てをしっかりと巻き付けた。呼吸をするのがやや難しくなり、刻一刻と不安が募り、顔も青ざめてきた。

「空の高いところは空気が薄い。これを数回吸ってください」翟《てき》は枕のような革袋を手渡した。夫子が皮袋の口を鼻にあてて栓をひねり開けると、五臓六腑に空気が流れ込み、数回吸ったらすぐに楽になった。

「幾千万もの景色を一望に収めています。しかも移動もできるとなれば、泰山に負けていませんね」翟《てき》は冗談を言った。

夫子も微笑んだが、何も言わず、ただ眼下でますます遠のく山河を見つめた。大きな国一つ一つが手のひら大の砲弾のように小さくなり、わが人生で歩みし足跡は、一本の細い線に過ぎなかった。

雲霧ははてしなく続き終わりがなく、大きな明るい火の玉が、何に引かれるのでも、ぶら下がるのでもなく浮かび漂っている。山脈はもはや低く遠のき、前方に蒼茫《そうぼう》たる山頂が広がった。氷雪の鎧《よろい》に覆われ、雲海を穿ち、さらに遠くの高みへと突き伸びて、青銅色の天空のなかへ消えている。見上げると、まるで空からぶら下がる巨大なつららのように見え、どこまでも広がる空の中できらきらと輝いていた。

「あれが泰山です」翟《てき》がそっと告げた。

「いかにも」夫子はうなずいた。


玉皇坡《ユィホアンポー》にはちょうど粉雪が降っていた。

やけに高い松の森が山を取り囲み、まるで緑の腰帯のようで、万年雪をさえぎり、そして人の行く手を阻んでいた。森のふちに草地があり、草地の脇には木造の小屋があった。雲桴は微かに震えて草地に下りた。

三人は急に別の季節に入り込んだような感じがした。火鉢の火はすでに消えているのに、足元には熱波の厚い層が広がっており、地下に熱い炉があるかのようだ。地上に落ちた雪はすぐに溶けて白い煙となり、そこはまるで温泉の池のようであった。熱い湿気がおし寄せ、松林の清い香りと混ざり合い、毛穴から入り込んで五臓六腑に染み渡った。何とも不思議な感じがして目眩を覚え、もどかしい気分になった。

「山で薬草を採る者から聞いたことがあります。この森は神が作った屏風《びょうぶ》で、人は通り抜けてはならないし、通り抜けることもできないそうです」翟《てき》は生い茂る松林を見つめながら静かに言った。「泰山に登る者は、ここまで来たら歩みを止める、それで十分なのです」

その松林は幾世《いくよ》にわたり生え続けているのかわからない。何十人分もの丈《たけ》があり、広く伸びた枝やりっぱな葉が水滴で覆われ、漂う白い霧の中で青々として美しかった。三人は静かに森を見つめ、思いが乱れ飛んだ。

「音がするようだ」子路が気を張りつめた様子で言った。

微かにざわめく音がしたが、すぐに消えた。三人はしばらく注意深く耳を傾けたが、それ以上何の気配も感じられなかった。しんしんと雪が降り、水蒸気が立ちのぼり、松林が絶壁のようにそびえるだけで、そのほかには、静寂のみが果てしなく広がっていた。

6

「雲桴に乗れば天下を見渡せます。なぜまたこの泰山に登らなければならないのですか？」翟《てき》はそう言いながら乾燥させた野菜を鉄鍋に放り込み、水を加えて火を起こし、蓋の上にマントーを置いた。「あの上は雪と氷しかなくて、登るのは差し障りがありますし、見て面白いものなどないと思いますが……」

その木造の小屋は、おそらく薬草を採る者たちを吹雪から守るためのもので、中には火炕《オンドル》と大鍋があり、薪が積んであった。これらを翟《てき》は下見していた。彼は夫子孔が国の宝であることを知っていたから、事前に一度ここへ飛んで来たのだ。

「ああ、あなたはまだ若いので、年寄りの気持ちがわからないのです」夫子は鉄鍋の下でおどる炎をぼんやりと眺めている。

翟《てき》はしばし考えこみ、そして言った。「それでは、一日待ちましょう……麓ではあちこちで戦《いくさ》中ですから、わたしは本当に、長くは待てません。夜になってもあなたが戻らなければ、わたしは一人で山を下りなくてはなりません」

子路はふと霧深い松林を思い出し、にわかに焦りを感じて、登山なるものがかつてないほど重くのしかかった。師匠を見ながら、何か言いたいと思ったが、何と言えばよいのかわからない。

「良いでしょう」夫子は落ち着いた顔で、さらに子路に向かって言った。「あなたもついて来ないでください。ここで翟《てき》さんと一緒にいてください」

「それはなりません！」子路は即座に声をあげた。「先生がいらっしゃるなら、わたしも参ります！」

「吉と出るか凶と出るかわからないことですよ。あなたはまだ若いので、もっと役に立つことをするべきです。わたしと一緒に危険を冒してはいけません」

「いいえ！　ここまで来たんです、絶対に一緒に参ります！」子路は焦って顔が赤くなった。

「ああ、あなたはやはりとても頑固ですね」夫子は首を横に振った。

揉めているうちに鍋に湯が沸き、野菜の葉が湯の中で踊りはじめた。三人は熱い野菜汁を飲み、漬物と干し生姜の薄切りをつまみながらマントーを食べた。


食べ終わると、子路は珍しく眠くなり、横になってぐうぐうと眠ってしまった。雪はとうに止み、夫子と翟《てき》は扉を押し開けて外に出た。地面の熱はすでに引いていた。再び襲ってきた寒気がゆっくりと泥を凍らせ、辺りは氷の広場となった。満天の星がきらきらと輝き、銀色の光が地上に降り注いでいる。霧はすでに消え去り、松林は星空の下で物音ひとつ立てず、その長い影はまるで壁のようで、鬱蒼《うっそう》として畏敬の念を起こさせた。

実のところ翟《てき》は夫子孔の学説をあまり買っていなかった。天下に大きな不利益をもたらすと考えていたのだ。しかし本人を目の前にしたとき、頭が少し古臭いだけで、その心意気は意外にも悪くないと感じたのだった。だから別れが迫ると少し悲しくなり、気持ちが明るくなる話を切り出した。「わたしのこの発明についてどう思われますか?」

「そうですね」夫子は我に返って雲桴に目を向け、しばらく考えてから言った。「良いですね。少し前に公輸般《こうしゅはん》さんに会った時、彼も何か飛ぶものを作っていました……将来の世の中は、大きく変化するのかもしれません。わたしは時代の流れについていけないかもしれません」夫子は嘆息して、無意識のうちに足をさすった。若い時に方々走り回った時の冷えが、いまとなっては骨の髄まで染み込んで風湿〔リウマチの類〕となり、風が吹くとしくしく痛みだした。

「ああ、あの人には、まったく悩まされます……」翟《てき》は頭《かぶり》を振った。「〝能学〟は理にかなっていますが、取り憑かれたように夢中になってしまって、〝能〟を理解すれば天下無敵になれると思っている。飛行機は強力ですが、最終的には人を根本に置かなくてはなりません。わたしは何度も訴えましたが耳に入らないようで……」

「彼は〝器《どうぐ》〟しか知らず、〝道《みち》〟が見えていないのです」夫子はため息をついた。「こんなことでは、百害あって一利なしですね」腫《は》れた関節があいかわらず痛んだ。哀公《あいこう》※20は毎月彼を温泉に招いたが、残念なことに長年関節炎を患《わずら》った二本の足は、結局のところ、若い頃のように速く歩くことはできない。寄る年波には聖人であってもかなわないのだ。

「まったくです。しかしわたしは彼とは違います。彼は科学のために科学的であり、わたしは兼《けん》愛《あい》のために科学的なのです」翟《てき》は振り返り、真剣な面持ちで夫子を見つめた。「あなたが〝道〟を重視していて、〝器〟を軽蔑していることを知っています。しかし、器が悪ければ物事は成し難い。たとえば、誰かが千里離れた場所で不義を行っているとすれば、その者を退治しなければなりません。歩けば一月かかってしまうところを、雲桴に乗れば一日で済む。それに、衣食住と移動はいずれも器物に頼っています。豊作は餓死者が出るより良いことですし、他郷に寄寓するのが便利なことは愚公が山を移すのに勝り、人に利益をもたらすことが良いのです。仁とは人を愛すことだと、あなたもおっしゃっているではありませんか」

夫子は目の前の得体の知れない深い森を見て、思いがいささか乱れた。しばらく考えてから、おもむろに口を開いた。「そうは言いましても、器物が巧妙ですと、人々の心は乱れてしまうのではないかと思います……」

「しかし、人々の心を正すためには、まず腹を満たさなくてはならないことを忘れないでください」翟《てき》は若いだけあって反応も早かった。「〝道〟がなければ、〝器〟は邪道を進んでしまう。しかし〝器〟がなければ、〝道〟を実行することはできません。器があるだけではだめですが、器がないのも、やはりだめなのです。およそ全てのことは、偏った見方に固執してはならないのです。それにあなただって、過ぎたるはなお及ばざるがごとしと主張しているではありませんか？器にしても道にしても、やり過ぎはいけないでしょう」

「そうですね」夫子の考えはまだ揺れていて、しばらく沈黙してからようやく翟《てき》を振り向いた。「そうですね、これらの話には、いくらか真実があると思います……わたしはあまり賛成しませんが、しかしあなたから学んだことも多い。今後また考えてみます……」

「ええ」翟《てき》の顔がほころんだ。「実のところ、わたしたちが求めていることは同じで、ただやり方が違うだけなのでしょう」

夫子は年老いた顔に乾いた笑みを浮かべ、笑い声は夜の深みに飲み込まれた。北斗七星が頭上にかかり、まるで手がとどきそうであった。

7

森の中に路《みち》はなかった。

夜明け前に、地下の熱波が再びゆっくりと上昇した。一時《いっとき》〔二時間〕も経たないうちに、地上の氷のかけらが熱せられて蒸気になり、松林は再び白い靄《もや》に包まれた。足元の泥土は生乾きで湿っており、少し滑りやすかった。布袋を背負った子路と、木の棒に寄りかかった夫子は、互いにつかまりあって、少しずつ登っていった。

陽光が霧の中に広がり、松の葉から時折露が滴り落ちた。鳥のさえずりは聞こえず、羽虫も見当たらず、木々と石のほかには、至る所ただ山の花と泥土の息吹だけだった。

夫子は若い頃は山登りが得意で、いまは年をとったとはいえ気力に満ち、足取りは安定していて、呼吸が乱れることもなく、子路の後ろを一歩ずつ登っていった。だんだん身体が温まってきて、頭からつま先まで軽やかになり、風湿の病さえも癒えたかのようで、本当にいくらか不亦楽乎《またたのしからずや》といった気分になった。

「ここは本当に静かすぎて怖いですね」子路は大きな岩に寄りかかって汗をふき、神経質に周りを見回した。前後左右一面にそびえ立つ大木は、何層にも重なって彼らの前方に広がっており、まるで永遠に終わりのない迷路のようだ。背後の、彼らが通って来た路はすでに雲霧の中へと消えていた。

「そうですね、確かに人の世ではなくなったようです」夫子は松の老木に触れて、幹の傷跡のような縞模様を注意深く調べた。「ご覧なさい、これらの縞模様は同じ長さですが、二種類あります。一つは普通の細い一本線で、もう一つは中間のあたりが切れています。全ての木の幹にこの二種類の縞模様がありますね……」

「ほんとうだ！」子路は驚いて、別の木にも目をやった。「ここもそうです……」

夫子はこれらの縞模様に少し見覚えがあったが、どこで見たのかすぐには思い出せなかった。考えているところへ、ふいに突風が吹いて松風をかき立て、考えは波のように押し上げられて、ぷかぷかと遠くへ漂っていってしまった。

遠くで水の音がしたので、二人は我に返り、水の音を探してぐるぐる歩き回りながら坂を登っていった。片手で丈夫な蔓につかまり、もう一方の手で行く手をはばむ雑草を引き抜き、慎重に進んで行くと、突然、子路が足を滑らせ転げ落ちそうになった。ところが夫子は、どこからそんな力が湧いたのか、子路の腕をぎゅっとつかまえ、千年の古い蔓の力を借りて引き上げた。落ちた小石が地面に当たる音が一度だけパンと鳴り、白い霧の中に飲み込まれ、それきり物音がしなくなった。

子路は恐怖で青ざめ、夫子も汗だくで疲れていた。二人は恐る恐る線香半分ほどの時間をかけて登り、ついに険しい場所を抜けて平らな場所にたどり着いた。前方に崖がそびえ、小さな滝が弧を描くように落ち、雲霧の奥へと勢いよく流れている。

「多くの者がこの森に入ったことがあるそうですが、出られた者はいないそうです」干し肉とマントーを食べたのち、子路は渓流の岸にしゃがんで手を洗いながら言った。

「そう言われていますがね」夫子は渓流の冷たい水をすくって口を湿らせた。

「しかし、少しもその痕跡がありません……」子路は心許なかった。「骨さえも見かけないとは、まったく奇妙なことです……」

「この山はとても大きいので、わたしたちは気づかなかったのかもしれません」夫子は十数丈〔当時の一丈は二・二五メートル〕もある松の老木のかたわらへゆき、幹を見つめた。

「先生は天の様子を見に行きたいとおっしゃいましたが、ここは霧に覆われていて、何も見えませんね」子路が見上げると、頭上には濁った天空が広がり、目ぼしいものは何もなかった。「いまはだいたい正午です。もう少し先へ進んで、もしもこの森を抜けられないなら、山を下りませんか？」

夫子は黙っていたが、ふと、幹の縞模様が下から上へとゆっくり移動し、位置が入れ替わっているように感じられ、ぎょっとした。自分の目がおかしくなったのではないかと思い、目をこすってもう一度見ると、縞模様は動いていないような気もした。いや、黒い部分が動いている。一つの縞模様の中央から別の中央へと移っており、二種類の縞模様が互いに変化している。はっとして辺りを見回すと、どの縞模様も移動しているところだった。夫子は見ているうちに目眩がして、慌てて目を閉じた。この時、急に雨が降り出した。

ある松の老木に大きな洞《うろ》があったので、子路は雨を避けるために夫子を支えて潜り込んだ。洞の中は枯れた枝葉の匂いがただよい、意外にも暖かかった。二人はそこに座って外の霧雨を黙々と眺めた。

「ああ」子路はふとため息をついた。

「どうしましたか？」夫子は尋ねた。

「先生、人を愛するようにと教えてくださいましたよね？」子路はついに我慢できず口を開いた。

「しかしここには幽霊さえいない。先生はここへ何をしにいらっしゃったのでしょうか？　ここはむしろ隠居するのに良さそうな場所です」

「うむ」夫子はどう答えたらよいかわからず、自身もまた同じ戸惑いを覚えていた。天を見られたとして、それがどうだというのか？　麓に戻れば一切はまた以前と変わらぬのではないか……しかし、暗闇から何かに召喚されているようで、心の中の力に駆り立てられ、前進せずにはいられない。まさか邪気に当たってしまったのだろうか？

「わたしにはわかります。先生は人生の終わりが来たと感じていらっしゃる。仕事の成果があがらないので少し嫌気がさしていらっしゃる。道が行われないので、遠くへ行って大海や天空を見て気晴らししたいのです。そうするのも悪くありません」子路は熱い眼差しで夫子を見つめた。

「ですが先生は、君子は事をなすのに結果を求めぬともおっしゃいませんでしたか？　道を行わすことができないのを、先生は早くからご存知だったでしょう？　麓の世界はまだ乱れています。実のところ、できることはたくさんあります……」

夫子は内心どきっとして、しばし惚けた様子であったが、やがて満足気に微笑んだ。「子路よ、わたしがあなたに教えることはもう何もありません」

雨がやみ、ただ飛瀑《ひばく》だけが迸《ほとばし》っていた。

「あなたが言うように、もう少しだけ先に進んでみて、それから山を下りましょう」

夫子と子路は、崖に沿ってしばらく歩き、ようやく一本の坂道にたどり着いた。足元の地表は冷たくなって、風も強くなり、地面にちらほらと根雪が現れ始め、松林はまばらになり、霧も薄くなって、湿った服はたいそう不快であった。子路は落ち葉を足で掻き分けて空き地を作り、松葉の山を拾って、鋼《はがね》の火打ち石を打って火をつけた。

全身が乾いて温まると、二人は灰を雪で覆い、引き続き歩いた。霧が晴れ、松の木がますますまばらになり、その表面は霜で覆われていた。地上に積もった雪も次第に増えて一面の雪となり、歩きにくくなった。子路も棒を拾って杖代わりにつきながら小股で慎重に登ってゆく。夫子はそれに続き、絶えず白い息を吐いた。

ついに彼らは平地にたどり着き、にわかに視界がひらけた。

金色の陽光のもと、彼らの前方に雪をかぶった雄々しい峰がそびえ、汚れのない光を放っている。冷たい風が山肌をなで、吹き上げられた雪が薄絹のように広がっている。低い松林がきらめく短剣のように地面に突き刺さっており、あとは一面の銀世界で、世界全体がただただ真っ白であった。一点の汚れもない雪山を見上げた瞬間、夫子と子路の一切の悩みは消え去った。

空は湖のように青く、雲海が足下に広がっていた。

8

雪の峰を存分に眺めると、夫子は踵《きびす》を返し、緑の山々が連なっているのを目にした。曲がりくねった川が山々の間を突き進み、ぽつぽつと見える畑や村を切り分け、陸地の果てで、赤い塵《ちり》芥《あくた》を運んだ川が青い海へ流れ込んでいる。

世界は実に広大であった！

一句の詩が自然と夫子の口をついて出た。「溥天《ふてん》の下《もと》※21……」

詩が口をついて出たその直後、夫子は何か違和感を覚えたが、もう手遅れだった。山頂の雪が突如くずれ落ち、波のように激しく巻き上がりながらどっとおし寄せてきた。

二人は呆然とした。その瞬間、雪をかぶった松林の中から燃える炎のように赤い大きな獣がふいに飛び出した。頭に銀色の角が二本はえ、真っ黒に光る目をしており、招かれざる二人の客を珍しそうに見ると、すぐに目の前を飛び去り、二人がさっきは気づかなかった小さな洞窟に向かって走ってゆく。子路ははっと我に返り、夫子の手をつかんで逃げた。雪の波が獰猛な虎のように山をくだり、咆《ほ》え哮《たけ》りながら松の低木をなぎ倒し、彼らの頭上に迫って来た。夫子は子路の後について必死に逃げた。洞窟の入口は狭くて低く、子路は布袋を投げ込み、夫子を支えて潜り込ませたが、落ちてきた雪のかたまりが額にあたり、足を滑らせて転《こ》けてしまった。立ち上がろうとしてもがくうちにも、雪崩はすでにそこまできていて、彼を巻き込んで山の斜面を下っていった。夫子が立ち上がったときには、洞窟の中はすでに真っ暗になっていた。

すこし経つと辺りは静かになった。

夫子は頭鳴《ずな》りがしていた。何度か息を深く吸うと、骨身にこたえる寒さも厭《いと》わず、全力で入口の雪を掘りはじめた。ところが積もった雪は緩く、また厚く、わずかな隙間を掘るとすぐに上の雪に押されて隙間が埋まってしまった。夫子はあきらめず、赤い手をさすっては掘り続け、万年雪がしみだらけの手の中で溶けていった。そしてついに、夫子は腰ほども積もった雪から上半身を突き出し、力を込めて子路の名を呼んだ。

山頂は無表情にそびえ立ち、年寄りの呼び声が山と雪の世界にむなしくこだまし続け、とうとう啜《すす》り泣きに変わった。

泣きやんでのち、夫子は身も心も疲れ果てて洞窟に引き返し、しびれた手で布袋を調べた。洞窟の中には火を起こせるものはなかったが、幸い生姜の薄切りが包みの半分ほど残っていた。夫子は一握りつかんで口の中に放り込み、しばらく力を込めて噛み、飲み込んだ。五臓六腑が急に熱りだし、身体の内から外へと汗が出て、いくらか温かくなった。その後、洞窟の奥へ這っていき、乾燥して平らな場所を探して横になり、凍えた両手を脇の下に差し込んで眠りに落ちた。

夫子は夢を見たようだった。

目を開けると辺りは真っ暗で、遠くで澄んだ水の音がした。夫子は暗闇の中に座ったまま、頭の中は深い霧に包まれていた。独り、ずいぶん長い間ぼんやりしていたが、腹がぐーぐーと鳴りだした。夫子は冷たいマントーのかけらを取り出して飲み込んだ。洞窟の中は湿っていて、空気がよどんでおり、獣の糞の匂いがした。夫子は盲人のように目の前に何があるのかわからないまま両手を頼りに前方を探りながら這った。疲れて、汗だくで、手も顔も泥だらけだったが、ここでやめるのは怖かった。ここで休んでしまったら二度と目を開けられないのではないかと恐れ、ふうふう喘ぎながら這い続けた。それでいて、内心思っていることがあった。実のところ自分はまだ目覚めていないのではないか。

どれくらいの間這っていたのかわからないが、前方に、ついに微かな光が見えた。夫子は息をつき、穴を抜け出て、鐘の形をした岩穴にたどり着いた。

満天の星。

夫子は驚愕した。気持ちを落ち着かせ、そこで気づいた。それらは洞窟の壁に映った無数の青緑色の明るい点で、夜空の星のように散らばり、きらきら輝いている。一番高い場所には手のひらほどの大きさの光点があり、まるで星を見下ろす明るい月のようだ。洞窟の底の中央には円形の大きな池があって、水滴が壁をつたって池の中に落ち、波紋が広がっている。池のふちに一体の白骨が横たわっていた。

かつてここへ来た者がいたのですね。

夫子は近づいて、故人の首の骨と背骨がすでに折れているのに気づくと、顔を上げて洞窟の壁を見回した。ふと、「星斗《せいと》」の間に何本も溝があり、渦巻状に上方へ伸びていることに気づいた。池の周りを歩くと、はたして傾斜の緩やかな登り口が見つかった。高さは背丈の半分ほどで、人ふたり分の幅であった。あの光点はおそらく出口であり、あの白骨の者は途中で足を滑らせて落ちたのでしょう。

夫子の胸の内に更なる驚きと恐れの念が生じた。ということは、この泰山の中は空《うつろ》になっているのですか？

青緑色の星明かりのもと、夫子は螺旋《らせん》状の溝を這った。

夫子はこれまでの人生でも落ちぶれたことはあったが、いまほど苦労したことはなかった。服は裂けてぼろぼろになり、綿入《わたい》れの股引《ももひき》も擦れて膝の辺りに穴があいてしまった。足は傷だらけになり、引き裂いた布でくるんだ。ところが心はやけに興奮していて、全身の痛みを顧みず先へ進み続けるよう駆り立てる。しばらく這ってのち、ひっくり返って横になり、一休みした。岩壁は硬かったが温かかった。夫子はあの骸骨のことを思い出して身震いした。あの者は誰でしょう？　わたしのように天を見るためにやって来たのでしょうか？　あれらの光点も一体何なのでしょうか？　もしも溝の向こうにひっくり返ってしまったら……夫子はそれ以上考えるのが怖かった。溝の縁から下をのぞく度胸もなく、まして正面に並ぶたくさんの星を見る度胸もなかった。目眩で落っこちてしまわないよう、彼はただ前だけを見つめて一周一周ひたすら登った。群星が彼の周りを旋回していたが、彼は一瞥すらしなかった。

だんだんと、光点は鍋ほどの大きさになり、さらに明るく、近くなった。頭が熱《ほて》ってきて、目の前の影も少しぼんやりしてきた。ぼんやりした視界の中で、「星斗」が洞窟の壁を離れて、列をなしてこちらへ飛んで来るのが見えた。彼は慌てて目を閉じ、何度か深呼吸をして、心の中で何度も「君子《くんし》は坦《たん》として蕩蕩《とうとう》たり〔君子の心はおだやかでのびのびとしている〕」と言い続けた。耳元でしばらくウォンウォンと音が響き、ようやく止んだ。この時、涼しい風が吹いてきて、夫子の頭もだいぶすっきりしてきた。目を開けると、幻影は消え去っていた。

水滴が池に落ち、さらに大きな波紋を広げ、「星斗」はさらに激しく瞬いた。しかし夫子はまったく気づかず、時を忘れ、この世の全てを忘れて、ただ一心不乱に一周、一周、登っていった。群星が彼の周りを旋回していたが、彼は一瞥すらしなかった。

そしてついに、夫子はその穴にたどり着いた。前方に輝く光が見え、風を顔に感じた。

夫子は穴に足を踏み入れ、しっかりと座った。しばらくして、彼は十分に力を蓄えると立ち上がって振り返り、岩につかまって注意深くのぞいた。「星斗」が下方で瞬いており、まるで夜空が彼の足の下に逆さまにぶら下がっているようだ。突然、星々が動き始め、岩壁に貼りついたまままこちらに向かって押し寄せてきた。見る見るうちに加速し、まるで渦潮のようで、穴はまさに渦潮の目だった。夫子は慌てて後退《あとずさ》り、星は潮のように押し寄せてきた。穴の中は緑色の光でいっぱいになり、夫子は目を閉じた。そして脳裏に星々の様子が浮かんだ。その形状はなんと神の森で見た松の縞模様と同じであった。

なんとこれは、わたしは確かに見たことがあります！　夫子ははっと悟った。

辺りが薄暗くなり、夫子は目を開けたが、目の前には一点の光も見あたらなかった。光は穴を通って飛び去ってしまったようであり、後には底なしのごとき黒い穴しか残っていなかった。

夫子はすぐさま歩みを進め、よろめきながら穴を出た。

彼は泰山のてっぺんに立っていた。


山々が彼の足元に伏しており、広い世界を一望に収めることができた。

そして頭上には、天だけがあった。

天は、澄んだ池のようで、鏡のように平らで、白い玉《ぎょく》のような微かな光に満ち、ぼんやりとした影を映し出している。

盤古《ばんこ》の天地開闢《てんちかいびゃく》以来、天にここまで近づいた者はいない。

あそこには彼が一生求めてきた秘密が隠されているのだろうか？

夫子の胸は高鳴り、つま先立って目を凝らすと、その影ははっきりしてきたが、夫子の顔ではなく、ゆっくりと、透明で柔らかな美しい円に変幻した。よく見てみると、なんと黒と白の二匹の魚であった。その頭と尾は絡み合い、ゆっくりと回転している。

なにっ！　夫子は驚愕した。

これが宇宙の秘密だというのですか？

彼はこらえきれず、震える手で触れてみた。

天の真《まこと》はひとたまりの水のごとく波紋を広げた。

二匹の魚はびっくりした様子でぱっと逃げてゆき、天は扉を開いたかのように白い光を放ち、大地がドドンと音をたて、泰山も砕《くだ》け散って無数の岩となった。一方、夫子孔は光の中で意識を失った。

9

星が旋回する。光が流れる。氷と火の歌。

10

夫子孔の身体は生まれながらにして音楽に敏感だった。しかるが故に深い眠りに落ちていても、雅楽が聞こえてきたので、だんだんと目を覚ました。

　微かな琴の音、いつまでも続く弦楽に、夫子は目を閉じたまま耳を傾けていた。心は琴の音につられて動き、まるで空を飛ぶように、風に乗り、馬に任せて自由に駆けた。かと思えば、空をめがけて真っ直ぐに上昇し、万古の山河が大海の一滴のように小さくなり、万里の銀河が視界に広がった。月の光が輝き、星々がきらめき、いつまでも明滅し、炎が燃え盛り、玉《ぎょく》の球が転がり、生まれては死に、寄せては返す波のようである。天と地は広大で、乾坤《せかい》は果てしなく、暗黒の深みへと続く。そしてついに全ては一輪の花となって、花弁が音もなく舞い落ちた。

　一曲が終わった。夫子孔の心はずいぶん長らく波打った。

　彼は目を開け、自分が質素な木造の小屋に裸で横たわっていることに気づいた。身体は清められて一点の汚れもなく、先般の傷の痛みも一緒に拭き取られたかのようだ。窓の外で鳥がさえずり、花の香りがして、陽光は優しく、石の腰掛けの上に、たたまれた白い長衣が置かれている。夫子はそれを着て、柔らかすぎず硬すぎず身体に馴染んでいると感じた。それから扉を押し開けて外へ出た。

目の前に花の咲く庭があった。錦のように花が咲き乱れ、緑の草は敷物のようで、そよ風が吹き、遠くには山が連なり、真っ白い滝が勢いよく流れ、青い空に、白い雲がいくつか、のんびりと浮かんでいる。

これはおそらく夢の中なのでしょう。夫子はそう思った。

この時、琴の音がまた聞こえてきた。清らかな泉が流れるようであり、またいくらか悲しげである。夫子は琴の音のする方へと、長い廊下を歩いた。生い茂った葡萄の蔓の間をすり抜けて、陽光が地上に降り注いでいる。

琴の音はむせび泣くように、しだいに悲しみの色が濃くなり、曲が終わる前に音が止まってしまった。

涼亭《あずまや》、黒い影、琴、ため息。

「彼の心は慈悲深く、少し悲しげですね」夫子はそう思いながら歩みを進めた。

足音に気づき、黒い影が振り返ってささやいた。「目覚めましたか」

黒い外套に身を包み、かぶり物のつばが顔を隠していて、まるで影法師のようだ。

「はい」夫子はおじぎをした。「さきほど、あなたが琴を弾いているのを聞いて、ここに来ました」

黒い影は微かにうつむいた。「お恥ずかしい限りです」

「いえいえ」夫子は言った。「わたしは数え切れないほど楽を聞いたことがありますが、あれほど素晴らしい曲は聞いたことがありません」

「どう思われましたか?」

「わたしは宇宙を見た感じがします」夫子はありのままを話した。「それに、ほんの少しですが、その心がわかりました」

「ほっ、それは良かった」

「お尋ねしますが、その曲の名は何でしょうか？」夫子は尋ねた。

「指の赴くまま弾いたまでで、名はありません……」影は動きを止めた。「どんな曲名が良いと思いますか？」

「うむ、それは、すぐには思いつきません。しかし聞いていた時、無数の星が見えました」夫子は思い出していた。

「それでは、『星』にしましょう」影は微かに笑って琴を押し出した。「あなたも楽をたしなんでいらっしゃるのを知っていますよ。一曲弾いていただけませんか？」

夫子は笑みを浮かべ、影の向かい側に座った。素晴らしい琴を引き寄せ、しばし考えてから弾き始めた。涼亭《あずまや》の周りに花の香りが溢れ、湧き水の音がして、数羽の鳥が空に舞い上がり、穏やかな琴の音が風に乗って流れた。

弦が止まったが、楽の音はあたかもまだ耳に響いているようだ。二人とも沈黙し、ともに余韻を味わった。

ややあって、ようやく影が口を開いたが、考えごとをしているようでもあった。「巍巍《ぎぎ》たるかな志は高山にあり、洋洋《ようよう》たるかな志は流水にあり[※22]」

夫子は、わっはと笑った。

「あなたが琴を弾くのをこの耳で聴けたことは、まことに三百生の幸せというものです。先生のお気持ちが今日やっと見えてきました」黒い影は腰を浮かせて敬意を表した。

「過分のお言葉です」夫子は微笑んだ。「恐れ入りますが、閣下《かっか》は……」

「ああ……」黒い影はそっぽを向き、遠くの滝を見つめたまま口をつぐんでしまった。

「この世にはたくさんの路《ルー》があります。天下を理解したいのでしたら、すべての路を歩く必要があります。たとえば分かれ路に差しかかったとします。まずは左の路を行き、次に戻って、改めて右の路を行くのです。それでこそ天下を知ったことになります」

黒い影は夫子に茶を一杯注いだ。

「〝歴史〟も一つの道理です。たとえば諸侯が覇権を争い、この度は秦国が強大になったとします。新たに覇権が争われたとき、偶然が重なり秦国は弱くなっているかもしれません……このように、あらゆる可能性の路を歩んではじめて歴史を知ったことになるのです」

黒い影はのんびり話し、夫子は静かに耳を傾け、茶の香りがゆらゆらと漂った。

「つまるところ、すべての路《ルー》を歩いた後、何が変わったのか、どのように変わったのかを理解してはじめて何が変わらなかったかを知ることができるのです。変わらないものが、道《みち》なのです」

黒い影が茶碗を捧げ持ち、夫子も茶碗を捧げ持った。山の泉で淹れた茶が、口のなかに香りを残した。

「しかし、時間は水のようであり、過ぎ去れば戻らず、引き返すことはできません。したがって、古《いにしえ》よりいまに至るまで、歴史は一つしかない。これを〝一実〟と呼んでよいでしょう。一方、ほかの何千何万もの歴史は実現しなかったわけですから、それを〝万虚〟と呼んでよいでしょう。虚と実は比較のしようがなく、つまり真に〝歴史〟を理解する方法はないのです。〝道〟に至っては言うまでもありません」

夫子はうなずいた。このようなことを彼も考えたことがあった。黒い影は再び茶をいっぱいに注いだ。

「ところが、最近になって、ついに方法ができたのです」黒い影は遠くの青々とした山を指さした。「あそこには機械があって、別の時空を開発することができます。その時空で、歴史を過去のある時点からもう一度始めるのです。全人類が滅亡したら、また始めからやり直すのです。何度も何度も。一回一回千変万化するので、〝万虚〟は〝万実〟になりました……〝万実〟があれば比較することができ、〝道〟を理解できることでしょう」

夫子の顔は驚きに満ちた。「わたしにはわかりません……」

黒い影はまた腰を浮かせておじぎをした。「あなたの時代からすでに八千八百年が経ちました。わたしたちは何百世代も離れています。わたしはあなたをご先祖様と呼ぶべきなくらいです」

そよ風を胸に感じ、茶はあいかわらず香っていたが、夫子の顔は青ざめ、額から大粒の汗が噴き出した。

11

夫子孔は徐々に新しい世界に慣れてきた。

毎日、夫子と影は山を散歩し、泉のほとりで琴を弾き、夜には一緒に遠くの星を眺めた。

それは夫子の「死後」八千八百年の星空だった。それらの星斗は位置が変わっていて、奇妙なものもあれば、見慣れないものもあった。

星空の下には、夫子の「死後」八千八百年の世界があった。この時の人々は、大多数はすでに遠くの星へ行って無数の「天宮」を建てており、少数の者が地上に残って森の中に住み、日がな一日茶を味わい、花を愛で、詩を詠み、例の機械を維持していた。

彼らは透明な球体に乗って、ともに大地を飛び回った。球体の中では、身体は羽のように重さがなく、軽やかに浮かび、まるで飛んでいるかのように眼下の世界を俯瞰できた。地上に人の気配はなく、ただ翡翠色に生い茂った森が連なり、広がっていた。谷と川の間にだけ深い穴があり、球体は彼らをつれて飛んで入ってゆく。穴の中には交差する道管があって、巨大な機械が連結して入れ子の構造をなし、地下に向かって一階一階設置範囲が広げられ、無限に延長し続けている。夫子は見ていると目眩がして、とっさに目を閉じた。

それ以来、夫子孔は憂鬱になった。しばしばあの迷宮のような道管や、銀色の機械が夢に出てきた。それらは一組の骨格になり、大地に手をついて立ち上がり、空に向かって走ってゆくのだった。

時折、影の友人たちが遠方からやって来た。彼らはみな黒い外套を着ており、何か話すわけでもなく、茶を飲むこともなく、黙々とそこに座っているだけだったが、互いに考えていることを理解できるようで、しばらくすると立ち上がり、去って行くのだった。かたわらにいる夫子孔は微かに何かを感じとれたような気がした。理解できたわけではなかったが、とても心地よかった。

夜になると、夫子は球体の中に浮かんで、見慣れぬ星空を眺めながら物思いにふけった。

歴史は二百七十一回発生し、どれも奇々怪々なものであった。

その中の一回目は、振り返って、「失った」二百七十回を「創造」あるいは再び取り戻し、それらを観察していた。それらは独立した時空の中で作動し、速度は一回目の「それ」よりもはるかに速く、それらの百年は「それ」の十日に過ぎなかった。それら一つ一つはどれも真実であった。もっともその真実は、それら自身にとってのみ重要であった。

人類はすでに二百七十回滅んでおり、毎回極めて悲惨な滅び方をしていた。「それ」以外はどれ一つとして、破滅せずに続いたものはなかった。

「それ」はしきりに啜り泣き、待ち続けた。

計画によれば、この種の実験はさらに九千七百三十回行われるはずだった。そして、山の底に埋められた巨大な機械が何千もの昼と夜を思考し、道とは何かを告げるはずだった。

この考えは素晴らしい。

だがもう起こり得ない。「それ」が災いに直面しているからだ。「淵」と呼ばれるものが銀河をさまよい、通過した場所すべてを飲み込んでおり、いままさにここに向かって漂っているのだ。最も真実な「それ」、唯一の「それ」も、やがて終わろうとしている。

こうして人々はこの辺りの星空を完全に放棄し、遠くへ行くことにした。

道とは何か、この問題はもはや重要ではなくなった。記録は持ち去られ、残りは放置された。修理されない機械がさまざまな誤作動を起こし、機械が維持している時空は、一つまた一つと、わけがわからないことになり始めた。たとえば、今回は重力定数の類がおかしくなったため、泰山が機械の一部となり、周囲の木々や石を使って世界の秘密を絶えず計算し、天が世界の限界となり、誰かが限界を超えて、世界が崩壊した。

陰陽が乱れ、世界を突き破った者が「それ」に入ってきた。

人類の二百七十回目の滅亡は、なんと自分のせいであったとは。まるで神話のようで、夫子孔は信じることができなかった。

天空を流れる天の川を眺めながら、夫子孔は好奇心にかられて尋ねた。「前の二百七十人のわたしはどうでしたか？」

夜空にゆっくりと十数個の月が照り始め、一列に並び、星が薄暗くなった。影は言った。あれは人工の月で、中には人が住んでおり、間もなくあれらの「月」は飛び去り、永遠に戻ってこないのだと。

しばらく沈黙してから、夜の闇にまぎれた影が言った。「みんなおもしろい人でしたよ」少し間があって、「けれども天に登ろうと考えた人はいませんでした」と続けた。

夫子は笑った。そしてまた、どこか切なくもあった。

時には、銀色の光が空に昇り、人工の月に向かって飛んで行くことがあった。

「なぜあなたは行かないのですか？」夫子はまた尋ねた。

「えっ」影はしばらく考えた。「ここに愛着があるのです」

「こんな時には、郷愁の病を患いやすいものですね」夫子はこのことを身に染みてよくわかっていた。

「ええ、ですから天命に従うのです」

「ここはとても快適です」夫子は心からそう感じた。「わたしたちのところでは、多くの者がこのような場所、衣食の憂いなく、争いもない場所に来ることを夢見ています。しかし、こんなに長く待たねばならないとは、彼らには想像もつきません」

「確かに、これまでに多くの災いがあり、ほぼ壊滅に近い状態になることもありましたが、どうにか乗り切って、今日まで持ちこたえてきました。〝淵〟さえなければ、これはわたしが見た中で最も良い年月かもしれません」

空の奥に、目には見えない黒い災いがあり、星々を飲み込みながらここに向かっているのだ。

夫子は自分の「死後」数千年の間に何が起こったのか知りたかったが、その好奇心をおさえた。なぜなら、心の中にほかの計画があったからだ。だから彼は、すでに起こったこれらの「未来」のことを知らなくてもよかった。

「あなたが望むなら、彼らと一緒に行っても良いのですよ、彼らは歓迎します」影は笑った。「こんなにも長い年月が過ぎましたが、それでもあなたはわたしたちの間で有名な人なのです。みな忘れていませんし、とても尊敬しています」

「そうですか、思いもよりませんでした」夫子は首を横に振った。「しかし、よしておきましょう」

「それならここにいてください。いずれにしても〝淵〟はまだ遠くにありますから、おそらくわたしたちはその時まで生きてはいません」影は誠意を込めて言った。

夫子は少し沈黙した後、遠くの黒い山を見つめ、尋ねた。「あの機械は、どうなるのでしょうか？」

「あそこで壊れたままになるでしょう」影は他人事のように言った。

「修理できますか？」

「できます、でももうその必要はありません、誰かが……」影はきょとんとした。「戻りたいのですか？」

「ええ……」夫子は嘆息した。どことなく憂いを帯びた声で言った。「ここは本当に心配も苦労もない幸せな場所ですが、ここにいると自分が幽霊のように感じられて、時代も合いません。それに、友人や教え子のことが、どうしても忘れられないのです……」

「しかし、それらはもう……済んでしまったことですよ」

「それはそうなのですが、わたしにはまだすべてが残っているように感じられるのです。はじめからやり直すことができるとおっしゃいませんでしたか？」

「なんと！」影が暗闇の中近づいてきた。少しためらっている。「〝記録時点〟はあります。あなたを滅亡前のある時間に送り返して、そこからまた続けてもらうことはできます……しかし本当にそうしたいのですか？」

　夫子の眼光が鋭く輝いた。「それならどうかお手伝いください！」

　頭上で流れ星が空の果てを横切った。

12

涼亭《あずまや》の辺りの小川はあいかわらず澄んでいたが、山の花は以前ほど花盛りではなくなったようだ。涼亭で影たちが一列に腰を下ろした。彼らはみな見送りに来たのだ。

「機械はなんとか修理したまでのことで、能量《エネルギー》も十分ではありません。おそらくあと一回しか使えないでしょう」影は説明した。「重力定数を修正しましたから、いまはどの山にも行くことはできます。ですが、ほかの面で問題が起こらないとも限りません」

「わかりました。ということは、これが最後となるわけですね？」夫子は尋ねた。

　影は真剣な面持ちでうなずいた。「もう一度崩壊したら、その時はもうどうしようもありません」

「それでも結構です」夫子はうなずき、心に刻むように言った。「それでも結構です」少し間をおいて、今度は尋ねた。「あなたはあちら側の速度を調整できますか?」

「できます」影は心得たという様子で笑顔になった。「もしかしたら〝淵〟がここを飲み込む前に、あなたがたは良い方法を考えつくかもしれません。もちろん、速度が速くても遅くても、向こう側では何も感じません」

「たかだか八千年の差です。すぐにあなたがたに追いつきますよ」夫子は自信ありげに微笑んだ。

「万一のことが起こりませんように。回り道をしたりしないでください。さもないと、機械もろとも……」影はいささか感傷的になり、茶を掲げた。「あなたに会えたのは、本当に喜ばしい事です」

「わたしも同じです」夫子はそう言って、笑顔で尋ねた。「あなたの本当の顔を見ることはできますか?」

「やれやれ」影は首を横に振った。「よしましょう……」

「それもそうですね」夫子は茶を一気に飲み干した。「それなら、餞別に一曲弾いてください」

「わかりました」影は琴を引き寄せしばらく考えた。「『星』はあの時の心境でした。いまはもう弾けません。ここに一つ曲譜がありまして、あなたの時代のもので、その後伝承が途絶えて、最近また探し出されたものです。あなたに聞いていただきましょう。曲譜は、あなたは持って行けません。心に留めてください」

夫子は笑った。そして黒い影たちに向かってうなずき、球体の中に入った。

琴の音が高らかに鳴り響き、天地が静まり返った。

夫子孔は目を閉じた。心は安らぎに満ち、琴の音に伴われて辺りが次第に暗くなった。

＊＊＊＊＊＊

夫子孔が夢から覚めたとき、太陽は西の空に沈むところであった。

全身がだるく、精神的にも疲れていたので、ぼんやりと座ったまま炉に寄り添い、眠るともなしに眠り、誰か扉を叩く者があって、ようやく目を覚ました。

子路が入口に立っていた。「先生、季氏がいらっしゃいました」

夫子がぽかんと見つめているので、子路はいささか困惑した。ややあって、夫子が笑みを浮かべて言った。「どうぞこちらへ」

「泰山は天を支える柱です。それが数百層の空を突き、天を支えているのです。人に登れるわけがありません……無理です、なりませぬ！」

夫子は黙って聞き、返答もしなかった。ところが満足そうに笑みを浮かべているので、季康子《きこうし》も子路もわけがわからなかった。

「先生はなんと言っても国学の大家でいらっしゃる。万一のことでも起きましたら、わたしどもは責任を負いきれません……先生が気晴らしをしたいのでしたら、旅行の手筈をととのえましょう。さらに土地も準備して、学問に専念していただけるようにいたします……」

「大いに感謝します」夫子は敬礼した。「それでは、行くのはやめましょう」

季康子《きこうし》も子路も呆気《あっけ》にとられた。

「そんなに苦労するくらいでしたら、何かほかの事をするほうがずっと良いですね」

「いやはや！　先生ははたして聖人ですな。実に情理に通じていらっしゃいます！　ひたすら頑固なほかの御老人と違って……」季康子《きこうし》はこんな逆転をまったく期待していなかったので、これほどまでに自分の面子が立ったことを思うと、嬉しさのあまり口がすべってしまい、言ってしまってから自分でも後悔した。

ところが夫子は気にする様子もなく、優しく微笑むばかりである。「それならお手数ですが、わたしに土地を準備してください。わたしは二間《ふたま》の建物を建てて学堂を始めます」

「それはそれはけっこうなことです。そうしましょう。国を強くするためには、教育に力を入れなくては！」

季康子《きこうし》は大いに満足して帰っていった。

一方、子路はむくれていた。「わたしたちがあらゆる方法で先生を説得しても聞き入れてくださらなかったのに、役人が言うとすぐに気が変わりましたね。君子はそのように権勢を見て動くのですか？」

夫子はあいかわらず腹を立てなかった。「君子ですか……ああ、子路、あなたはずっと変わりませんね……」

夕日のもと、夫子孔は黄河のほとりに独り佇み、滔滔《とうとう》と流れる川の水をぼんやりと眺めていた。誰かが漂うようにそっとやって来た。夫子は振り返り、その人を見て顔をほころばせた。

二人はしばらくそこに立っていた。そして老聃《ろうたん》が口を開いた。「このごろあなたは何をしていましたか？」

「ええ、わたしは夢を見ました」

「どんな夢でしたか？」老聃《ろうたん》は何気なく尋ねた。

「夢で泰山に登りました。泰山の中は空《うつろ》でした。頂上は天で、天は柔らかく、水のようでした。触れると天が裂けて世界が終わりました」

「それならば、〝天〟の神秘はわかりましたか？」

「わかったと言えるほどではありません。しかし不思議なものを見ました」

「何ですかな？」

「木の幹に爻《こう》〔易の卦を組み立てる横線〕があるのを見て、天に陰陽があるのを見ました」

「ふむ」老子は驚かなかった。

「夢の中でさらに天の向こうの世界も見ました。それは数千年後です。将来の人々も道を求めていますが、あいかわらず得られません」

「えっ」

「ここは、彼らが作り出した影です」

「ほう」

「夢の中に友人がいます。それは一人の影で、あなたに少し似ています」

「ふむ」

「夢の中でさらに曲を二つ聞きました。いずれも自然を表した調べでした。残念ながら、夢から覚めたときにすっかり忘れてしまいまして、覚えているのは、一つは『星』という名の曲で、もう一つは『広陵散』※23という名の曲だったということだけです」

老聃《ろうたん》は口をつぐんだまま彫像のようにそこに佇んでいる。その顔は満面皺だらけだが、隅々まで凪いでいる。薄くなった白髪と耳にかかった白い眉が夕風に吹かれて乱れ、ゆったりとした黄色い長衣がしきりになびいている。しばらくして、ようやく口を開いた。「それは良い夢でもなく、悪い夢でもありませんね」

「いかにも」夫子はうなずいた。「夢の中は心地よかったです」

「目覚めた後はどうですか?」

「とても疲れましたが、嬉しくもあります」夫子は濁った川の水を眺めながら微笑んだ。「わたしはまだ欲を持たぬことはできませんが、以前よりも心が落ち着いていて、もっと強い心、真直でいられます」

「ああ、それはよろしい」

「わたしは学堂を始めるつもりです。礼と楽について講ずるだけでなく、人を呼んで算術、天文、水利、農耕についても講じてもらいます……この世界はまだわたしたちを待っています、できることはまだたくさんあります」夫子の目は嬉しそうに輝いた。「よろしければ、あなたもいらっしゃってください」

「わたしはもう年ですから」

「それはどうでしょうか」

老耼《ろうたん》は答えず、ただほんのわずかに微笑んだ。

二人はともに黄河を眺めた。川の水はぐんぐんと前進し、夕日はまさに沈みかけて、紅色《べにいろ》の夕焼けが川の水を赤く染めている。夕風がそよぎ、二人の白髪をかき乱した。

※1 夫子は男性の尊称。特に先生や目上の人を呼ぶ言葉。孔はここでは孔子（紀元前五五二、一説に五五一～四七九）を指す。名は丘《きゅう》、字は仲尼《ちゅうじ》。儒教の始祖。春秋時代の魯の陬邑《すうゆう》（現在の山東省曲阜《きょくふ》県）に生まれた。はじめに魯に仕え、のち、十余年間、諸国を遊歴して、諸侯に倫理・道徳を説いたが用いられず、晩年は魯で弟子の教育に専念し、『春秋』を著したと伝えられる。孔夫子《こうふうし》ともいう。本編の「夫子孔」という表現には英米のミスター・コン、マスター・コンなどに似た響きがある。

※2 『詩経』（国風・周南）の第一に位する詩。後に「窈窕《ようちょう》たる淑女《しゅくじょ》は君子《くんし》の好逑《こうきゅう》」と続く。かあかあと睦まじく鳴きあうミサゴが黄河の中洲にいるように、おちついた性格のよい娘は紳士のよい配偶であるという意味で、幸福な結婚を祝福するうたとされる。

※3 冉耕《ぜんこう》（紀元前五四四～?）。伯牛《はくぎゅう》は字。春秋時代の魯の人。孔門十哲の一人で、徳行に秀でていた。

※4 周の文王を称えた琴の曲。『史記』（孔子世家）によれば、孔子は著名な楽師である襄子《じょうし》から琴を学んだ。その際に学んだ曲が『文王操』であるという。

※5 生没年不明。字は子正《しせい》。春秋時代の陳の人。孔子の諸国巡遊中に自家用車五台を提供してお供をした。賢く勇気があったとされる。

※6 仲由《ちゅうゆう》（紀元前五四三～四八〇）。子路《しろ》は字。季路《きろ》ともいう。孔門十哲の一人で、勇をこのみ、信義を重んじた。のち衛の国に仕えたが、内乱に巻き込まれ殺された。

※7 伯夷《はくい》と叔斉《しゅくせい》は、殷代の孤竹国君主の子で潔白な兄弟であった。父は叔斉を跡継ぎにしようとしたが、二人は互いに譲り位につかず、のち周の文王を慕って周に

行ったが、武王が殷の紂《ちゅう》王を討ちに行くのに会い、これを諫めて聞かれず、首陽山にかくれて餓死したという。

※8 殷の紂《ちゅう》王の叔父。紂王の暴虐を諫め、胸を裂かれて殺された。

※9 端木賜《たんぼくし》（紀元前五二〇〜？）。子貢《しこう》は字。春秋時代の衛の人。孔門十哲の一人で、弁舌にたくみで、金儲けの才もあった。

※10 顔回《がんかい》（紀元前五二一〜四九〇）。春秋時代の魯の人。子淵《しえん》は字。孔門十哲の一人。孔子の弟子の中で最も優れ、徳行で名を知られる人物であった。三十一歳で早逝したとされるが諸説ある。

※11 弁当箱一杯分のごはん、一椀分の飲み物といった粗末な食事を指し、清貧の生活を喩えている。

※12 澹台滅明《たんだいめつめい》（紀元前五一二年、一説に五〇二〜？）。春秋時代の魯の人。子羽は字。孔子の門人。徳行に優れていた。容貌が甚だ醜かったので、入門の時、孔子は子羽の才能がうすいのではないかと思ったが、教えをうけた後は、退いて行いを修め、近道をせず潔癖であった。のちに弟子を多くもち名声を高めた。孔子は、容貌で人を判断して子羽で誤ったと述べた。

※13 生没年不明、一説に紀元前五〇七〜四四四年。魯班《ろはん》とも呼ばれる。春秋時代の魯の工匠。攻城用の雲梯（はしご車）の発明など軍事技術者として知られるほか、ひき臼をはじめ多くの道具を発明し、工匠・木匠の始祖とされる。

※14 老子。生没年不明。『史記』によれば姓を李、名を耳、字を聃《たん》といった。周の守蔵室の役人になったとき、孔子が礼を学んだという伝説がある。自然を尊び、人為的な道徳学問を否定した。道家の祖とされる。なお、老子の実在をめぐっては諸説ある。

※15 孔子は若い頃、斉の重臣・高昭子《こうしょうし》の家臣になった時期に、太古の音楽として伝わる韶を聞き、そのすばらしさに深く感動して、三か月間、肉の味を空虚に感じたという話が『論語』（述而第七）に記されている。

※16 『老子』第四十章に「反《はん》は道《みち》の動《どう》、弱《じゃく》は道の用《よう》なり。天下の万物有《う》より生じ、有は無《む》より生ず（無に反《かえ》っていくのが道の動きかたであり、柔弱なのが道のはたらきかたである。天下の万物は有〔現象事物〕から発生するが、その有は無〔道〕から発生する）」と、道の作用が説かれている。

※17 春秋時代の魯の大夫。季孫氏の第七代目。季孫氏は、春秋時代、魯の荘公の弟の季友のときに分家し、代々魯の大夫として権力をふるった家柄。孔子の時代に、季桓子《きかんし》の臣の陽虎《ようこ》が実権を握るに至って勢力が衰えた。

※18 商瞿《しょうく》（紀元前五二二〜？）。子木《しぼく》は字。魯の人。特に易を好んだので、孔子は彼に易についての書き付けを伝えた。

※19 墨翟《ぼくてき》（生没年不明、紀元前四六八〜三七六とも）。尊称の墨子《ぼくし》として知られる。戦国時代の思想家。宋の人。魯あるいは楚の人ともいう。人を平等に愛し（兼愛）、倹約をとうとび（節用）、戦争に反対する（非攻）などを主張し、儒家と対立して勢力があった。

※20 紀元前四九四〜四六八年。春秋時代の魯の君主。

※21 『詩経』（小雅《しょうが》・谷風之什《こくふうのじゅう》・北山《ほくさん》）に「溥天《ふてん》の下《もと》、王土《おうど》に非《あら》ざるはなく、率土《そつど》の浜《ひん》、王臣《おうしん》に非ざるはなし（この空の下に王のものでない土地はなく、国の果ての浜辺まで王の臣《たみ》でない人間はいない）」といった中央集権を表す詩句がある。

※22 「巍巍《ぎぎ》たるかな……」：『列子』湯問篇によれば、古琴の名手である伯牙《はくが》（春秋時代、晋の大夫）の良い聞き手であった鍾子期《しょうしき》（春秋時代、楚の人）は、伯牙が

高い山に登った境地を意図して琴を弾くと「泰山のように高くそびえたつ思いがする」と評し、伯牙が流れる水を表現しようと意図すると、「長江・黄河の流れのように広々とした思いがする」と評し、伯牙の念頭にあることを言い当てた。

※23
広陵は現在の揚州の辺りを指し、散は楽曲の意。広陵で流行った曲と考えられているが未詳。『広陵止息』ともいう。『晋書』によれば、嵆康《けいこう》（魏の文人）が、ある人から伝授され得意とした曲で、誰にも教えず、鍾会《しょうかい》の讒言《ざんげん》により司馬昭《しばしょう》に処刑される直前にこの曲を弾き、「広陵散、今に於いて絶ゆ」と言い残したという。現存する曲譜で最も古いものは『神奇秘譜』（明代）に収録された。四十五段の大曲で、後人は各段の表題がほかの古琴曲『聶政刺韓王曲』と似ることから同一曲と推測している。

飛氘（Feidao／フェイダオ）

一九八三年生まれ。本名は賈立元《ジアリーユエン》。北京師範大学で工学を学んだ後、文学の修士号を取得。清華大学で文学の博士号をとり、中国文学研究者としても活躍中。現在、清華大学中文系副教授。短篇集に、中国の神話・歴史とSFを融合させた『中国科幻大片』やロボットSFを集めた『去死的漫漫旅途（死出の長い旅）』、自選集である『四部半』『銀河聞見録』などがある。彼は二〇一〇年七月十三日、中国の著名作家・文学研究者が集った「新世紀十年文学：現状与《と》未来」国際研討会に韓松《ハンソン》とともに参加し、「寂寞的伏兵（寂しき伏兵）――新世紀科幻小説中的中国形象」という報告を行って中国文学界に大きな衝撃をもたらした。SF

と主流文学を邂逅させた立役者の一人である。

寓意と幻想に満ちた不可思議な魅力を放つ短篇が多く、イタロ・カルヴィーノを髣髴とさせる。その洗練された作風で、いまも中国SFの枠を広げ続けている。SF映画と中国史をリミックスした「滄浪之水」で、第二回全球華語科幻星雲賞（以下、華語星雲賞）最佳短篇小説銀賞（二〇一一年）を獲得している。

日本語訳に、上原かおり訳「巨人伝」（原題同じ：『中国現代文学』十九、二〇一八年）、中原尚哉訳「ほら吹きロボット」（原題「愛吹牛的機器人」：ケン・リュウ編『月の光――現代中国SFアンソロジー』早川書房、二〇二〇年）、立原透耶訳「ものがたるロボット」（原題「講故事的機器人」：立原透耶編『時のきざはし――現代中華SF傑作選』新紀元社、二〇二〇年）がある。

馬伯庸

南方に嘉蘇あり

大恵和実 訳

二世紀末に後漢が崩壊し、三世紀に三国時代（日本列島では邪馬台国が台頭）が到来すると、中国は六世紀末まで長い分裂時代を迎えることとなる。いわゆる魏晋南北朝時代（三〜六世紀）である。四〜六世紀には遊牧民が黄河流域を支配し（五胡十六国→北朝）、漢人は長江流域を支配するにとどまった（東晋→南朝）。ちなみに南朝には、五世紀に倭の五王が遣使している。この南北分裂は、北朝の系譜を継ぐ隋・唐（六世紀末〜十世紀初）による中国統一で終止符が打たれた。

本作は、漢代にコーヒー（作中では嘉蘇）が伝来した中国を描く改変歴史SFである。ケン・リュウは『折りたたみ北京』（早川書房）の中で馬伯庸を紹介した際、「中国の歴史と伝統に関する百科事典ばりの知識をこともなげに繰り出すので、彼の一番面白い作品を訳そうとすると一苦労だ。例えば、彼は中国の何千年におよぶ豊かな茶の文化の慣習をコーヒーに当てはめ、中国における架空のコーヒー史を書いてしまう。…（中略）…適切な文化的文脈を押さえた読者にはとてつもなく面白く、馬がいじくったジャンルや原典に光を当てるのだが、翻訳の読者には脚注を山ほど付けなければほとんど意味不明だろう」（鳴庭真人訳）と述べ、本作に言及している。

作中に描かれる後漢から隋唐に至るおおまかな歴史の流れは史実と一致しており、登場する人名・書名もおおむね実在している。しかし、細部の歴史展開は史実とかなり異なっている。また、コーヒーがらみのエピソードは、全て著者の創作であるものの、多くの場合、元ネタがある。興味を持った方は、ぜひ、インターネットの検索や概説書などを参考に読み解いてほしい。

嘉蘇《かそ》の起源は、東アフリカ高原にあるといわれている。その来歴については、ある美しい伝説が残されている。西暦一世紀頃、東アフリカ高原南西部にカッファという小さな村があった。村にはカルディという名の羊飼いの少年がいた。ある日、彼が羊を連れて林に入ると、灌木《かんぼく》に真っ赤な果実が鈴なりに生《な》っていた。実を食べた羊は、異常に興奮して無闇に飛び跳ねた。カルディは不思議に思い、試しにいくつか食べてみた。するとなんだか急に気分が高揚し、手足が勝手に踊りだした。カルディは果実を採って帰り、村人に食べさせた。ここから、この果実は kaffa と呼ばれるようになった。

おそらく、この伝説は事実ではないだろう。しかし、当時、東アフリカ人が既に意識的に kaffa を採集・加工していた事実を反映していることは間違いない。ただ、この頃の kaffa は食物でも飲料でもなかった。東アフリカ人は kaffa の果核を干してから煮込み、その汁を精神安定剤や鎮痛剤の原料として用いていたのだ。

紀元前一世紀、東アフリカ高原ではアクスム王国が台頭し、北方に勢力を伸ばした。その軍勢は紅海とナイル河を渡り、最盛期にはエチオピア・クシュ（現在のスーダン）をも覆いつくし、アデン（現在のイエメン）の影響力はエジプトとアラビア半島全域にまで及んだ。その過程で、アクスム王国は中東の諸文明やローマ帝国とも軍事的に激しく衝突したが、経済面での交流も積極的に進められた。アクスム王国の輸出品は、黄金・象牙・香料・犀角・玳瑁《たいまい》のほか、kaffaとその調理法も含まれていた。

kaffaはすぐに中東商人に受け入れられた。加工しやすく携帯に便利で、気持ちを奮い立たせてくれるkaffaは、長期旅行の必需品として需要が高まっていった。アクスム王国は十分な利潤を確保するため、kaffaの流通を厳格に統制していた。kaffaの粉の輸出のみを許し、貴重で希少な奢侈《しゃし》品に仕立て上げていたのだ。このような状況は一世紀前後まで続いた。この頃、アクスム皇帝はサバ皇室のイエメンの公主を娶った。このスーという名の公主が里帰りの際に、ひそかに一粒のkaffaの豆を陰部に隠し、イエメンのサナ城に持ち帰った。以後、kaffaはイエメンでも大規模に栽培されるようになったのである。そこで公主の名前にちなんでkasuと呼ばれるようになり、次第に拡散し始めた。あるギリシャの旅行家の記録に拠れば、商人たちは中国のシルクと金糸で編まれた小袋を胸にかけていた。一般的な財力の商人は、袋の中にkasuの豆を入れて、何度も煮て飲んだ。ただ豪奢な富豪だけがkasuを粉末にして飲むことができた。kasuが地位と身分を象徴するようになっていたのである。

おおよそこの頃、kasuはシルクロードを経由して、商人の手で西域《せいいき》から中原に持ち込まれ、中国の視界に入ってくるようになった。甘粛省《かんしゅくしょう》は花海《かかい》にある漢代の烽燧《ほうすい》遺跡で発掘された木簡には、クチャの商人が河西《かせい》の城市である酒泉《しゅせん》を通る時に申告した物資のリストが記されており、その中にkasuが含まれていた。

漢代においてkasuは、初め「苦沸《くふつ》」と呼ばれていた。その味と加工法にちなんだ名である。また後には赤蘇《せきそ》や崑崙果《こんろんか》といった異名や、後世に常用されることになる「嘉蘇《かそ》」も使われるようになった。蘇という文字の意味を探ると、後漢代の字書である『説文解字《せつもんかいじ》』には「蘇は艸《そう》から構成される」とあり、漢代の類語辞典とされる『小爾雅《しょうじが》』広名には「死して復た生ず、之を蘇と謂う」とあり、宋代の音韻字書である『広韻《こういん》』には「蘇、息なり、死して更生するなり」とある。嘉は、kasu には疲れ果てた人を興奮させる効用があったことから、「蘇」が用いられたのである。その善を褒める意である。

嘉蘇は中国に早く伝わったけれども、中原の気候は嘉蘇の栽培に適していなかった。そのため西域から輸入するほかなく、その数量は限られていて価格も極めて高かった。この頃の嘉蘇は、珍奇で貴重な薬材として上流階級に広まっただけだった。真の意味で普及を果たしたのは、後漢の伏波《ふくは》将軍馬援《ばえん》のおかげである。

後漢の初め、西域の莎車《しゃしゃ》の王であった康や賢が服属を申し出て、西域都護《せいいきとご》が置かれると、絶えず使者が往来するようになった。建武九年（三三）、名将の馬援と来歙《らいきゅう》は諸将を率いて涼州《りょうしゅう》（現在の甘粛省）を平定した。すると、たびたび羌《きょう》人と干戈を交えるようになった。これは西域諸国が利益を求めてシルクロードの開通を求めていたことと符合する。おそらくこの時期に、馬援は西域の莎車王（当時、康は既に病死し、その子の賢が王位を継承していた）および商人たちから献上品を得たと思われる。そのなかには嘉蘇が含まれていたのであろう。

馬援は嘉蘇を大層好み、当時河西をおさめていた竇融《とうゆう》に向かって「我輩は崑崙果《こんろんか》を持っております。これを飲めば万人だって相手にできましょうぞ」[※1]と豪語していた。これが中国の史書に初めて明記された kasu である。馬援は、kasu に精神を活性化する神奇な効能があることから、崑崙山から来た神果とみなしていたのだ。『後漢書』には、馬援のとある戦闘に関する記載がある。「矢が脛《すね》を貫いたが、大声をあげて死闘を展開し、夜になっても戦い止めなかったので、兵士たちに奮闘しない者はなく、遂に敵を打ち破った。皇帝は、璽書《じしょ》を送って労った[※2]。おそらく嘉蘇を飲んだ効用であろう。

光武帝〔後漢の初代皇帝〕の建武十七年〔四一〕、徴側《チュンチャク》・徴貳《チュンニ》姉妹が交趾《こうち》〔現在のベトナム北部〕で反乱を起こした。馬援は命を受けて鎮圧に赴いた。交趾は瘴気《しょうき》で覆われ、兵馬は苦しんだ。馬援は二つの方策を立てた。一つは兵士にハトムギを食べさせて瘴気を払ったことである。もう一つは携帯していた崑崙果の栽培を試みたことである。交趾の猛烈な暑さは、崑崙果の生育に適していた。反乱鎮圧には三年かかったが、この間に崑崙果の栽培実験は成功をおさめた。馬援は大変喜び、この地で栽培を普及させた。『後漢書』には「馬援は通った所に、郡県のための城郭を作り、水路を開削して灌漑し、農耕を勧めて崑崙果を栽培させ、その民に利益をもたらした」[※3]とある。また、馬援は銅柱を立てて漢の境を定めた。

馬援は軍を率いて都に戻る際に、二台の大きな馬車にハトムギの種と崑崙果を積んで持ち帰った。当時の群臣たちは、南方の珍奇な産物と思い込んで嫉妬したが、馬援が皇帝に厚く信任されていたので、事を荒立てる者はいなかった。馬援の死後、ある者が皇帝に上書し、馬援が南方から真珠や犀角を持ち帰ったと弾劾した。その証拠として、車上に紅い物が溢れていたことをかかげ、きっと宝石の類であろうと述べた。皇帝が激怒したので、馬援の遺族は恐怖におののいて、車上にはハトムギの種と崑崙果しかなく、紅色は崑崙果の色であると弁解しようとした。このとき於陵《よりょう》侯の侯昱《こういく》は、馬援の遺族に対し、崑崙は神山であるので、馬援が神果を私蔵し、長生を欲していたと邪な連中に誣告《ぶこく》されてしまうかもしれないと告げた。彼は馬家の人々に、珍蔵していた崑崙果を挽いて粉にし、嘉蘇と改名して天子に献上することを勧めた。

嘉蘇は苦かった。光武帝劉秀は嘉蘇を味わった後、馬援の東征西討の苦労を思い出して感嘆し、

「苦を呑みて以て苦に克《か》つ。彼を責めたのは誤りだった」といった。詔を出して厚く葬り、誣告した人物に罰を与えた。濡れ衣を着せられて白黒がひっくりかえってしまうという意味の故事成語「薏苡《よくい》朱果」〔薏苡はハトムギの意〕の出典である。

馬援事件の影響で、嘉蘇の名声は朝廷内で大いに高まった。苦労をいとわずに国のために忠を尽くすことの象徴となったのだ。天子に「苦を呑みて以て苦に克つ」と評された果実は、苦けれぱ苦いほど良しとした。なかには前漢の忠臣にちなんで草中の蘇武《そぶ》〔匈奴に使者として赴き抑留されたが、節を曲げず、十九年後に帰国した〕と評して称えた人もいる。張衡《ちょうこう》の「二京賦」は「たくさんの官僚が、宴の終わりとともに退出し、つとめて身をかえりみて、大杯を掲げて飲み、最後に嘉蘇の苦さを味わった」[※4]とうたっている。ここには、苦味を美とし、忠とみなす当時の風潮が表れている。このように後漢では、嘉蘇を飲む際に何も加えず、純粋に苦味だけを味わった。その功は馬援に帰する所となろう。馬援は交趾を平定し、銅柱を建立し、嘉蘇を流通させたので、嘉蘇を馬立蘇と称することもあった。

章帝〔後漢の第三代皇帝〕の建初四年〔七九〕、賈逵《かき》・丁鴻《ていこう》・班固《はんこ》といった儒者が宮中の白虎観に集まり、儒教経典である五経の異同について議論した。この時の議論は大いに長引いたので、章帝は儒者たちをいたわって、特別に嘉蘇を下賜して元気づけた。儒者たちは精神が奮い立ち、徹夜しても疲れを覚えず、わずか十日で『白虎通義《びゃっこつうぎ》』を完成させ、後世の儒学に大きな影響を与えた。賈逵は嘉蘇を称賛して、勤政の徳があるとし、「南方は五行の火に属しており、火は五行の土がなければ生じることができない、土は中央にあるので、火は賢明な君主の側近くにいるものを意味するのだ」[※5]と論じて、南方の産物である嘉蘇を賢明な君主の徳行の象徴とみなした。班固は秦代に編纂された『呂氏春秋《りょししゅんじゅう》』を引いて「文王は菖蒲菹《しょうぶしょ》を好んで食べた。そのことを知った孔子は、首を縮めてこれを三年間食べつづけ、ようやく克服した。私はもとより聖人の志を知っている。今の朱蘇はこれである」[※6]と述べた。菖蒲菹は菖蒲の根のことであり、その味はひどく苦い。班固は、孔子がわざわざ苦い物を食べて、文王の徳を模したとし、今人が朱（嘉）蘇を飲むことも、先賢の道を追うことであると述べ、苦いものを食べることと儒学を結びつけたのである。その後、馬融《ばゆう》や鄭玄《じょうげん》といった大物儒学者も嘉蘇を称え、読書に必須の飲み物とした。いわゆる「蘇を飲むは徳を修むるが如し」という類の謂いである。身を修めて本性を正し、精神を鍛える。ここから嘉蘇と儒学精神が密接不可分だったことがわかる。

　白虎観会議の後、嘉蘇の地位は極めて高くなった。人々が嘉蘇に懐くイメージも、徐々に単なる忠誠から、忠勤の意も含むようになっていった。たとえば和帝劉肇《りゅうちょう》〔後漢の第四代皇帝〕に仕えた名臣の徐防《じょぼう》は、「政務に励み、嘉蘇を飲んで、数日寝ないで、あちこちで事績を残した。皇帝は、蘇臣と呼んで彼を称賛した」[※7]とあり、このとき既に「蘇臣」が臣下の忠勤の美称となっていたことがわかる。和帝は、外戚である竇《とう》氏の粛清にとりかかる前に、嘉蘇水を持って誓を立てた。「朕は、嘉蘇水を飲み、日夜慎重に職務に励み、いまだかつて一睡もしなかったのは、みな国事のためである」[※8]ここから、天子が嘉蘇を飲むという行為が、親政に意欲を燃やすことを意味するようになったのである。質帝《しってい》〔後漢の第十代皇帝〕は、外戚で権臣の梁冀《りょうき》に向かって蘇水を求めたので、権力掌握に意欲を燃やしていると梁冀に勘違いされ、嘉蘇に毒を入れられて殺されてしまった。

『東観漢記』〔後漢時代に編纂された歴史書〕の記載に拠れば、後漢の儀礼中、天子が諸侯や殊勲ある大臣に下賜する九つの品である九錫《きゅうせき》のうち、八種類は礼器だが、九種目は蘇鬯《そちょう》であった。蘇はすなわち嘉蘇、鬯《ちょう》は祭祀用の香酒を意味している。馬融は儒教経典の一つである『礼記《らいき》』に注を付けて「徳行のすぐれた者には、車馬を下賜し、民を調和して楽しませる者には、楽器を下賜し、善行をなす者には、昇殿時の専用の階段を下賜し、忠勤を兼ね備える者には、蘇鬯《そちょう》を下賜する」[※9]と述べた。当時、嘉蘇が儀礼的・政治的意味合いを帯び、強烈な象徴性をもつ飲み物になっていたことがわかる。

後漢時代、交趾は地理的に遠く離れていたので、輸送は容易ではなかった。そのため中原に入ってくる嘉蘇の量は少なく、一斛《こく》〔一斛は百升＝約二十リットル〕の嘉蘇は黄金と同等の価値を持っていたので、庶民の手には届かなかった。そこで民間では、この黄金に匹敵する高貴な飲み物に対して、奔放な想像力を発揮した。楽府中の喪歌である「蒿里《こうり》」には「魂魄を集めるのに賢者も愚者もない。鬼伯はどうしてこんなにも急かしたてるのか、痛ましくも嘉蘇を飲むこともできず、人命だというのに少しの猶予も許されない」[※10]とある。多くの後漢墓の壁画中には、儀仗兵の列に紅果を持った人物が交じっており、幡《はた》を持つ者に続けて描かれている。嘉蘇が後漢の喪葬文化において重要な地位を占めており、起死回生の効能があると思われていたことを物語っている。ある讖緯《しんい》書〔中国古代の予言書〕の中では、嘉蘇は初期の呼び名――崑崙果――で登場し、西周の穆天子《ぼくてんし》が崑崙山に住まう女神西王母を訪ねた際に得たとされている。漢代の葬儀の際に行う舞曲である「崑崙回」では、西王母に扮した舞者が紅果を持ち、魂魄の帰還を呼びかけている。嘉蘇は、後に招魂の際に用いられるようになり、喪葬文化に欠かせないものとなった。

朝廷・儒者・民間の三重の想象力が合わさることで、嘉蘇の地位は日増しに高くなった。残念なことに、これほど熱狂的に崇拝されていたにも拘らず、嘉蘇の生産量は限られており、西域からも交趾からも安定した供給は望めなかった。結局のところ、後漢時代には、嘉蘇は上流社会の珍しい奢侈品となるにとどまり、大規模に普及することはなかったのである。作者不明の「孔雀東南飛」という長編詩の中では、太守の家の豊かさを褒め称えるにあたって、「朱蘇三百斛〔約六千リットル〕、交広〔現在の広東・広西一帯〕より買い求めた珍魚[※11]」と歌い上げており、嘉蘇が依然として南方の珍奇な特産物だったことがわかる。

漢室の衰退と軍閥の割拠によって、嘉蘇は中原から姿を消してしまった。その状況に変化が生じたのは三国時代である。蜀漢《しょくかん》の丞相《じょうしょう》の諸葛亮《しょかつりょう》は西南夷〔現在の四川省南部・雲南省・貴州省などに居住していた諸民族の総称〕を征伐したとき、南蛮の気候が交趾と似ていることに気づいた。そこで蜀漢軍の一部に命じて屯田させ、孟獲《もうかく》など当地の首長の協力のもと嘉蘇の栽培を試みて成功をおさめた。これ以後、西域・交趾のほかにもう一つ嘉蘇の生産地が増えたのである。

諸葛亮は嘉蘇の製法にも改良を加えた。彼以前は、直接果核を煮るか、砕いた粉を溶いて服していた。彼はまず高温で果核を焙煎し、その後、砕いた粉を溶いて飲む方法を生み出した。こうすることで嘉蘇の味は更に豊かになり、苦みの中に香りが含まれるようになった。人々はこれを諸葛蘇と呼び、諸葛弩《ど》と並ぶ諸葛亮の二大発明とみなしている。

諸葛亮は、熱心に政治に励むことで知られ、大きな仕事も細かい仕事も、全て自ら行った。長きにわたる過重労働のため、嘉蘇への依存が激しく、「常に嘉蘇を手離さず、日夜飲み続け、精力・思慮を尽くすこと甚だしかった[※12]」（『三国志』楊洪伝）という有様であった。かつて孫権《そんけん》〔三国時代の呉の初代皇帝〕は手紙を送って「嘉蘇は純であるといっても、しきりに服すべきものではない。貴殿は中原恢復を信念としているので、敢えて身を惜しまないのか[※13]」と述べている。また司馬懿《しばい》〔三国時代の魏の将軍・官僚〕は、蜀漢の使者にはっきり次の様に告げている。「人の寿命は決まっているのに、無理やりに嘉蘇で急き立てるとは。ましてや食事は少なく、仕事は繁雑である。入る物が出る物よりも少なくて、どうして長生きできようか[※14]」これらの言葉に示唆されているように、当時の人々も嘉蘇に負の作用があることを認識していたのである。

蜀漢の建興九年（二三一）、諸葛亮は北伐を果たせないまま、司馬懿と祁山《きざん》で対峙し、兵糧が尽きて撤退した。漢中に引き返す途中、諸葛亮は定軍山で急死した。研究者は、長年にわたって大量に嘉蘇を飲用したため心臓病になったのだろうと考えている。現在、武侯祠（諸葛亮を祀った廟）の中には、盛唐の詩人である杜甫《とほ》の「三顧頻煩なり天下の計、両朝開済す蘇臣の心[※15]（三顧の礼をうけて示した天下の計、劉備とその息劉禅に仕えた蘇臣の心）」という詩が記されている。清代の浦起龍《ほきりゅう》は「蘇は嘉蘇のこと。蘇臣は漢代の徐防の故事を出典とする。諸葛亮が劉禅を託されて苦心したことをいっている[※16]」と注をつけている。

諸葛亮の急死は、蜀漢に内乱をもたらした。蜀漢の将軍であった魏延《ぎえん》は漢中に割拠し、諸葛亮の側近であった費禕《ひい》と楊儀《ようぎ》は成都で劉禅《りゅうぜん》を擁したが、相次いで魏の将軍である司馬懿に滅ぼされた。蜀漢を滅ぼした大功によって晋公に封ぜられた司馬懿は、その地に割拠して中原に戻ることを拒否した。彼の努力によって、中原と西南夷の交通ルートが切り拓かれ、諸葛蘇が大量に曹魏宮廷に流入し始めた。

当時、曹魏の貴族層の人気を集めていたのは、何晏《かあん》・王弼《おうひつ》を代表とする清談（老荘思想などに基づく哲学的談論）の士であった。彼らは老荘思想と儒教経典を融合した玄学をうちたて、名士たちにもてはやされた。何晏は嘉蘇に対して非常に熱心で、喧伝に努めて清談に欠かせない一級品とみなした。何晏や王弼らの強力な後押しで、あっという間に曹魏の貴族層は清談のとりことなった。何晏本人は軽やかな毛皮をまとって帯を緩め、下駄を履き、左手に麈尾《しゅび》（払子《ほっす》）を持ち、右手に小さな臼を持ち、議論しながら嘉蘇の豆を挽き、嘉蘇の粉と石鍾乳・紫石英・白石英・石硫黄・赤石脂を臼で混ぜ合わせて五石散を作って飲んだ。飲むと精神が活性化したので、嘉蘇を挽く臼と酒と琴を三友と呼んだ。これは一世を風靡し、多くの人々が真似をした。さらには嘉蘇の黒い汁が垂れてできた襟元の汚れを「素璽《そじ》」と呼び、名士の象徴とみなすようになった。

曹魏における五石散の流行は、朝廷の土台を根底から揺るがした。同時に嘉蘇の生産地を押さえている司馬懿は、この状況を利用して地位を強固なものとした。一方、何晏・夏侯玄・王弼のような人々が曹魏の高官となったことで、国事は立ち行かなくなってしまった。正始十年（二四九）、司馬懿は嘉蘇の献上を名目に軍勢を率いて上洛し、都を急襲して、ちょうど嘉蘇の豆を挽いていた何晏・夏侯玄・王弼および輔政の臣である曹爽《そうそう》らを殺害し、実権を掌握した。世に言う「嘉蘇の変」である。後世、晩唐の詩人である李商隠《りしょういん》がこれを諷喩《ふうゆ》する詩を作った。「嘉蘇の小豆磨きて未だ半ばならず、已に晋師の洛陽に入るを報ず[※17]（嘉蘇の豆を挽いて未だ半ばまでいかないうちに、すでに晋の軍勢が洛陽に入ったという報告がきた）」

この後、司馬家は曹魏を簒奪して西晋《せいしん》を建国し、孫呉《そんご》を滅ぼした。しかし、清談と服薬の流行はおさまらず、気風は腐りきってしまった。嘉蘇に込められていた忠勤の意は次第に消え去り、かわって清談・玄学の有力な道具となった。嘉蘇を服用する者は、絶え間なく徹夜で話し続けることができたので、嘉蘇の小臼と麈尾・襟の広い旧袍が名士を示す道具となった。天子はたびたび禁止の詔を下したが、人々の依存度は既に高く、どうしようもなかった。高官の石崇《せきすう》と王愷《おうがい》は富を競い、嘉蘇を煮だしたお湯で体を洗い、これを醒酒湯《せいしゅとう》と呼んだ。その贅沢ぶりは推して知るべしである。またある人が嘉蘇を過剰摂取して吐血すると、人々は称賛して蘇態と呼び、名士の風流とみなされた。こうした奇怪な様は名状しがたいものであった。

嘉蘇が貴族の間で流行したことで、その需要は更に高まり、従来の輸入ルートでは彼らの胃袋を満足させられなくなってしまった。供給源の新規開拓が求められたのである。以前、呉の孫権は、臣下の衛温《えいおん》や諸葛直《しょかつちょく》らを夷《い》州（現在の台湾）に派遣して調査させたことがあった。その際の貴重な航海記録を踏まえて、呉の沈瑩《しんえい》『臨海水土志』は、夷州は蒸し暑く瘴気が多いと記した。呉を滅ぼした後、西晋の名臣の張華《ちょうか》は『博物志』執筆中にこの記録を見つけ、夷州で嘉蘇を栽培することを思いついた。彼は上奏して、船団を夷州に派遣して嘉蘇栽培にふさわしい場所を調査するよう提案した。武帝（西晋の初代皇帝司馬炎。司馬懿の孫）は裁可し、前後三回にわたって船団を送り、栽培を試みて大成功をおさめた。

後に張華は司馬一族の政治闘争に巻き込まれて没したが、嘉蘇に対する巨大な需要は夷州の開発を停めることなく、夷州郡を設立して統治を固めるに至った。このとき、はじめて台湾が中原の王朝の政治版図に入ったのである。時を同じくして、広州南方の大きな島（海南島）も合浦《がっぽ》郡から切り離され、漢代の制度を踏まえて珠崖《しゅがい》・儋耳《たんじ》二郡が置かれた。ここでも嘉蘇の栽培が行われた。

夷州・珠崖・儋耳三郡の設立は、嘉蘇の開発を新たな局面に突入させた。中原に供給される嘉蘇の量は増大し、貴族が楽しむほか、一般民衆にも触れる機会ができ、北方に輸出する余裕も出てきた。また、種類も多くなり始めた。史書には藍山《らんざん》蘇・夷州蘇・瓊海《けいかい》蘇など十種類以上の名がみえる。技術の普及につれて、国家が独占的に栽培してきた嘉蘇が徐々に各地に広がり、大荘園の小作人や自作農も栽培するようになった。すると朝廷は栽培を許すかわりに、税役の代替物として嘉蘇を納めさせた。

西晋は、司馬一族による八王の乱が十数年も続いた結果、五胡（匈奴《きょうど》・鮮卑《せんび》・羯《けつ》・氐《てい》・羌《きょう》などの遊牧系諸民族）の侵入を招いて滅んでしまった。生き延びた司馬睿《しばえい》（司馬懿の曽孫）によって長江下流域に東晋が建国されると、中原から多くの人々が避難してきた。彼らは嘉蘇を飲む習慣も持ち込んだが、この時期、嘉蘇の飲用手順は大幅に簡略化された。かつて魏晋の名士は自ら小臼を携帯し、自分で粉を挽いて飲み、のんびりとしたしぐさを美とし、黄老〔老荘思想の意〕の磨と称していた。南渡以後は、政治の中心と嘉蘇の産地が近くなり、輸送と貯蔵の面で格段に便利になった。夷州・珠崖・儋耳三郡の嘉蘇豆は現地で加工し、細粉にして桶に入れ、各地に運ばれた。飲む者はお湯をそそぎさえすればよく、「客は蘇を諾《だく》するに及ばず」と言われた。すなわち、客が礼を言う暇もないほど、すぐに一杯の嘉蘇が出されたという意味である。しかし、貴族はその粗さを蔑み、依然として臼で挽くことを雅とした。

嘉蘇の普及は、さらに幅広い階層の人々を嘉蘇文化に取り込んでいった。南北分裂という政治的現実と華北奪還の願いは、嘉蘇に新たな意味を注ぎ込んだのである。

東晋の将軍である祖逖《そてき》は、若い頃、親友の劉琨《りゅうこん》と時局について議論するたびに、必ず慷慨して激昂し、義憤に満ち溢れていた。国家に報いるために、彼らは鶏の声が聞こえるや否や起床して、剣を抜いて練武した。劉琨は彼に嘉蘇を飲むよう勧めたが、祖逖は「国に報いんとする志があれば覚醒できよう。鶏の声をきけば十分なのに、どうして嘉蘇を飲む必要があろうか！」[※18]と答えた。劉琨はしきりに敬服した。

東晋の名将の陶侃《とうかん》には、広州にいた時のある逸話が伝えられている。「朝に百個の瓦を室外に運び、夕方に室内に運んだ。そして夜に嘉蘇を飲んで書類仕事をした。その理由を問われた彼は次の様に答えた。「私は中原恢復に力を尽くすつもりなのだが、過分にも安閑と過ごすこととなり、兵事に堪えられなくなることを恐れているのだ」[※19]」彼の忠勤精神は、嘉蘇文化に新たなる一頁を付け加えることになった。東晋の明帝〔第二代皇帝〕期に、荊州刺史《けいしゅうしし》〔荊州は現在の湖北省一帯。刺史は地方長官〕となった陶侃は、南方から大量の嘉蘇の果実と粉を運んで兵士に分け与え、中原恢復を励ました。兵士たちは奮い立ち、日夜怠ることはなかった。ここから嘉蘇は正式に軍隊の注視するところとなり、陶公果と呼ばれるようになった。

陶侃の後、嘉蘇が戦争中の兵士にもたらす刺激に、多くの将軍が注目するようになった。謝玄《しゃげん》は北府兵〔首都建康の東北に位置する京口に置かれた軍隊〕を部下の劉牢之《りゅうろうし》に訓練させた際、一人につき嘉蘇の粉を一袋与え、毎日服用させた。その結果、百里行軍しても疲れず、夜中に戦っても緩まず、戦闘力も驚くべきものがあった。すでに嘉蘇を服する習慣は、貴族の専売特許ではなくなっていたのである。

祖逖・劉琨・陶侃から劉牢之に至るまで、嘉蘇の使用法は、貴族たちと明らかに異なっていた。軍隊が契機となって、下級貴族と寒門〔中下級官僚や軍人を輩出する豪族層〕は漢代の嘉蘇の本義――忠勤尚武――の復権を求め、自己の政治地位と影響力の拡大に努めたのである。この運動は義熙《ぎき》五年〔四〇九〕に最高潮に達した。寒門出身で東晋末に実権を握った劉裕《りゅうゆう》は北伐を計画し、朝廷に上書し、貴族が保有する嘉蘇を軍資にあてるよう求めた。貴族たちは怒りを覚えながら何もいわなかった。ある名士はこう哀嘆したと伝えられている。「嘉蘇は南国に生じ、しだいに崇高な風格をも備えるようになったというのに、北風が吹けば、泥中に倒れてしまうのか[※20]」

劉裕が皇帝に即位し、南朝の宋《そう》を建国した後、寒門と貴族による嘉蘇の解釈闘争はますます激しくなった。仏教徒と道教徒も加わってきたからである。例えば著名な訳経家である僧侶の真諦《しんたい》は、嘉蘇の苦味を苦・集・滅・道の四聖諦《ししょうたい》〔四つの聖なる真理〕のうちの苦諦〔この世は苦であるという真実〕にあてはめた。一方、この時期の道教の立役者である葛洪《かっこう》は、その著書の『抱朴子《ほうぼくし》』の中で、嘉蘇の天然の味わいは、九竅《きょう》〔人体の九つの穴〕に通じ、三尸《し》〔人体に住む三匹の虫で、庚申の夜に人体から出て天帝に罪をつげるとされた〕を斬るとした。嘉蘇の持つ文化的意義は、この時期にますます豊かになったのである。ただ、総じていえば、儒者は苦を堅忍とみなし、仏教徒は苦を悟りとみなし、道教徒は苦を天然とみなし、将軍は苦を鍛錬とみなしており、苦味を重視する点では共通している。

しかし、同時期の北方では、嘉蘇は異なる方向に発展していった。

南北朝の対峙によって交通は途絶えたけれど、依然として嘉蘇は西域などから流入していた。そのほか南方から北方への密輸品の中では、塩・香料を除けば嘉蘇が最も利益の大きな品だった。そのため北方諸国の高官にも嘉蘇を飲む習慣が広まった。五胡十六国〔四〜五世紀に華北を支配した五胡諸政権〕の一つである夏の君主の赫連勃勃《かくれんぼつぼつ》は、統万城《とうまん》〔現在の陝西省靖辺県にあった城〕を建てる時に、城壁が一段できるたびに一人の兵士に矛を持たせ、嘉蘇を飲ませてから、矛を城壁に突き刺させた。矛が刺さったら城壁を作ったものを殺し、刺さらなかったら矛を持つ者を殺した。その残虐さはさておき、当時、嘉蘇が相当普及し、精神を覚醒させ、士気を搔き立てる効果によって、将軍たちに重視されていたことがわかる。

この頃、はじめて羊乳・牛乳を嘉蘇に入れる飲み方が登場した。この飲み方はすぐさま普及し、「酪嘉《らくか》」と呼ばれた。もはやどこが起源かもわからないが、一般的に遊牧民である鮮卑《せんび》の拓跋《たくばつ》部〔四世紀末に北魏を建国して五世紀半ばに華北統一を果たした〕の南下によってもたらされた飲用習慣が、中国化の過程で中原の習慣と融合したと考えられている。最も早い史料は、北魏の孝文帝拓跋宏《たくばつこう》〔第六代皇帝。中国化政策を断行した〕に由来するとしている。彼は北魏の首都を平城〔現在の山西省大同〕から洛陽に遷し、鮮卑の姓を漢姓に改めさせた。『魏書』は彼が洛陽に遷都した後、羊乳を嘉蘇に注ぎ、諸臣に下賜し、鮮卑文化と漢文化の融合を示したとする。ここから窺えるように、南方で生長する嘉蘇が漢文化を代表する物品とみなされていたのである。

孝文帝を端緒に、酪嘉は北方で流行り始めた。北魏時代に編纂された農業技術書の賈思勰《かしきょう》撰『斉民要術《せいみんようじゅつ》』には、飴糖《いとう》の製造法が記されている。飴糖は米と麦芽をじっくり煮て作る。賈思勰はわざわざ『斉民要術』の中で、乳の代わりに飴糖を嘉蘇に入れて混ぜると、味が甘くなることを記している。北朝の王公貴族の多くがこれを好んで飲み、ひどいときには過剰摂取で中毒になり、神経衰弱を引き起こした。「神靡《しんび》」「衰作」「浮興」といった語句が史書に散見されるが、これらは嘉蘇の飲みすぎによる後遺症を意味している。嘉蘇が流行した証しである。

しかし、この飲み方は南朝では蔑視された。南朝は苦を以て美とし、乳をまぜる酪嘉を鼻で嗤って理解しようともせず、北朝人に対する蔑称として「甜虜《てんりょ》」〔甘味好きの野蛮人の意〕を用いた。北朝も南朝の苦味を嗜む習慣に理解を示さず、お返しに「苦鄙《くひ》」〔苦味好きの田舎者の意〕と呼んだ。北魏の孝明帝〔第八代皇帝〕期に、その使者が南朝に赴いたところ、滞在する駅館で貴族にからかわれ、極めて苦い嘉蘇を故意に出された結果、その場で嘔吐してしまった。これは大きな政治的波風をたててしまい、あやうく開戦に至るところだった。

一方は苦く、一方は甘い。このことが南北の垣根の一部となったのである。この時期の文学作品には、相手に対する侮蔑的な言辞があふれている。南朝の謝霊運《しゃれいうん》・鮑照《ほうしょう》といった著名な文人も酪嘉を巧みに風刺している。北朝の文人も反撃しているものの、明らかに劣勢だった。そのうち最も特別な人物は庾信《ゆしん》である。庾信はもともと南朝の梁の官僚だったが、六世紀半ばに梁で発生した侯景《こうけい》〔北朝の東魏から南朝の梁に亡命した人物〕の乱による混乱で、北方に抑留されて西魏に出仕し、北周に留まることになった。彼の詩文は南北双方の長所を採用し、前期は美麗、後期は荒涼としている。梁の滅亡を哀悼した「哀江南賦《あいこうなんふ》」の中で、庾信は「生死離別の苦しみは、天に問うてもどうにもならない。初めは南、後には北、始めは苦く、最後は甘い」[※21]と書いている。

苦甘の喩えで、郷土を思う情感を表したのである。彼は西魏・北周に仕えながらも、終生、苦い嘉蘇だけを飲み、節を曲げないことを示した。この逸話は後に「庾信食苦」という故事成語を生みだした。

しかし、南朝の官僚は酪嘉を蔑視していたけれども、人が甘味を好むのは自然の流れである。また、南方では、糖の生産が北方よりも楽であるため、糖を加える飲み方もひっそりと広まっていった。南方で用いられた甘味料は、交州の甘蔗糖《かんしょ》である。当時は甘蔗餳《とう》と呼ばれていた。梁代の名医陶弘景《とうこうけい》は、『名医別録』の中で「蔗は江東産が最もよい。廬陵《ろりょう》にも良い物が有る。広州のある種は数年もかけて育ち、その大きさは竹のようであり、長さは丈余もある。汁を取って沙糖を作り、嘉蘇に入れれば、とても有益であり、小児の夜泣きひきつけを治すことができる」[※22]と書いている。始めは児童を落ち着かせる漢方薬として用いられたが、後に貴族層の女性たちもこっそり使うようになり、さらには貴族の子弟も私的な集まりの際に賓客にふるまうようになっていった。

批判をさけるために、この飲み方は「蔗薬」と呼ばれ、甘蔗と羊乳・牛乳を区別し、蔗薬と酪嘉は根本的に違うとした。ある人は医学書である葛洪《かっこう》撰『肘後備急方《ちゅうごびきゅうほう》』の一部を偽造し、蔗薬は昔からあるとした。

甘嘉蘇という飲用法は、薬の名の下にひっそりとはやり始めた。儒者は嘉蘇に甘味を加える飲み方に強い拒否反応を示した。当時の大儒は、甘嘉蘇には五毒があると非難した――心を駄目にし、意を気ままにし、苦しみを避け、志をこわし、思いを破壊する。この飲み方は本末転倒で、簡単に志を失わせてしまうとみなしたのである。史家として著名な沈約《しんやく》は、梁の武帝〔仏教に傾倒した梁の初代皇帝〕に甘嘉蘇を廃するよう上書し、「今、天下中が甘い乳を選んで苦い嘉蘇を顧みず、ちっぽけな利をとって大きな利を忘れています。その志は必ずや潰え、その民は必ずや散らばることになります[※23]」と述べたが、武帝は聞き入れなかった。沈約は武帝が熱心な仏教信者であることを知っていたので、その奉仏活動の拠点である同泰寺の住職を諭して説得に当たらせた。住職は宮中に入るや否や大声で「色声香味触法無し！」と叫んだ。武帝ははたと悟り、詔を出して甘嘉蘇を禁絶し、医師以外に五両の蔗薬を所有する者があれば流罪とした。しかし、貴族たちは面従腹背し、この禁絶は数か月続いただけで、うやむやになってしまった。

皮肉なことに、梁の武帝は侯景の乱後に台城に幽閉され、飲食にも事欠くありさまで、口内の苦味を癒すため蔗薬を求めたが取り合ってもらえず、ついには餓死してしまった。民間には次の様な伝説が残っている。観音菩薩が甘露を一滴たらし、人々に行き渡らせることを望んだのに、武帝は佞僧に惑わされ、禁絶を命じてしまい、菩薩に背いてしまった。そのため観音は、臨終の床で甘味を欲しても得られないという罰を与えたのだ、と。

この苦味と甘味を巡る南北対立は、北周《ほくしゅう》を簒奪した隋《ずい》が南朝の陳《ちん》を滅ぼして中国統一を果たした結果、終わりを迎えた。開皇九年〔五八九〕、陳の滅亡後、隋の初代皇帝である文帝楊堅《ようけん》が勝利の知らせを後宮に持ち帰ると、妻の独孤伽羅《どっこから》は金杯に入った褐色の液体を掲げて祝福した。文帝が試しに飲んでみると、あまりにも絶妙な味に声も出なかった。これは何かと尋ねたところ、独孤伽羅は、嘉蘇と牛乳と蔗糖を混ぜたもので、南北の名産を集めて、天下統一の大業を表しました、と答えた。文帝は大いに喜び、「朕の伴侶はこのように賢いのだから、他に求める必要があろうか[※24]」と言い、ついにこの飲み物を嘉蘇伴侶と命名し、独孤皇后に対する深い愛情を示した。

この飲み方は、あっというまに全国に広がった。男子は軍功の、女子は愛情の象徴とみなしたのである。ここに至って南北は合流し、甘味が大いに隆盛した。苦嘉蘇は、宗教的な飲み物となり、さらには修行の一部とみなされるようになり、かつての人気が戻ることはなかった。しかし、嘉蘇の苦味がもつ意味はかえってさらに深くなり、神秘化・政治化されるようになった。

隋の文帝楊堅の二人の子どもは、後継ぎの座を巡って争った。太子の楊勇《ようゆう》は贅沢を好み、寵愛する側室も多かった。はばかることなく、つねに心のまま歌曲を愛し、多くの妾を納めたので、文帝夫妻の不興を買った。一方、次男の楊広《ようこう》は、じっくり考えをめぐらし、両親の気持ちを推し量り、進献された美姫をわざと冷遇し、簡素な屋敷に住み、嘉蘇を飲むときは乳も糖も入れず、純黒にしていた。あるとき文帝は気になって、純黒の嘉蘇を試したくなった。楊広は自ら勺《しゃく》をとって煮て、一杯すすめた。文帝は試しに一口飲むと眉をひそめて、「苦甚《にがすぎ》、苦甚《にがすぎだ》」と言った。楊広はすぐに地に伏せ、人々の苦しみは、嘉蘇よりも甚だしく、それを忘れないために、毎日これを飲んで自分を戒めていたのです、といった。文帝は大いに喜び、この子は志が堅く、女にも溺れず、享楽にもふけっていないと思い、ついに皇太子をかえる決意を固めた。

この逸話は正史である『隋書』にはみえず、唐代の筆記史料にのみ見えることから、真偽のほどはわからない。ただ、楊広本人が嘉蘇を好んだことは史書に記載がある。

隋の煬帝《ようだい》〔二代目皇帝の楊広〕の嘉蘇に対する偏愛ぶりは狂気に近いものがあった。大業三年〔六〇七〕、彼は朱寛《しゅかん》と何蛮《かばん》を流求〔夷州郡は劉宋時に夷州・流求二郡と三つの僑州が置かれた。後に劣悪な環境のため、赴任を願うものがおらず、遂に三つの僑州を廃止し、流求郡に改めた〕に派遣し、帝室専属の嘉蘇栽培園を設立し、嘉蘇にちなんで流求郡を嘉義郡と改名した。大業六年〔六一〇〕、煬帝は、陳棱《ちんりょう》と張鎮州《ちょうちんしゅう》を派遣した。彼らは兵士一万余人を率いて広東の義安〔現在の潮州〕から出航し、大量の移民を流求に送って開拓を進めた。これ以前、台湾島には、いくつかの栽培園と砦が南部に設けられただけだった。陳棱の到着によって、やっと大規模な開発が始まったのだ。

現在、台湾の彰化市に陳棱街があるのは、その記念である。煬帝は、南は杭州から北は現在の北京まで、全長二七〇〇キロメートルに及ぶ大運河を開削した。その目的は、嘉蘇を速やかに北に運ぶことだった。大運河を北上する際の要に位置する嘉興は、嘉蘇の繁栄にちなんで名づけられたのである。

隋の煬帝の治世は短かったが、その間に嘉蘇の生産量が増加し、価格が下がったことで、次第に普及していった。その結果、上は王公から下は庶民に至るまで嘉蘇を愛飲するようになった。唐建国後、初代皇帝の高祖李淵《りえん》も二代目皇帝の太宗李世民《りせいみん》も嘉蘇を好んだ。北宋代に編纂された『資治通鑑《しじつがん》』には次の様な逸話が載っている。唐の貞観《じょうがん》二年〔六二八〕、蝗害《こうがい》が発生した。太宗は玄武門〔長安の宮城の北門〕の北の御花園で一匹の蝗《いなご》を捕え、「人は穀物で命をつないでいるのだ。それなのにお前らは穀物を喰ってしまうが、それは人々を害することなのだ」[※25]といって生きたまま食べようとした。左右の者が、蝗には毒があるので、生食は止めるよう説得したので、太宗は蝗を沸き立った苦嘉蘇の中に入れて熱し、祈りをささげて「人々の苦しみを生きながらに受けるがよい！」[※26]といった。この逸話は美談として伝えられた。

隋・唐の皇帝たちが愛飲したこと、供給量が大幅に増加したことで、後漢に流行が始まった嘉蘇は、遂に全盛期を迎え、歴代の詩人によって絶えず称えられた。初唐の陳子昂《ちんすごう》・駱賓王《らくひんおう》・盧《ろ》照鄰《しょうりん》から、盛唐の李白《りはく》・杜甫、晩唐の白居易《はくきょい》・李商隠らに至るまで、みな嘉蘇を褒め称えている。そのうち杜甫の「同李十一醉憶元九」の「褐蟻《かつぎ》新醅《はい》の水、紅泥《こうでい》小火の炉《ろ》[※27]〔褐蟻の浮かぶ入れたての嘉蘇水、紅い埋火《うずみび》のちらつく焜炉《こんろ》〕」という句は、嘉蘇の神髄をうたったものとして最も評価された。清代の仇兆鰲《きゅうちょうごう》の注釈では、水は嘉蘇を意味し、褐蟻は嘉蘇に乳を加えて攪拌した後に浮かび上がる褐色の泡をさすとしている。

唐代には嘉蘇の飲み方も多様化し、粉を挽く、豆を留める、乳と糖を混ぜる、チーズを泡のように浮かべる、花椒や塩を加える等々、種類が大変多く、褐蟻もその一種であった。実のところ、後漢の馬援以降、嘉蘇の飲み方は極めて多様になっていたのだ。隋代に官修された『博物志』の統計によれば、南朝では苦嘉蘇だけで、その飲用法の流派は四十八家に及んでいた。盛唐に至って苦・甘が合流したほか、西域の香料も輸入されたことによって、飲用方法は百花繚乱となっていたのだ。

唐の玄宗期の天宝年間〔七四二〜七五六〕に至って、この流派乱立に終止符が打たれ、統一が果たされた。復州《ふくしゅう》竟陵《きょうりょう》の人である陸羽《りくう》が突如としてあらわれて、諸家の飲用法を集大成し、『蘇経』五巻を編纂したのである。『蘇経』の中で陸羽は、唐以前の嘉蘇の飲用法の沿革をまとめ、嘉蘇豆の栽培・加工・鑑賞から、水・蘇器・乳・糖の選択にいたるまでを会得するために、長安を離れて江南を遊歴し、自ら夷州・嘉義・珠崖・儋耳などの嘉蘇の産地に赴いて考察を加えた。陸羽は、天下の嘉蘇を九品に分け、珠崖の嘉蘇を最も醇《じゅん》であるとし、天下の水を十一品に分け、廬山康王谷水《ろざんこうおうこくすい》〔現在の江西省廬山市にある名泉〕の滝水が最も澄んでいるとし、天下の乳を六品に分け、黒山〔現在の内蒙古自治区包頭市西北〕の突厥《とっけつ》〔隋唐時代にモンゴル高原にいた遊牧民〕が育てた三歳の母牛の初乳が最も柔らかであるとし、天下の糖を七品に分け、長江下流の揚中《ようちゅう》の黄泥蔗糖が最も甘いとした。こうした分類と品評を通じて、陸羽は嘉蘇の飲み方を統一し、嘉蘇の品鑑を芸術の域に高め、豊かな哲学を内包する蘇道を創始したのである。

陸羽は蘇道において、主に老荘・道家思想を混淆し、黒い蘇粉を陰とし、白い乳糖を陽とし、嘉蘇の調合は、すなわち陰陽調和の道であると称した。さらにお湯を注いだ時にできる白黒の渦の中に、陰陽魚の図像を見出した。これが後の太極陰陽図の淵源である。陸羽は蘇道の核心理念として、人は嘉蘇の如き存在であると述べている。能《よ》く其の苦を感じ、能く其の神を聚《あつ》め、能く其の甘を楽しみ、能く其の道を体す。嘉蘇を味わうことで、自然の大道を体得し、天人合一の自然のあわいにたどり着くことができる。そのために、彼は厳格な工程を創りだしたのだ。嘉蘇豆の挽き方から、水の煮方・乳の準備・糖の調合、飲用時の器具に至るまで厳格に定め、その特別な意味を示そうとしたのである。

また、嘉蘇豆を挽く時に使う小さな石臼は、歙州《しょう》〔現在の安徽省黄山市〕の龍尾山一帯の渓谷で取れる石材を最良とした。いわゆる歙磨《しょうま》である。その石は硬くてなめらか、触感は肌の様で、鋭利な刃物でさえも砥ぐことができ、粉がひっかかることもなく、挽かれた嘉蘇粉は均等で石香がある。そのほか、洮州《とう》〔現在の甘粛省甘南蔵族自治州〕の洮磨・虢州《かく》〔現在の河南省三門峡市〕の澄泥磨《ちょうでいま》・肇慶高要県《ちょうけいこうよう》〔現在の広東省肇慶市高要区〕の端渓《たんけい》の端磨などが上の上とされた。粉を挽くときには、心を静めれば細かくなり、心が穏やかであれば挽くときも緩やか、心が乱れれば粗くなり、心がざわつけば挽くときも雑になる――蘇粉を挽く様を見ることは、その臓腑をみることと同じ。いわゆる「蘇磨いて人を識《し》る」である。

陸羽の蘇道と『蘇経』が世に出るや、すぐさま人々に歓迎された。後漢時代に中国に入ってきた嘉蘇は、ついに唐代に蘇道となり、陸羽も蘇仙と尊崇された。彼以後も、宋・元・明・清の歴代の蘇人は絶えず新しい物を取り込み、嘉蘇を中国古典文化に欠かせない要素とし、今に至るまで綿々と独特の蘇文化を形成している。

原文では、文中にたびたび漢文を引用している。翻訳では読者の便を図って日本語訳としたが、原文の雰囲気を味わいたい読者のために漢文と書き下しを注に付した。

※1　吾有崑崙果、服之可敵万衆（吾に崑崙果有り、之を服せば万衆に敵うべし）

※2　中矢貫脛、猶大呼死戦、竟夜未已、士卒无不振奮、敵遂破。帝以璽書労之（矢に中《あた》りて脛《すね》を貫くも、猶お大呼して死戦し、竟に夜も未だ已《や》まず、士卒振奮せざるなく、敵遂に破る。帝は璽書を以て之を労う）

※3　援所過輒為郡県治城郭、穿渠灌漑、勧農植果、以利其民（援の過ぐる所、輒《すなわ》ち郡県の為《ため》に城郭を治め、渠を穿《うが》ちて灌漑し、農を勧め果を植え、以て其の民を利す）

※4　千品万官、已事而踆、勤屢省、挙觥而飲、蘇竟苦（千品万官、事を已《おわ》りて踆《しりぞ》き、勤めて屢《しばしばかえり》省み、觥《こう》を挙げて飲む、蘇竟に苦し）

※5　南方属火、火非土不栄、而土在中央、故為賢君之附（南方は火に属し、火は土非ずんば栄えず、而して土は中央に在り、故に賢君の附と為る）

※6　文王嗜菖蒲菹、孔子聞之、縮項而食之三年、然後勝之。吾固知聖人之志、今朱蘇是也（文王は菖蒲菹《しょうぶしょ》を嗜む、孔子之を聞き、項《くび》を縮めて之を食すこと三年、然る後之に勝つ。吾固より聖人の志を知る、今の朱蘇これなり）

※7　勤暁政事、輒飲嘉蘇、数日不寐、所在有迹、帝以蘇臣美之（政事に勤暁し、輒ち嘉蘇を飲み、数日寐《ね》ず、所在に迹《あと》有り。帝、蘇臣を以て之を美《ほ》む）

※8　朕飲此水、夙夜振惕、未嘗一寐、皆為国事也（朕、此の水を飲みて、夙夜振惕《しゅくやしんてき》し、未だ嘗て一寐《び》もせざるは、皆国事の為なり）

※9　徳可行者、賜以車馬、使民和楽、賜以楽懸、能進善者、賜以納陛、勤忠兼者、賜

以蘇鬯（徳の行うべき者は、賜うに車馬を以てし、民をして和楽せしむるは、賜うに楽懸を以てし、能く善を進むる者は、賜うに納陛《のうへい》を以てし、勤忠兼ぬる者は、賜うに蘇鬯《そちょう》を以てす）

※10　聚斂魂魄無賢愚。鬼伯一何相催促、凄涼不得飲嘉蘇、人命不得少踟躕（魂魄を聚斂《しゅうれん》して賢愚無し。鬼伯一に何ぞ相い催促し、凄涼として嘉蘇を飲むを得ず、人命少くも踟躕《ちちゅう》するを得ず）

※11　朱蘇三百斛、交広市鮭珍（朱蘇三百斛、交広より鮭珍《けいちん》を市《か》う）

※12　口不離嘉、日夜輒飲、殫精竭慮、以此為甚（口に嘉を離さず、日夜輒ち飲み、精を殫《つ》くし慮を竭《つく》すこと、此を以て甚しき為り）

※13　嘉蘇雖純、不宜頻煩、足下以中原為念、敢不惜身（嘉蘇は純なると雖も、宜しく頻煩するべからず、足下中原を以て念と為さば、敢えて身を惜しまざるか）

※14　人寿有恒数、強以朱果催之、食少事煩、入不敷出、焉能久乎（人寿は恒数有り、強いて朱果を以て之を催《うなが》し、食少く事煩い、入るは出るに敷かず、焉《いずく》んぞ能《よ》く久しからんや）

※15　三顧頻煩天下計、両朝開済蘇臣心

※16　蘇者、嘉蘇、蘇臣者、引自漢代徐防典故、言臣子托孤労心至極也（蘇は、嘉蘇、蘇臣は、漢代の徐防の典故より引く、臣子孤を托され心を労すること極に至るを言うなり）

※17　嘉蘇小豆磨未半、已報晋師入洛陽

※18　報国之志、足以醒神、聞鶏足矣、何用嘉蘇（報国の志、以て神を醒ますに足る。鶏を聞けば足れり、何ぞ嘉蘇を用いんや）

※19　輒朝運百甓于斎外、暮運于斎内。又夜飲嘉蘇、批閲案牘。人問其故、答曰「吾方

致力中原、過爾優逸、恐不堪事」（輒ち朝に百甓《へき》を斎外に運び、暮に斎内に運ぶ。又た夜に嘉蘇を飲み、案牘《あんとく》を批閲す。人其の故を問い、答えて曰く「吾方に力を中原に致さんとするに、過爾《かじ》優逸たりて、事に堪えざるを恐る」）

※20 嘉蘇生南国、浸浸殊高風、一日北風起、胡為乎泥中（嘉蘇は南国に生じ、浸浸として高風を殊《こ》えるも、一日北風起きれば、なんすれぞ泥中たるか）

※21 死生契闊、不可問天。初南後北、始苦終甜（死生契闊、天に問うべからず。初めは南後《のち》は北、始めは苦く終は甜し）

※22 蔗出江東為勝、盧陵也有好者、広州一種数年生、皆大如竹、長丈余、取汁為沙糖、入嘉蘇、甚益人、可治小児夜啼驚厥（蔗は江東に出づるを勝と為す、盧陵にも好き者有り、広州の一種は数年もて生じ、皆大なること竹の如し、長さは丈余、汁を取りて沙糖を為《つく》り、嘉蘇に入れれば、甚だ人を益し、小児の夜啼驚厥《やたいきょうけつ》を治すべし）

※23 今天下皆取甜酪而舍苦蘇、取小利而忘大利。其志必靡、其民必散（今、天下は皆甜酪を取りて苦蘇を舍《す》て、小利を取りて大利を忘る。其の志必ず靡《び》し、其の民必ず散ず）

※24 朕有伴侶賢良如此、夫復何求（朕に伴侶の賢良なること此の如きものあり、夫れ復た何をか求めん）

※25 人以穀為命、而汝食之、是害于百姓（人は穀を以て命と為す、而れども汝之を食う、是れ百姓を害するなり）

※26 黎民之苦、爾生受之（黎民の苦、爾生きながら之を受けよ）

※27 褐蟻新醅水、紅泥小火炉

馬伯庸（Ma Boyong／マー・ボーヨン）

一九八〇年生まれ。ＳＦ・ミステリー・歴史・武俠といったジャンルを軽々と横断して活躍する著名作家。古典文学や歴史の知識を活かした作風で人気が高く、メディア化した作品も多い。例えば唐代の長安を舞台とする『長安十二時辰』は、テレビドラマとなるや中国版『24』とも呼ばれて高く評価され、日本でも公開された。

ＳＦ長篇には、殷の船団が太平洋を横断して中南米を征服する『殷商艦隊瑪雅《マヤ》征服史』や、長安城の地下に住む龍と人との対立と交流を描くジュブナイル『龍与《と》地下鉄』などがある。短篇では、ディストピアＳＦの「寂静之城」（邦訳あり）で、第十七回中国科幻銀河賞（以下、銀河賞）読者提名賞（二〇〇六年）を受賞した。

日本語訳に、中原尚哉訳「沈黙都市」（原題「寂静之城」）：ケン・リュウ編『折りたたみ北京――現代中国ＳＦアンソロジー』早川書房、二〇一八年）、中原尚哉訳「始皇帝の休日」（原題「秦始皇的假期」）：ケン・リュウ編『月の光――現代中国ＳＦアンソロジー』早川書房、二〇二〇年）がある。

程婧波

陥落の前に

林　久之 訳

五八九年に南北統一を果たした隋の文帝は、制度整備を進めて東アジアに冠たる大帝国を築いた。これを受けて六〇〇年には倭国も遣隋使を派遣している。しかし、二代目皇帝の煬帝による度重なる高句麗遠征や土木事業（洛陽城の造営・大運河開削など）によって民衆は疲弊し、反乱が多発して群雄割拠の時代を迎えた。六一八年に成立した唐は、各地の群雄を撃破して、六二八年に中国統一を達成した。

隋末唐初の洛陽を舞台にした本作は、程婧波の代表作である。主人公の少女が知る「真実」とは……。

大業四年（六〇八） 元宵

わたしがはじめて洛陽を見たときは、熱で焼け焦げたにおいで一杯だった。どこまでも広がる暗やみの中、ぎしぎしと音を立てる洛陽の町はひとかたまりのまっ黒な影を落としていた。それから、洛陽は燃えはじめた。四方から起こる明かりがあたりを昼間のように照らし、人々は明かりの海の中を街道に湧き出してくる。夜のとばりが下りた洛陽は紙を貼った灯籠のように、自分のほのおで燃え上がり、少しずつ輝いては、また少しずつ暗くなっていく。おしまいに、この灯籠は燃え尽きてひと山の灰を残すだけになってしまった。

わたしの覚えている限りあれほどきらびやかな元宵《げんしょう》[※1]は見たことがない。

大業十四年（六一八） 寒食

西門御道《せいもんぎょどう》を西へいくと長秋寺《ちょうしゅうじ》がある。

ここのお坊さんは朝のお勤めに《韋駄讃《いださん》》をとなえ、晩のお勤めには《伽藍讃《がらんさん》》をとなえる。

それは雲板《うんばん》をたたく和尚さんの合図ではじまるのだ。お寺には薬草園があって、植えてあるのは桂樹《ニッキ》、朱槿《ブッソウゲ》、香茅《コウスイガヤ》、優曇華《フサナリイチジク》それに暴馬丁香《ハシドイ》。だから長秋寺で作るお菓子や砂糖漬けはとても有名だった。お寺にはほかにも畑があって甘藷《カンショ》、胡麻《ゴマ》、蓮根《レンコン》、そして薄荷《ハッカ》も植えてあった。[※2]お坊さんたちが晩のお勤めをするころになったら、わたしもそれに合わせて泥地里《でいちり》から横道に入りこみ、蓮池を回って、お寺の隅へ薄荷を摘みに行く。

その日わたしがしゃがんで手を伸ばしたとたん、後ろから叱る声がした。「禅師《シャンシー》！」振りかえると、薄暗くなった光の中に、首から数珠をかけた男の人が近くに立ってわたしを見つめていた。顔がとても白くて、よい匂いがするような気がした。数珠の珠が、みんな卵のようにつるつるして見える。

「わ、わたし薄荷の新しい芽が出ていないか見てたんです」手を引っ込めると、しゃがんだまま見上げた。

「ついて来なさい」吐きすてるように言って、振り向きもしないで歩き出す。

わたしも不承不承、さっき摘んだ薄荷を、そのままふところに入れ、ついて行った。その人はわたしが来た道をたどって行くのに、一歩ごとにわたしが来たときの足あとを踏んで行き、自分の足あとは一つも残さないので、まるで土を踏まないで飛んでいるのではないかと思った。

お釈迦さまを乗せた六牙《りくげ》の白象《びゃくぞう》のところを通って、本堂の横にある禅房に着いた。わたしがあとについて入ると、もうお厨子《ずし》の前に坐っているのだった。

青い明かりが机にのせた竹篦《しっぺい》を照らしていて、その表面が油を塗ったように光っている。何も言わないし、わたしを見ようともしなかった。

わたしは左手を出して、まぶしさに手をかざした。

目の前に黒い影がひらめいて、続いて三度痛みが手に走った。パシパシパシ。

竹篦で打ち終わっても、やっぱり何も言わない。

わたしは右の手を出しかえて三つ打たれるままにした。

「帰りなさい」坊さんは言った。

わたしが立ち上がっても、坐ったままで、よく見ようとしても光る頭が見えるだけだった。

わたしはその頭に向かっておじぎをすると、逃げるようにそっと出た。

まばらな星が投げかけるわずかな光が静まりかえった長秋寺を照らしている。ひっきりなしにお参りに来る人たちも晩のお勤めをするお坊さんたちもみんなこのありふれた春の夜の中に消えてしまったようだった。

暗がりの中の僧坊に沿って早足に歩き、両側の回廊を抜けて、思いきり息を吸い込み、顔を伏せて帰り道を急ぐうち、だしぬけに暴馬丁香《ハシドイ》の木の下に家族でくつろぐ人たちが見えた。

その家族はみんなきれいな衣服を着ていて、お父さんとお母さんが木の下から手まねきをして、子どもといっしょにおやつを食べるところだった。子どもはわたしと同じ、十歳くらいで、わたしが頭の上で髪を二つのお団子にしているのとは違い、髪は高く結い上げられていた。

まっ黒なかたまりになった木陰で、ホタルの光が三人の肌や衣服の上に流れている。ちょっと見ると、墨色の屏風に針でていねいに刺繍された白い線描きみたいだった。

みんなとてもくつろいでいる。たえずコロコロと笑っていた。

お父さんとお母さんは子どもを〝離阿奴《リアヌ》〟と呼んでいて、いっしょにおやつを食べながら、お母さんは子どもとすごろくをしている。

すごろくの駒にも淡い光が移ろっている。

しばらく見ていたが、ふと波波匿《ポポーニ》が家で待っているのを思い出したので、また歩き出すと駆け足になった。

長秋寺を出ると、お月さまが明るくなっている。

帰り道がはっきり見えていた。


中庭に入っていくと卵を炒めるにおいがした。

波波匿《ポポーニ》はかまどに薪をくべながら、ふりむきもしないで言った。「持ってきたかえ？」

わたしは急いでふところから薄荷をつかみ出して、見せてあげた。

つまみあげて、ちょっと揉むと、鼻の先に持っていって何度もにおいをかぐ。そのようすはまた一匹の幽霊をつかまえたときのようだった。

波波匿《ポポーニ》は〝幽霊つかい〟なのだ。

わたしと波波匿《ポポーニ》が住んでいるのは、西陽門《せいようもん》のそばにある延年里《えんねんり》だ。みんなわたしを孫だと思って疑わない。わたしも物心ついてから〝おばあさん〟と呼んでいるのだけれど、わたしの記憶の中では、本当のおばあさんではなかった。わたしの名前〝禅師《シャンシー》〟だって、波波匿《ポポーニ》がつけたのではないと言われている。どこまでもまっ暗な洛陽の街ではたくさんの人がわたしたちと同じように、同じ屋根の下で暮らしていても、お互いにどんな人だか知らないし、どうかすると自分がだれなのかもわからないのだけれど――それはまた別の話。

波波匿《ポポーニ》から見たら、わたしなんて長秋寺から薄荷をくすねてくるほか、なんの役にも立っていないらしい。波波匿《ポポーニ》は幽霊をつかまえてもお金にするわけではない。なぜならだれかがお金を出して幽霊をつかまえてくれと頼むわけではない。自分でやっているだけだ。ちょうどお坊さんがお布施を請うように、わたしたちが洛陽の街で飢え死にしないで済んでいるのは、波波匿《ポポーニ》がいつもお坊さんにお米やお藷《いも》やお菓子をねだっているからだ。そして長秋寺のあまり年寄りでない雲《うん》休方丈《きゅうほうじょう》もだいたいわたしが薄荷を盗むのにまかせていて、ただいつも左右のてのひらを三度ずつたたくだけなのだ。

夜のとばりが下りた洛陽の街にはたくさんの幽霊がいる。波波匿《ポポーニ》は竹ひごで編んだかごを身につけていて、野原だろうと御殿のわきだろうとお寺の境内だろうと、または人の家の中だろうと幽霊をつかまえたら、かごの中に入れておく。あまり多くなると、そのへんに生えているエノコログサを摘んで、しなやかな茎を舌でなでつけ、それから食用のイナゴみたいに、幽霊の背中に通す。幽霊の一つひとつは蟬くらいの大きさで、頭も顔も黒く、身体は少し灰色に近い。エノコログサで串刺しになると、かぼそい声で鳴くだけで、もう動かなかった。

でもわたしは、目の前にいる波波匿《ポポーニ》よりも、わたしの知らない波波匿《ポポーニ》のほうに心を引かれる。いつも想像するのだけれど、きっとやんちゃなころから幽霊を見ることができたにちがいない。わたしと同じように頭の両側にお団子をくっつけていたときも、洛陽の街なかで幽霊だかタマシイだかを集めていたのだ。洛陽の街はもうずうっとこんなふうに夜のとばりに包まれたままになっている。大きな骨だけになった巨人が引っぱって、街をまるごとひきずっているのだ。お日さまは永遠に洛陽を照らすことがない。この〝夜の街〟は幽霊で一杯だ。なぜこんなにたくさんいるのか、どこから来ているのかだれも知らないのだけれど、ただ一つ考えられるのは幽霊も勝手に増えているのだということ。だから波波匿《ポポーニ》は今までかかっても洛陽中の幽霊をつかまえきれないでいるし、同じことをくり返すばかりで、お日さまが頭を照らすこともないのに、もうすっかり白髪のお婆さんになってしまっているのだ。

波波匿《ポポーニ》はこんなにたくさん幽霊をつかまえているのに、本当につかまえたい一匹がつかまえられないのだという。

捜しているのは〝朱枝《しゅし》〟と呼ばれる幽霊なのだそうだ。

「朱枝をつかまえたらどうなるの？」と聞いたことがある。

「迦畢試《カピーシ》もきっとあきらめるだろうさ」

「迦畢試《カピーシ》があきらめたらどうなるの？」とわたし。

「あのいまいましい白骨がやっと停まって動かなくなるのさ」

「白骨が停まって動かなくなったらどうなるの？」

「洛陽の街も停まるだろうよ」

「洛陽の街が停まったらどうなるの？」

「お日さまがここを照らすようになるだろうね」

「お日さまがここを照らしたらどうなるの？」

「あたしが会いたいと思ってる人を見られるだろうよ」


洛陽についてわたしが知っているのはみんな波波匿《ポポーニ》が話してくれたことばかりだ。

街にはまだ出会ったことのない幽霊が三人いるという。どれも頭を剃って青い衣を着た女の人で、いつも永寧寺《えいねいじ》という焼け落ちたお寺に隠れている。波波匿《ポポーニ》によるとそれは滅びた王朝の三人の尼さんで、〔北魏の〕永熙《えいき》三年〔五三四〕二月の大火事のとき死んだのだそうだ。髪の毛も、目も、歯も、お乳や手足も、みんな溶けて黒い灰になってしまい、焼け焦げたお寺のどこかに埋まっている。わたしは変だと思った。何だって波波匿《ポポーニ》は小さくてつまらない幽霊ばかりつかまえて、ちゃんと正体の分かっている三人の幽霊を放っておくのだろう。幽霊たちはたえず気持ちを込めて歌っている。三人の尼さんの歌声は、北魏のころから今までずうっと続いていて、洛陽の暗い街道をめぐっているのだそうだ[※3]。

　月の明るい夜はあのぎしぎしという音がはっきりと聞こえるけれど、それは波波匿《ポポーニ》が憎んでいるあの巨人の骨が立てているのだ。その白骨はとてつもない大きさで、あっというまに洛陽の街を根こそぎ抜いてしまい、鞍や腹帯、手綱や面繋《おもがい》まで付けて、まるごと西に向かって引きずっている。わたしが覚えているのは、延年里から近い西陽門へ一所懸命に走っていって白骨がどうやって洛陽の街を引っぱっているのか見に行ったときのことだ。骨の一つひとつが独立していて、その骨は一つが古い槐《えんじゅ》の幹ほどの太さがあり、みんな空中に浮かんで、骨と骨の間は見えない血や肉でつながっているようだった。二百六個もの白骨は星の光に照らされて見え隠れしながら、雲に入って見えなくなっていた。動き方もそろっていて、背骨は長い縄みたいで、上のほうにある頭蓋骨はお月さまに向かってただよう凧のようだった。

　白骨は日に夜を継ぐように洛陽の街を引きずって暗やみを進む。長いことそうしているのでこの街全体が熱くて焦げくさいにおいを帯びていた。洛陽の街は大地の体の上を一つの大きな鋤《すき》になって、土地を耕しているみたいだ。地面の下の血がどくどくと流れ出て、ふさがることのない長く伸びる傷跡を作っていく。

　洛陽は時々刻々崩れ壊れていった。街なかにある井戸もみんな枯れていった。それは折れた歯の根っこだった。少し生臭いとてつもなく大きな口の中で深々と地面に刺さっていて、日増しに縮んでいく歯ぐきの下で砕かれる音を立て、だんだんに粉砕されていく。いつかある日、洛陽の街には一つの井戸もなくなってしまうのだろう。

波波匿《ポポーニ》が言うには、洛陽が陥落する日も遠くはないのだそうだ。

もしそうだとしたら、会いたいと言っていた人には二度と会えなくなるのかも知れない。

白骨の主は防風《ぼうふう》氏といって生きていたときはほとんど一頭の竜みたいだった。会稽《かいけい》山で死んだのだという※4。ある人がそこへ行って法術を使い、これだけの白骨を呼び覚ますと、かきあつめて魔法をかけて洛陽の街を引きずらせている。

その人というのが迦畢試《カピーシ》だ。

きっとふつうの人ではないだろうとずっと思っていた。その人は長秋寺の雲休方丈とも違うし、王宮にいる皇帝の楊広※5とも違っていて、もしかしたらあの幽霊たちとも全然違っているのではないか。

けれどもある時、波波匿《ポポーニ》についてうらぶれた東市の居酒屋へ幽霊をつかまえに行ったとき、波波匿《ポポーニ》が急にぼろぎれをまとってお酒を飲んでいる人を指して言った。ごらん、迦畢試《カピーシ》があすこにいるよ。

わたしも迦畢試《カピーシ》を見た。ほかの人の中にまぎれ、ぼろをたくしあげながら、お酒を飲んでいる、金髪で青い目をしているほかは、本当にごくふつうの人なのだった。

それからは波波匿《ポポーニ》について東市の居酒屋へ行くといつも迦畢試《カピーシ》を見るようになった。坐っている席はずっと同じで、まるでそこから一度も動いたことがないみたいだった。波波匿《ポポーニ》が言うのにはこの西域商人には二つの心臓があって、その一つは左の腕にある。腕には不空成就仏とその乗り物の迦楼羅《カルラ》がいれずみしてある。だから東市の酒場で、一人の男がむき出しの腕にくちばしと爪を振り立てる鳥を見せていたら、その心臓は男の腕にある心臓と息を合わせて、どくどくといっしょに動いているのだ。

あるとき、わたしは迦畢試《カビーシ》の腕にうごめいている朱色の鳥を見ていてつい考えた。この人は洛陽の街にいるのではなくて、いまは、洛陽の街のほうがこの人について来ているのだと。

ぼろぼろの衣服の隙間からくろぐろとした蜈蚣《むかで》のような傷跡が見えることがあった。波波匿《ポポーニ》によると迦畢試《カビーシ》はそこから自分の心臓をえぐり出したのだそうだ。心臓はいま防風氏の体の九十丈の高さ――ほとんど火事でこわれる前の永寧寺の塔ぐらいの高いところにかけてある。そこはあの三人の尼さんの幽霊が飛んでいくことのできるいちばん高いところなのだという。何もない夜など、尼さんたちは細い声で迦畢試《カビーシ》の心臓がどんなふうに波打っているか歌い上げ、ふしぎな法術で防風氏の骨のいくつもある関節を動かすのだそうだ。関節は聞く人をおどろかすような音を立てるので、洛陽の街の人たちはそんな夜には明かりをともし、一晩中何もしないで、ただ目を見張って眠らないようにして過ごす。

わたしも迦畢試《カビーシ》の血のしたたるような心臓を見たことはない。洛陽はいつも暗やみの中に沈んでいるから。白骨はお月さまを浴びて銀のうつわのような光に包まれているのに、あの心臓は暗やみよりもっと黒かったから。見ることはできなかったけれど、波波匿《ポポーニ》はそれが防風氏の胸の中で動いているのだと言う。わたしもすぐにその話を信じた。わたしも静かな夜には心臓が縮んだりふくらんだりする〝ドクン〟という音が聞こえたから。

波波匿《ポポーニ》はまた、昔はこんな法術をわざわざ使う人はいなかった、なぜなら人には心臓が一つしかないのだから、と言った。いったん心臓を取り出して骨だけの防風氏にやってしまうと、自分は死んでしまう。でも迦畢試《カビーシ》には心臓が二つあったから、今は左の腕にあるほうの心臓で生きている。ただそれはとても小さくて、親指くらいの大きさしかないので、迦畢試《カビーシ》は一日中坐っていることしかできない。

　動かないだけではなく、迦畢試《カビーシ》はまるで岩みたいに堅く黙りこんでいる。それでわたしはなぜこんなことをしたのか想像するしかなかった、きっと洛陽の街を遠く西域にある生まれ故郷まで引きずっていこうとしているのだ――そして砂漠の中で、洛陽の街が沈み込んでしまう前に、何か大事なことを口にするのにちがいない、と。

　だけど波波匿《ポポーニ》の話はそれとは大きく違っていた。この人がこんな思い切ったことをしたのは、朱枝という女の人を深く愛していたからだという。その女の人は洛陽の街で死んだ。迦畢試《カビーシ》はもう一度朱枝に会おうとして、もう幽霊になってしまった朱枝がうっかり日に当たって蒸発してしまうのを避けようとした。防風氏の骨を動かして、洛陽を終わりのない暗やみに置いたのも、いつかある日真っ暗な影の世界で昔の恋人に会おうとしているからだそうだ。

　この説明はまるで、西域の商人が想像でふくらませた、きれいなものを見たり詩を読んだり不思議な話を喜ぶ漢人たちみたいに作り上げられてはいるけれど、たしかに理屈には合っている。

　そう言われてみると、波波匿《ポポーニ》が〝幽霊つかい〟に一生をすり減らしているのも、少し本当らしく見えてきた。

　朱枝をつかまえられたら、迦畢試《カビーシ》の心臓も胸にもどって、防風氏も洛陽の街から手を放して会稽山にある湖のような自分の墓へ帰っていくのだろう。そして洛陽の街が西へ進むのをやめたなら、お日さまもわたしたちに追いついてきて、波波匿《ポポーニ》もやっと会いたいと思っていた人にめぐりあうのだろう。

　それこそ波波匿《ポポーニ》が洛陽の陥落する前にしなくてはならないことだったのだ。

わたしたちはお碗を持ち中庭にうずくまってその日の晩ご飯を食べた。薄荷の香りは涼しい夜の中に蒸発して散っていく。

頭の上には流れるような星の光。

まわりを何羽かのにわとりが歩きまわり、できるだけすばやく地面に落ちた真珠のような白米をついばんでいる。

きょうは寒食[※6]で、街の家々はみんなしきたりどおりにしていた。しきたりというのは三日のあいだ火を使ってごはんを作ることをしないで、そして東陽門へ行って亡くなった親しい人のために紙銭を焼くのだ。それなのに波波匿《ポポーニ》はわたしに長秋寺の雲休方丈から薄荷をくすねて来させ、かまどに火をおこして、卵を炒めたりしている。

だれかのために紙銭を焼くこともない。わたしもだれのために紙銭を焼けばいいのか知らない。わたしと波波匿《ポポーニ》はずいぶん違っているけれど、この点だけは一緒で、いちばんハッキリした〝血縁〟のしるしなのだった。

「わたしにも幽霊をつかまえることはできる?」と聞いてみた。

波波匿《ポポーニ》は立ち上がって、お碗に残ったごはんを地面にまき、何羽かのにわとりが一斉に飛びついた。

「おまえ幽霊をつかまえてどうするのだえ?」

「あの幽霊たちはよく育っていて、わたしと同じくらい大きいの。今までにつかまえたのはみんな痩せて小さかったでしょ、そんなのばっかしつかまえるんだから」

波波匿《ポポーニ》は変な笑い方をして、言った。「もしかして家族三人が、一緒にいたのかえ?」

「どうしてわかったの?」

「あれはまだちゃんと死んでないから、幽霊ではないし、つかまえられない。もう少しお待ち」

「じゃあいつになったら？」

「ひと月待ちなさい」

大業十四年（六一八）　誕生会

誕生会《たんじょうえ》は四月一日から始まって、四月十四日にやっと終わる。

本当は仏さまが生まれたのは四月八日で、のちの世の人がなぜか母親の右の肋骨の下から出てきたなどと間違え、それで誕生仏を作ったらしいのだけれど、誕生会のあいだはお坊さんたちが金色の仏さまをかついで洛陽をめぐり歩き、こっちのお寺から別のお寺へと連れ歩く。いつも、洛陽の皇帝さんもほかの人たちもみんな一緒に宣陽門へ行ってたいまつに火をともして輝く仏像をお迎えする。花を敷きつめた道は洛陽の街をだんだんに心地よいただれたようなにおいに沈めていく。

今年の誕生会は今までと少し違った。皇帝さんが江都[※7]（揚州）に行っていたからだ。一頭のまっ黒い馬に乗って、同じように黒い馬に乗った衛兵を連れていた。それが東陽門から飛びだして行くところは何だか洛陽という大きな馬からこぼれ落ちる何匹ものシラミのようだった。

波波匿《ポボーニ》は四月七日に朱枝をつかまえようと決めていた。

とうとうその日になった。誕生仏の像は城南の景明《けいみょう》寺からかつぎ出され、まっすぐ護軍府、司徒府、太尉府そして左右尉府を通って、おしまいに宮門に着く――宮中にはもう皇帝はいないけれど。もうすぐ司徒府に着くというとき、永寧寺の三人の尼さんが突然大きな声で歌いはじめ、夜空にたくさんの白い絹の造花が降ってきた。大勢の人が、仏像のなかば閉じていた目が開いたようだと言っていた。

宮門の外では、仏像を迎える行列がお経をとなえはじめた。その中には長秋寺の雲休方丈も見えた。和尚さんたちはそれぞれ木魚、太鼓、胡弓それに鐃鉢《にょうばち》なんかを持って、にぎやかな音楽が洛陽の暗い夜を紗のようなもので頭からすっぽり覆った。突然、遠いひとすじの通りからたくさんの明かりがきらめきだした。

お祭りが始まるんだ！

人の群れにもまれながら、にぎやかな行列に見とれた。麒麟、鳳凰、仙人、蛟龍、白象、魔よけの犬や鶏、鹿や馬。それが進むほうへ、見る人たちも動いていく。そのうち、みんな一斉に同じ方向に走り出した。そこでは高台にたいまつの火が移され、西域から来た大道芸人が、刀を呑んだり、火を吐いたり、綱渡りを始めたりしていた。軒下の灯籠がみんな明るくなる。露天商が通りに沿って売り物を広げている。

これこそが洛陽の夜市だった。

洛陽にしかないにぎやかさ。

洛陽はこんなに不思議なものに変身するのだ――夜の闇に埋もれた馬、土地の血肉をたがやす鋤、焦げくさい匂いのする口、今にも陥落しそうな城、輝きを失った瞳、ぎいぎいと音を立てる風、狂おしいほどの愛、蛍のように光る虫。

止まることのない暗やみの中、力を出しきって最後のわずかな光を発している。洛陽の街の幽霊たちをなぜ捕らえきれないのか、わたしには突然わかった。それはかすかな蛍火が、朽ちていこうとする感情をみんなきらきら飛び回るたましいに変えてしまうからだ。

けれども大業十四年四月七日のわたしは、そんなにいろんなことを想ったわけではない。お面を売っている夜店に吸い寄せられたように、長いことそこから離れられないでいたのだ。お店の高いところに掛けられたお面はいつまでも見飽きなかった。一番低いところに掛けてあるものだってとってもきれいだった！　その中の一つは角が二つある魔よけのお面で、色も形も、とてもすばらしかった。思わず手を伸ばすと、指が触れたとたん、それはぽろりと落ちた。

お面の後ろにはきれいな顔があった。

はっきり見覚えのある顔だった。ちょうどひと月前、長秋寺のあのとってもさわやかな春の夜、この顔を長いこと見つめていたのだから。

離阿奴《リアヌ》、たしかお母さんにそう呼ばれていたっけ。

あのとき見た流れるような光をまとってはいなかった。もう本当の幽霊になっているのだ。

離阿奴《リアヌ》はわたしの目の前で手を振ってみせ、笑った。「ぼくが見えるの？」

「うん」とわたし。「今は幽霊になったのね」

でもわたしと同じくらい大きな幽霊を竹で編んだ籠でつかまえるやり方なんて思いつけなかった。

仕方ないので聞いてみた。「一緒についてくる？」

離阿奴《リアヌ》はうなずいた。

荘桃樹《そうとうじゅ》が塀から飛び降りてきたとき、黄ばんだ凧みたいに見えたそうだ。

離阿奴《リアヌ》が言う。あのときお母さんも知らなかったけれど、お祖父さんはもうはるか南のほうで死んでいたのだ。

離阿奴《リアヌ》、お母さんの南陽公主《なんようこうしゅ》[※8]、お父さんの宇文士及《うぶんしきゅう》の三人は、おじさんの宇文化及《うぶんかきゅう》が差し向けた家来の荘桃樹に自分の家の庭で捕らえられたのだった。

連れて行かれるとき、離阿奴《リアヌ》は少し興奮さえしていた。

そしてまもなく、みんな捕虜として山東の聊城《りょうじょう》に連れて行かれると、竇建徳《とうけんとく》という名前の人がいて、わしは〝宇文〟という名字の人間をぜんぶ殺すのだと言った。〝宇文〟という名字の人が皇帝の楊広さんを殺したからだそうだ。

離阿奴《リアヌ》も殺された。お母さんの南陽公主は涙をひとしずく流しただけだった。[※9]

離阿奴《リアヌ》が言うには、洛陽の宮廷に皇帝がいるかどうかは、どうでもいいことなのだそうだ。和尚さんにとっても、商売する人、ふつうの人たち、お役人や兵隊にしたところで、やっぱりどうでもいいことなのだ。

本当に大事なのは昔から変わらない暦《こよみ》とお祭り、そして絶えず進み続ける白骨とこの都なのだ、と。

ふところをさぐるとまだ少しお金があったので、離阿奴《リアヌ》と一緒に焼餅《シャオビン》とあめ人形を食べに行った。

それから梵唄《ぼんばい》[※10]を聞いたり、大道芸を見たりして、離阿奴《リアヌ》はとてもうれしそうだった。

「手伝ってほしいことがあるけど、いい？」わたしは聞いた。

離阿奴《リアヌ》は油桃[※11]をほおばってうなずいた。

「女の幽霊をつかまえるの手伝って」とわたしは言った。

もし本当に朱枝をつかまえたら、迦畢試《カビーシ》もあきらめるだろうから、洛陽にも光が当たって、幽霊たちはみんな消えて見えなくなるだろう。そしたら、離阿奴《リアヌ》も消えてしまう。そう思うと離阿《リア》奴《ヌ》に朱枝をつかまえるのを手伝ってもらうのは、ちょっと気がとがめた。わたしがふいぱついして
いろいろ奢ってあげたのはそれが理由だった。
離阿奴《リアヌ》はわたしを見つめて、少しも迷わずにその形のよい頭をたてに振った。

いろんな演《だ》しものが洛陽の真ん中あたりを明るくしていたけれど、そのまわりはかえって暗く見える。

波波匿《ポポーニ》は朱枝のあとを追ってまっすぐ長秋寺にやってきた。

わたしと離阿奴《リアヌ》は落とし穴のそばにうずくまって、じっと目をこらしていた。

二更のころ〔夜十時ごろ〕になって、青い石を敷いた道が少しずつ赤く変わってきた。

赤い衣を着た女の人がやってくる。

「あれが朱枝よ」わたしは離阿奴《リアヌ》に言った。

顔はよく見えなかったけれど、長い髪をざんばらに散らしている。

あと三本のひのきを通ったら、わたしと離阿奴《リアヌ》が手にした縄を同時に引っぱり、朱枝は波波匿《ポポーニ》が仕掛けておいた竹籠に落ちるはずだった。

一歩、二歩、三歩……

縄を引く。

朱枝がするどく叫んだ。真珠の粒がはじけるように飛び上がり、わたしたちの頭の上を高く飛んで、長秋寺の塀の上に降りた。

絶えず叫び声を上げ、それが耳を刺すので、あわてて両手で耳を押さえた。

離阿奴《リアヌ》がすぐあとを追う。

われに返って、息をはずませて追いかけたけれど、朱枝はもう夜の中に消えていた。塀が立ちふさがって停められた。

疲れて息が切れ、頭の中に朱枝の飛び上がる様子が浮かんでいた。風が真っ赤な衣のすそを吹き上げ、夜空にはためく姿は目がくらむようで、まるで花の芯、折り重なる花びらが体のまわりに広がっている。

少したって、地面に細長い影が落ちた。

顔を上げると、波波匿《ポポーニ》だった。

「つかまえたの?」とたずねてみた。

波波匿《ポポーニ》は答えずに、竹かごを一つよこした。手に取って、灯籠のかすかな光でよく見る。中はからっぽだった。夜露にぬれているだけだ。

「また逃げられたのね?」

波波匿《ポポーニ》は黙ってうなずいた。それからうるさそうな様子を見せたので、急いでふところに入れておいたお菓子を取り出して、目の前に差し出した。薄荷のにおいをかぐと、少し機嫌をなおしたように見えた。

波波匿《ポポーニ》はお菓子をかじると、わたしと一緒に延年里の家に向かった。

朱枝をつかまえそこねるたびに、波波匿《ポポーニ》は何日かのあいだ怒りっぽくなる。そしてわたしは少しだけ安心する。本当は本気で朱枝をつかまえたくないのかも知れない。そうでなければ、こんなに長いあいだつかまえようとして、つかまえられないのはなぜなんだろう。

半分ほど来たとき波波匿《ポポーニ》は立ち止まり、だれもいない通りに向かって言った。「出ておいで、隠れてないで」

離阿奴《リアヌ》が闇の中から姿を見せた。

こうして、わたしと離阿奴《リアヌ》は波波匿《ポポーニ》を両側からはさんで、おばあさんと二人の孫みたいにして、延年里にもどっていった。

武徳三年（六二〇）　冬至

武徳三年の冬は特別に寒く、わたしは長秋寺の蓮池のそばで、手を顔に近づけて息を吐きかけていた。少し離れたところにわたしと同い年くらいの、顔だちのよくわからない小坊主が岸に腹ばいになって池の氷をたたきながら、何かとなえている。「一九二九不出手、三九四九氷上走、五九六九沿河看柳、七九河開八九雁来[※12]……」

新しい皇帝は長安の街を都に選んだ。それは何年か前にわたしたちが通ったことのある街だ。洛陽は長安をひきつぶして、なおも日の落ちる方に向かっている。東都が西都に変わり、西都が東都になっていた。わたしたちの後ろでは、李淵[※13]という名の新しい皇帝が新しい玉座に坐り、民草たちが傾いて倒れた塀の名残を新たな都にふさわしいように修理して、長安は昔の洛陽と同じように、世界中から拝まれている。

洛陽は陥落してはいないけれど、人々はだんだんに忘れかけていた。

五感も手足も日に日に敏感になっていく。暗やみの中でも針仕事ができたし、青い獣のような屋根棟のあいだを跳びまわって、尼さんたちの歌声の中に洛陽の街の奥深いささやきを聞いた。そんなある日、もうなれっこになっていた迦畢試《カビーシ》の心音のほかに、もう一つまったく別の心音が聞こえてきた。その聞きなれない心音は、屋根棟を走る猫のようでもあり庭にしたたる雨音のようでもあった。おしまいにようやく自分の心音だということに気がついた。

わたしにも分かるようになった。命運というのは一本の道でもないし、ひと筋の流れでもない。ただわたしたちをどこかへ押し流していくものなのだ。望むと望まないとにかかわらず。

ある暗い夜明けに、波波匿《ポポーニ》は突然、生涯をかけて続けてきたことに飽きてしまった。「禅師《シャンシー》や」と妙に平静な口調で言った。「おまえ朱枝をつかまえに行きなさい。つかまえたら、迦畢試《カビーシ》を捜すがいい」

わたしは今までにないほど怖くなった。何だか見透かされたような気がした。もう朱枝をつかまえる自信はあったのに、いつもわざと逃がしていたのだ。実のところ洛陽がいつ陥落するかなんてどうでもよくて、ただお日さまが洛陽の街を照らしたとき、離阿奴《リアヌ》も永遠に消えてしまうのが怖かった。

けれども波波匿《ポポーニ》の言うことにはどうしても逆らえなかった。孤独がわたしたちをへいその緒のように結びつけ、わたしにとって波波匿《ポポーニ》は世界でただ一人の身よりになっていた。


冬至の日、朱枝は永康里のとある宿に閉じこもった。

中からかんぬきを掛けると、ひとり部屋の中で《大悲呪《だいひしゅう》》や《小十呪《しょうじゅうじゅ》》を唱えはじめた。

扉の外であきれていると、はしごをとんとんと上ってくる足音が聞こえてきた。急いで隠れると、その人はまっすぐ扉の前にやってきた。

三つ扉をたたく音がした。

お経を読む声はちょっと停まっただけで、すぐまた唱えはじめた。

やってきた人はあせっている様子で、自分は宇文士及だと言った。

宇文士及がどうして朱枝をたずねてくるんだろう？　わけがわからない。

扉が開く様子はなかった。

宇文士及は戸の前でぐすぐずといろんなことを話した。すまないと思っていること、どうにもならなかったこと、自分の思い、事情を知らなかったこと、思う通りにできなかったこと。最後にこうたずねた。わたしたちもう一度夫婦になれないのか？

朱枝は答えた。私の恨みは海よりも深い、この世の縁などもう切れているわ。

宇文士及は長いこと話し続けた。朱枝はやっぱり戸を開かなかった。

宇文士及の話は石に花を咲かせるほどに思われたけれど、中からの答えはこうだった。ひと目会うくらいなら、扉を開いてあなたを刺し殺すほうがましよ。

とうとう、宇文士及はありったけの勇気を振り絞ったように、振り返らずに宿を離れていった。

足音が孤独を刻むように、一歩一歩道を去っていく……

そのとき、わたしは突然気がついた、中にいる女の人は朱枝じゃない。

朱枝だったら入り口から入っても、窓から抜け出せるだろう。月光の中を真珠の粒がはじけるように飛び上がり、鳥のように裾をひるがえしてはなやかに飛べるのだから。

部屋の中にいたのは、南陽公主に違いない。

朱枝は何だってこんなわなを仕掛けて、わたしに南陽公主をつかまえさせようとしたんだろう？

屋根に飛び上がってみたが、はたして人の姿はなかった。

澄んだ月あかりのもと、洛陽の街の重なりあうひさし、格天井、棟瓦、御殿などがみんな小さざみにゆれている。ひとかたまりになった屋根の連なりは西陽門外のあの白骨が息をするのにつれてわずかに起伏して、洛陽がまるで家畜でいっぱいの檻《おり》みたいだった。朱枝が通りすぎたところには赤い印が残るので、今、その色は薄く延びて西門御道へと向かっていた。

洛陽の街の青い獣のような屋根を跳びまわる、とさっき言った。いま、わたしは魚のうろこのように滑る瓦の上を走っている。ひと足ごとに、足元の青い獣が背中をもたげてわたしを支えるので、とても高く飛び上がり、さらに遠くへ飛び降りることができる。足を早めるとき、青い獣は巨大な鯉になった。それは洛陽の街の焼け焦げた土から飛び出して、長秋寺のほうへと泳いでいくのだった。

波波匿《ポポーニ》のかわりに幽霊をつかまえに行った月の夜、離阿奴《リアヌ》は屋根の上を走るやり方を教えてくれた。

始めのうち、わたしをしっかり引っぱってくれたのは、そうしないとわたしが落ちそうになるからだった。そのうち、自分で東陽門の宣寿里からまっすぐに宣陽門の衣冠里まで走り、さらに誕生会の道順にそって、永寧寺を通り、ひとりで宮城の華麗な御殿に飛び上がれるようになって、ようやくわたしを引っぱるのをやめた。

波波匿《ポポーニ》は離阿奴《リアヌ》を竹かごに入れるやり方を教えてはくれなかった。離阿奴《リアヌ》はほとんど幽霊には見えなかったけれど、たった一度、人さし指でその目を突いてしまったとき、そこには目玉がなくて、墨汁のようなものが溜まっているのを発見した。

ある時わたしは考えた。なにがなんでも朱枝をつかまえようとするのはなぜ。なにがなんでも洛陽の街を停めようとするのはなぜ。なにがなんでもお日さまが洛陽の街を照らすまで待てというのはなぜ。どれも波波匿《ポポーニ》が待ち望んでいること。でも離阿奴《リアヌ》はお日さまに照らされた洛陽の街が蒸気になってしまうのはどうしてもいやなのだ。ではほかの人や幽霊は？　みんなが朱枝をつかまえたいと思っているわけ？　洛陽の街のほかの人も朱枝をつかまえられないの？　みんな朱枝と洛陽の街とのあいだにある不思議なかかわりを知らないの？　そして口を開こうとしない迦畢試《カビーシ》。その最大の秘密はもしかすると黙っていることにこそあるのかも知れない。波波匿《ポポーニ》はわざと長いウソの物語を作っていて、そこには永遠につかまらない幽霊の女と永遠に口を開かない人がいるだけ。だから、だれも秘密を解くことができない。

そう考えると、好奇心が湧いてきて何がどうなってもいいから朱枝をつかまえなくてはという気持ちになった。それと、離阿奴《リアヌ》のひとつひとつの動きがわたしの注意を引きつけるようになっていた。

しばらくしてわたしは朱枝に追いついた。長秋寺の庭では、木々もお釈迦さまを乗せた六牙の白象も、みんな赤く染まっていた。

赤い舌でなめられたような通路のつきあたりに、雲休方丈の禅房がある。

わたしが禅房に入っていくと、朱枝が髪を梳いているところだった。

髪は墨色をした泉のように、部屋の四隅に流れて行く。

雲休方丈のてらてらと光る頭がその泉の中に、見え隠れしていた。

手のひらに汗をかいていた。朱枝が目の前にいる。波波匿《ポポーニ》とわたしがめいめいに解こうとした謎が、いま禅房の中に立って、解き明かされるのを待っているのだ。

禅房の中には朱枝の髪と一緒によく知っている匂いが広がっている。ふと気がついた。雲休方丈が使う竹篦の載っている机には、ひと皿の摘みたての薄荷が置いてあることに。

月光が櫺子《れんじ》の窓から射して、その匂いを混ぜあわせてもっと奇妙なものにしている。よく知っているその奇妙な匂いに、手を伸ばして触れようとすると、思いもよらない結末が待っていた。

朱枝の髪が少しずつ切れてゆく。静かな夜に蚕が桑の葉を噛むようなさらさらという音を立て、はらはらと床に落ちてゆく。最後に、朱枝の頭にはぼうぼうに乱れた白髪が残るだけになった。雲休方丈がようやく朱枝の黒髪に覆われていた身体をのぞかせた。座禅を組んで、両眼をかたく閉じている。

呼びかけようとしたが、その時、朱枝の衣服も切れ切れにすべり落ちた。幾重にも重なっていた深紅の衣装が見えない刃物で切り裂かれ、はがれ落ちた。しまいに、朱枝の体には汚れた灰色の衣服だけが残った。

目も口もぽかんと開いたまま見ていた。三年前に初めて朱枝が真珠のように長秋寺の塀に飛び上がるのを見たあのときと同じように。

続いて、朱枝の顔もはがれ落ち始めた。今まではっきり見たことはなかったが、顔の皮膚はたちまち干からびてまくれ上がり、風が吹いてきて、払子が仏前の机を払うように、顔に貼りついていた皮膚はすっかり消えてしまった。そして、朱枝の顔に残ったのは年老いたしわだらけの顔。波波匿《ボボーニ》の顔だった。

武徳四年（六二一）　元宵

洛陽の街は一刻も休まず陥落に向かっていた。

防風氏の白骨は日に夜を継いで引きずっていく。洛陽はもう夜の闇に埋もれた馬ではなかった。数え切れないほどの山や河を踏み越えて、まるでぼろぼろの魚網になっていた。時間はその魚網から止めるすべもなく流れ出て、洛陽の街に関するさまざまの言い伝えも記憶も時間の河の中で網から漏れてゆく魚のように、洛陽の街の小さく揺れ動く家の梁から、傾いた城壁から泳ぎ出てゆく。


何年か前のようなきらびやかな道中も、今は落ちぶれて闇の中を背を向けて逃げてゆくありさま。


洛陽の街にはもう昔を語れる人もいないだろう。洛陽は今にも陥落しそうで、もうすぐ自分の街の住民にも忘れられるのが目に見えていた。

それというのも迦畢試《カピーシ》が黒い影の中にいて昔の恋人に逢えないでいるからだ。

わたしが朱枝をつかまえてあげられないからだ。


正月の十日に雪が降った。

十五日になっても、まだ解けなかった。

わたしは離阿奴《リアヌ》と庭でうさぎの灯籠を作った。白い紙を張ったうさぎの灯籠を雪の中に置くと、どこかへ見えなくなってしまう。離阿奴《リアヌ》が赤い油紙を切って、眼を作ってやった。

私たちはとても大きなうさぎ、つまり婆さんうさぎを作った。もっと小さいのは、子うさぎだ。骨組みにする竹ひごが足りないので、波波匿《ポポーニ》が幽霊をつかまえてあったかごをバラして、折ったり曲げたりして、紙を張ると、もういくつかの子うさぎができた。急に解放された幽霊たちは、意外そうな様子で、ぶつぶつと喋っているばかりで、さっきまでいた所から動こうとしなかった。しばらくすると、犬のように鼻をうごめかせて空気をかいでいたが、しまいに一匹また一匹とうさぎの灯籠に入っていき、つばきの油にひたした皿にお米が入っているのを見つけると、米粒のあいだに体をひたして、ぐっすりと眠りこんでしまった。

帰る家のない幽霊たちなのだ。入っていた竹かごがないので、竹ひごで作ったうさぎの灯籠に入っていったのだろう。

わたしと離阿奴《リアヌ》は灯籠をかかげながら、〝過灯〟の行列が来るのを待った。それは東の建春門から出発して、道みち人が加わりながら進んで、わたしたちの延年里につくころには、何百人にもなるのだ。

婆さんうさぎの耳をいじりながら、とりとめのない話をした。いつまでたっても〝過灯〟の行列はやって来なかった。

そのうち待ちくたびれて雪の中で眠っていた。

夢の中で離阿奴《リアヌ》が叫ぶのを聞いた。（来たぞ来たぞ！）続いて扇形をした二つの灯籠を先頭に、灯籠の長い行列が延年里に入ってきた。道には人が引きもきらず、蓮の灯籠、芙蓉の灯籠、犬の灯籠、猫の灯籠などをかかげて進んでくる。行列が延年里を出て長秋寺にさしかかるころ、和尚さんたちも灯籠をともして加わってきた。しまいには、千人にのぼる人が〝過灯〟に参加した。みんな長い暗やみよりも、明るい灯火に慣れきったように見える。だれも洛陽がまさに陥落に向かっていることなど忘れたように、めいめい楽しんでいる。永寧寺にさしかかったとき、三人の尼さんの歌声が大風に変わって、〝過灯〟の行列を吹き散らした。わたしの手にしていたうさぎの灯籠も揺さぶられて、お米と灯芯草の入った皿が倒れて、お米がばらばらっと体にかかった。火の粉が熱くなった豆みたいに、頭にも、首にも、手の甲にも、足にもこぼれ落ちた。わたしは一本の燃え上がる灯芯草になり、たまらない熱さが頭から足先まで広がっていった……

　ふっと目が覚めた。

　庭は静まりかえって、真っ白な雪の中に、赤い目をした白うさぎが輪になって座っている。中には灯がともり、さっきまで眠っていた幽霊たちは灯芯草に焼かれて、ぱちぱちと音をさせて燃えはじめていた。みんなちょっと泣き叫んだだけで、すぐに青い煙になっていく。ふいに我慢できなくなって、雪の中に坐ったまま声を上げて泣きはじめる、何もかも吐き出してしまうように。

　離阿奴《リアヌ》が庭の外から駆け戻ってきて、わたしに言った。きょう街の中は真っ暗で、だれも灯をかかげていないよ。

「だれが灯をつけたのよ?」わたしは腹を立てていた。

　離阿奴《リアヌ》はわたしを見たけれど、何も言わなかった。

「みんな消して!」はい起きると、足で灯を踏み消す。

　離阿奴《リアヌ》も黙っていっしょに灯を踏み消した。

　うさぎの灯籠がぜんぶ消えて、雪とおんなじ色になると、ひとつひとつひっくり返し、中に向かって呼んだ。波波匿《ポポーニ》！　波波匿《ポポーニ》！

　離阿奴《リアヌ》は続こうとしなかった。

ただ雪の中に立って、不思議そうな顔で、じっとわたしを見ているだけだった。

朱枝と波波匿《ポポーニ》が同じ人だと分かったあの夜、わたしは波波匿《ポポーニ》を自分で作った竹かごの一つに閉じ込めた。

もともと〝幽霊つかい〟自身が幽霊だったのだ。一生かけてつかまえようとした幽霊とは、自分自身のことだった。

波波匿《ポポーニ》と迦畢試《カビーシ》にはいったいどんな因縁があったのか。それは波波匿《ポポーニ》の話していた朱枝と迦畢試《カビーシ》の物語とだいたい同じだろうと思った。

でもどんないきさつがあったとしても、わたしは朱枝を迦畢試《カビーシ》に引き渡すわけにはいかなかった。

波波匿《ポポーニ》と離阿奴《リアヌ》はこの暗くて光のない洛陽の街でわたしのかけがえのない身内なのだ。もし朱枝を迦畢試《カビーシ》に引き渡してしまったら、わたしは波波匿《ポポーニ》をなくすことになる。そしてお日さまに照らされた洛陽で、わたしは離阿奴《リアヌ》もなくしてしまう。たった一つの方法は朱枝を閉じ込めておくことだ、永遠に迦畢試《カビーシ》が見つけられないように。

離阿奴《リアヌ》は知らなかったが、朱枝はうさぎの灯籠の一つに閉じ込めてあったのだ。お米は幽霊を封じる御符。朱枝は椿の油にひたしたお米と一緒になっている。その灯芯には、火をつけるわけにいかない。

やっとうさぎの灯籠の一つに波波匿《ポポーニ》を捜し当てたときには、もう黒いすすのかたまりになっていた。灯籠を持ち上げて、庭の水がめのところへ行き、すっぽり沈める。引き上げたとき、波波匿《ポポーニ》はもう洗い流されて、朱枝の姿に変わっていた。体中の黒い灰はきれいに落ちて、深紅の衣服があらわになり、すくい上げたばかりの金魚のようだった。

「波波匿《ポポーニ》！」わたしは呼んだ。

彼女は目をあけると、謎めいた微笑を浮かべた。

「禅師《シャンシー》、どうしてわたしを放してくれないの？」

「だって朱枝を迦畢試《カビーシ》に渡すわけにはいかないもの」

「洛陽の秘密は、わたしと迦畢試《カビーシ》のものではない」ゆっくりと話し出した。「洛陽はとうに進むのをやめているの」

「そんなはずないわ」わたしは言った。「わたし迦畢試《カビーシ》の心臓が防風氏の胸で動くのを聞いたもの。わたしに見えるのは暗やみだけだった。もし洛陽がとっくに動きをやめていたなら、お日さまがここを照らしているはずよ」

「あなたが迦畢試《カビーシ》の心臓が防風氏の胸で動くのを聞いたのは、確かね。でもあなたが聞いたもう一つの心音というのは……あなたのものではなかった」

「じゃ、だれのもの？」

「ほかの人よ。禅師《シャンシー》、あなたは大業四年のときに死んでいたの」

「そんな！ うそよ！」

「禅師《シャンシー》、洛陽の街はあなたの見ている夢。ある時は長く、ある時は短い。短いのは、たとえば元宵の夢、十四年前に洛陽が燃え始めたとき、あるいは今年の〝過灯〟節に灯籠が燃え始めたとき、どれも同じことよ。長いのは、迦畢試《カビーシ》の夢。いつまでも真っ暗な影の中でだれかにめぐり逢おうとして、どうしても逢うことができない」

「洛陽が動いているのも夢だというの？」

「そうよ。それがあなたの一番長い夢」

「それだって作り話でしょ。わたしが幽霊ならば、あなたは何者なの？」

「あなたの夢の洛陽は死者の街。禅師《シャンシー》、考えてもごらん、どうしてこんなことがあり得るのか。洛陽はなぜいつも暗やみで、洛陽の幽霊はなぜ捕らえきれないの？　それはあなたがここでめぐり遇う〝人〟が、みんな幽霊だから。あなたが幽霊だと思っているのは、みんな人だから。南陽公主と宇文士及はどちらもまだ生きていて、幽霊になってはいない。そしてわたしはすでに人でも幽霊でもない、わたしは迦畢試《カビーシ》の左腕のあの赤い鳥」

「そんな作り話、わたしにあなたを釈放させるためでしょ、だまされないわ！」

「禅師《シャンシー》、一人だけあなたの夢の中にいない人がいる。その人がわたしの話を証明してくれる」

「だれなの？」

「雲休方丈よ」


雲休方丈は色白で若々しく、きれいな柔らかそうな手をしている。それだけを見たら、とてもわたしと複雑な因果関係があるとは思えない。

けれども波波匿《ポポーニ》の話したことにわたしは半信半疑だったので、やっぱりうさぎの灯籠を持って長秋寺へ行くことにした。

お坊さんたちは本堂で《伽藍讃》を唱えている。わたしは桂樹、朱槿、香茅、優曇華、そして暴馬丁香の植えてある五味園を通り、またそこに植えてある甘藷、胡麻、蓮根そして薄荷をよく見てみた。薄荷の茎を一本折ってみると、中からすぐに緑色の汁が出てきた。これが夢だなんて。こんなに細かいところまで、生き生きとした夢があるもんか。

六牙白象のそばを通るときも、特に気をつけてさわってみた。冷たくて、硬くて、とても夢とは思えない。

禅房に入ると雲休方丈は、もっと年上のえらいお坊さんたちのように、わたしが来るのをとっくに予感していたようだった。

いつもと同じようなやさしいまなざしでわたしを見つめて、それからひとりごとのように口を開いた。

「禅師《シャンシー》よ、これはそなたの執念か、それとも私のか」

それから、雲休方丈の口からは、わたしの知っているこれまでのいきさつを——聞いているとまるで知らない人の身の上を聞くようだったけれども、確かにわたしと関わりのある話が語られた。

隋朝の長公主である南陽公主と西域から来た商人の迦畢試《カビーシ》は相愛の仲だった。大業四年、長公主は宇文士及に降嫁して、その年のうちに女の子を産んだ。生まれたとき、首にへその緒がからまって、産声を上げることもなく世を去ってしまった。宇文士及は公主が悲しむのを恐れ、また皇帝に咎められるのを恐れて、夜のあいだに庶民の男の子をさらってきた。その晩子どもを取り上げた産婆や宮女たちはそのあと宮廷にはやった疫病でみんな死んでしまった。

女の子は、実は公主と迦畢試《カビーシ》の子どもだった。難産で死んだのではなく、呪詛をかけられたのだ。呪詛をかけたのは、まさに迦畢試《カビーシ》の左腕に彫られたあの鳥だった。もともとその鳥は人の形になることができ、黒い髪と白い肌を持ち、自分を朱枝と呼んでいた。朱枝はまた迦畢試《カビーシ》を愛していた。けれどもその鳥の心臓はあまりに小さく、ねたみの心はあまりに大きかった。朱枝は女の子を呪い殺したあと、死んだ子の夢に入りこんだ。夢の中で、洛陽は暗やみの街となり、太陽の光が照らすことはなかった。そして朱枝も白い髪と黒い肌の老婆となり、波波匿《ポポーニ》と名乗った。子どもの夢の中では、あらゆる因果応報関係が正確に配された。波波匿《ポポーニ》は生まれながらの難題を背負うことになった、朱枝をとらえなくてはならないという難題を。

わたしは息を止めたまま雲休方丈の話を聞きおえた。

気がつくと手にしていたうさぎの灯籠はもみくちゃになりひとかたまりの紙になっていた。かたまりになってしまった白い紙を見下ろしていると、うさぎの灯籠の中に大きな婆さんうさぎがあったのを思い出した。両側には一匹ずつの子うさぎ。雲休方丈の話したのはみんな本当なの？そしてなぜ不思議に聞こえるの？　わたしが手放すまいと思っていた人は身内じゃなかった。見ても何とも思わなかった人が、わたしを生んだ人だったなんて。

みんな本当なのかしら？

もし本当だとしたら、いままでの十四年のあいだに、波波匿《ポポーニ》がわたしに教えてくれたことは、みんなウソだったというの？

人さし指をもたげて、思い切って自分の目の中を突いてみた。

抜き出してみると、指はたしかに墨汁のようなものに染まっていた。

わたしは本当に、死んでから十四年になる幽霊なの？

白骨が引っぱっていく洛陽の街は、本当に不思議で冷たい夢にすぎなかったの？

陥落の前に急げとばかりに、南陽公主は宇文士及に遇い、朱枝は波波匿《ポポーニ》になって迦畢試《カピーシ》に遇い、離阿奴《リアヌ》はわたしに遇った。けれどもわたしはもう死んでいた……

だれもが、みんな自分に属する真相を探し当てたのだ。

夜は水のように冷たかった。薄荷のにおいがまたかすかに漂ってきて、何年も前のあの日のようだった。

朱枝はもみくちゃのうさぎの灯籠から飛び出した、ちょうど真っ赤な弾丸のように。空中でつばさと尾をはためかせ、禅坊の中を何度か旋回すると、雲休方丈の左腕に飛びこんだ。わたしはびっくりした。雲休方丈の左腕には明らかに不空成就仏とその乗り物である迦楼羅《かるら》が描かれている。迦畢試《カビーシ》の左腕のものとまったく同じものが。

雲休方丈が僧衣を開くと、むかでのような黒い傷跡があらわになった。

この非凡な夜、世界は千万の破片となってわたしの前にあった。夜の中で歩みを止めない洛陽の街は、朱枝があまりに迦畢試《カビーシ》を愛していたせいか、それとも迦畢試《カビーシ》があまりに南陽公主を愛していたせいか？　骨に刻まれた愛が防風氏の白骨を動かしていたのか、または一切がわたしの長い夢に過ぎなかったのか？　やはり朱枝がわたしの夢の中で波波匿《ポポーニ》に変わっていたように、雲休方丈もわたしの夢の中に迦畢試《カビーシ》となって現れたのだ。いったいだれが自分の心臓をえぐり出して防風氏を動かしていたのだろう。雲休方丈かそれとも迦畢試《カビーシ》だろうか？

もし迦畢試《カビーシ》だったなら、波波匿《ポポーニ》と雲休方丈が言ったように、一切がわたしの夢。

もし雲休方丈だったなら、迦畢試《カビーシ》はまったくの幻影。それにしても雲休方丈が仏門に入る前、骨に刻まれた愛はどれほどのものだったのだろう、自分の血のしたたる心臓をえぐり出すなんて？　それによほど多くの執念がいったはず、白骨を動かして洛陽の街を引きずっていくなんて？　もしも洛陽の街が本当にわたしたちたくさんの幽霊を閉じこめたまま進んでいるのだとしたら、雲休方丈がその執念を捨てたとき、陽光はここを照らすようになり、そうなったら幽霊たちにとっては、ようやく洛陽は本当に陥落することになるだろう。
この世界の真相は多すぎて、だれも本当のことは知らないのだ。

作者による補足

これは〝白骨が洛陽の街を引いていく〟という設定で書いたお話ですが、南陽公主とその子である宇文禅師《シャンシー》は実在の人です。考証によると、〝荘桃樹〟もたしかに南陽公主の一家をとらえた使用人の名前です。小説の中に登場している南陽公主は、歴史的事実のほうがむしろ興味深いものがあり、いろいろとドラマチックな想像を呼び起こします。魏徴の筆になる《隋書》の巻八十列伝第四十五[※14]について、オンライン百科事典である百度百科では以下のように評価しています。

――史書の中ではこの公主の美貌と才気とを称賛している。十四歳で許国公宇文述の次男宇文士及――大名鼎鼎たる謀逆の臣である宇文化及の弟――に降嫁し孝順をもって有名であった。岳父である宇文述が重病で死にのぞんだとき、南陽公主は高貴の身でありながらみずから飲食の用意をして、手ずから進めたという。史書は彼女の夫婦生活に対し決して多くを語ってはいないが、南陽公主の一生における最も重要な二つの出来事を記載してこの皇室の女性の剛毅さを表している。
大業十四年（六一八）に江都で煬帝を暗殺して北上した宇文化及は皇帝を称したが、翌年、河北を支配する群雄の竇建徳に打ち負かされた。その後、南陽公主の夫である士及は竇建徳のもとを逃れて済北から長安へ向かい唐に帰属しようとした。当時河北で最も強大な勢力であったのは夏王竇建徳である。隋朝の旧臣たちは建徳の引見に及び、恐れのあまり平常心を失っていたが、ただ南陽公主だけが神色自若としていた。竇建徳にまみえたとき公主は、国破れ家亡びたとき、恨みを報い恥をすすぐことができなかったと言って、涙は襟をうるおし、言葉もとぎれとぎれになるほど、気持ちを込めて語ったのである。建徳もかたわらで見ている者も、心を動かされ涙を流し、敬服しない者はなかったという。

　ただこのあとに起こった一連のことは、現代のわれわれから見ると確かに情理において納得しがたいものがある。建徳が宇文化及を処刑したとき、公主には禅師《シャンシー》という名の子があり、年はわずかに十歳であった。竇建徳は公主に尋ねた。「宇文化及、躬、殺逆を行ひ、今将に其の家を族滅せんとす。公主の子、法当に坐に従ふべけれども、若し割愛する能はざれば、亦聴きて之を留めん」公主は涙ながらに答えた。「武賁《ぶふん》は既に是れ隋室の貴臣なり、此の事何ぞ須らく見問すべけんや」それで建徳はこれを殺した。こうして南陽公主の唯一つの血筋、隋の煬帝の外孫はここに死んだのである。むろん彼の最も有名な外孫にはもう少しで大唐の皇位を継ぐはずだった呉王恪《かく》※15がいたのであるけれども。

　この後まもなく、南陽公主は剃髪して尼になった。史書から知ることができるのは彼女がずっと竇建徳の支配する勢力範囲に暮らしていたということである。建徳が敗れた後、南陽公主は西京長安に帰り、後にまた宇文士及と東都洛陽で逢うことになる。公主は意を決して会おうとしなかった。宇文士及は訪ねて行って、また夫婦になろうと請う。南陽公主はこれを拒絶して言った。「わたくしとあなたとは仇同士なのです、この手であなたを殺せないのが残念ですが、それは兄上が謀逆を行った際に、あなたのあずかり知らぬことだったからに過ぎません」士及は意志が固いのを知って、そのまま辞してきたという。

《陥落の前に》は歴史上実在した人物によるドラマです。宇文禅師《シャンシー》というこの皇室の子孫を少女に設定したのは、主として宮崎駿《みやざきはやお》の影響を受けたためです。また文中の〝波波匿《ボポーニ》〟〝迦畢試《カピーシ》〟は、ともに古代中央アジアの地名から取りました。

※1 旧暦一月十五日のお祝い。寺院で灯明を灯すほか、街中に提灯がかかげられた。

※2 漢名和名ともなじみのない植物が多いが、洋風の通称による違和感を避けたためである。たとえば桂樹はシナモン、香茅はレモングラス、暴馬丁香はライラックを指す。また甘藷の通称はサツマイモだが、背景が隋末唐初なのに後世日本の地名「薩摩」が出てくるのは変なので避けた。

※3 六世紀半ばに編纂された楊衒之《ようげんし》『洛陽伽藍記』巻一にも永寧寺の火災の記事がみえるが、そこでは三人の「比丘」が焼死したとある。尼としたのは物語のイメージに合わせたフィクションであろう。

※4 古代の伝説によると、中国史上、最古の王朝とされる夏の諸侯のひとりだったが、夏の初代君主の禹《う》が会稽山に諸侯を呼び集めたときに遅参したかどで誅殺されたという。

※5 隋の二代目皇帝の煬帝（在位六〇四〜六一八）をさす。なお作品中を通じて皇帝に対する敬語は全く使われていない。

※6 冬至から百五日後、三日間にわたって火を使わずに食事をする習慣。

※7 煬帝のこと。高句麗遠征の失敗や大運河建設事業などで民衆が疲弊し、大業九年（六一三）以後、反乱が相次いだ。すると煬帝は、大業十二年（六一六）七月に江都に避難してしまった。

※8 煬帝の長女で宇文士及に降嫁、岳父宇文述の死病に際しよく仕えたことが語り草になった。

※9 中国は夫婦別姓が原則なので南陽公主は殺されず出家している。

※10 梵文の経を節を付けて唄う「声明」の類。現代中国でも大悲呪、消災呪などがfacebookで視聴できる。

※11 ネクタリン。和名アブラモモ、ツバキモモ（夏の産物だと思うのだが）。

※12 冬至から九日ずつ区切って春の到来を待つ俚諺《りげん》。少しずつ字句を変えて各地に伝わっている。試しに訳してみたが日本にいると感覚が伝わりにくい。いわく、一二は寒くて手も出せぬ、三四は氷の河渡る、五六柳の芽はまだか、七で氷も解けはじめ、八でかりがね戻ってくるよ（原文にはないが、「九にもひとつ加えたら、田畑の耕作始まるぞ」と続く）

※13 唐の初代皇帝（高祖：在位六一八～六二六）。大業十三年（六一七）に晋陽（現在の山西省太原）で挙兵し、南下して長安を占領し、煬帝が生きているにもかかわらず、煬帝の孫の楊侑《ようゆう》（恭帝）を皇帝に擁立した。翌年五月、煬帝の死が伝えられると、帝位を簒奪して唐を建国した。

※14 原文では、『隋書』の本文を引用しているが、読者の便を図って本文からは省略した上で、訳注として書き下しを記しておく。
「南陽公主は、煬帝の長女なり。風儀美しく志節あり、造次に必ず礼を以てす。年十四にして、許国公宇文述の子士及に嫁し、謹粛を以て聞こゆ。述病み且つ卒するに及び、主みづから飲食を調へ、手づから奉上し、世此を以て之を称ふ。宇文化及殺逆に及び、主、随つて聊城に至るに、化及竇建徳の敗る所と為り、士及済北より西し大唐に帰す。時に隋代の衣冠併せて其の所に在り、建徳之を引見し、惶懼失常せざるもの莫きに、唯主のみ神色自若たり。建徳と語るに、主、国破れ家亡びてより、怨を報じ恥を雪ぐ能はずと陳《の》ぶ。泪下つて襟に盈《み》つるも、声辞輟《や》まず、情理切に至る。建徳及び観聴きする者之が為《ため》に容を動かし涕を隕《おと》さざる莫く、咸《みな》、粛然として敬異せり。建徳化及を誅するに及び、時に主に一子有り、名は禅師、年且つ十歳なり。建徳、武賁郎将於士澄《よしちょう》を遣はし主に謂ひて曰く、宇

文化及、躬、殺逆を行ひしは、人神の容れざる所なり。今将に其の家を族滅せんとす。公主の子、法当に坐に従ふべけれども、若し割愛する能はざれば、亦聴きて之を留めんと。主泣きて曰く、武賁は既に是れ隋室の貴臣なり、此の事何ぞ須らく見問すべけんやと。建徳、竟に之を殺す。主、建徳に尋請し髪を削り尼と為る。建徳敗るるに及び、将に西京に帰らんとするに、復た士及と東都の下に遇ふも、主、與《とも》に相見えず。士及之に就き、戸外に立ちて、復た夫妻と為らんことを請ふ。主、之を拒みて曰く、我は君と仇家なり。今手づから君を刃する能はざるを恨むは、但だ謀逆の日、君の預知せざらんことを察せしのみと。因りて與に絶を告げ、訶して速く去らしめんとす。士及固く之を請ふに、主怒りて曰く、必ず死に就《つ》かんと欲せば、相見ゆべきなりと。士及、其の言の切にして、屈すべからざるを知り、乃ち拝辞して去る」

※15　唐の二代目皇帝李世民（太宗：在位六二六〜六四九）は、煬帝の娘を側室とした。二人の間に生まれたのが李恪（李世民の第三子）である。李世民は一時、恪を太子に立てようとしたが、臣下である長孫《ちょうそん》無忌《むき》の反対にあって果たせなかった。

程婧波（Cheng Jingbo／チョン・ジンボー）
一九八三年生まれ。四川大学でコミュニケーション学の修士号を取得。出版社勤務を経て、現在は作家・翻訳家として活躍。SFとファンタジーを融合した幻想的な世界観、華麗で濃密な文章が特徴的。長篇には日本を舞台とした青春小説の『食夢貘・少年・盛夏』があり、短篇集に『倒懸的天空（さかさまの空）』などがある。また、編著書に、中国の女性SF作家三十三名の作品を収録した『她（彼女）――中国女性科幻作家経典作品集』がある。

中短篇では、考古発掘された宇宙船の謎に迫る時間SFの「西天」で、第十四回銀河賞読者提名賞（二〇〇三年）を獲得し、本書収録の「陥落の前に」（原題「赶在陥落之前」）で、第一回華語星雲賞最佳科幻短篇小説賞（二〇一〇年）・第一回青春文学大賽特別大賞（二〇〇九年）を受賞。さらに男装の少女が猟奇殺人の謎を追うマジックリアリズムSFの「開膛手在風之皮爾城（風のピアー城の切り裂き魔）」で、第四回華語星雲賞最佳中篇小説金賞（二〇一三年）を獲得している。

日本語訳に、立原透耶訳「白色恋歌」「青梅」（原題同じ：『聴く中国語』二〇一七年十一月号、十二月号）、中原尚哉訳「蛍火の墓」（原題「蛍火虫之墓」：ケン・リュウ編『折りたたみ北京――現代中国SFアンソロジー』早川書房、二〇一八年）、中原尚哉訳「さかさまの空」（原題「倒懸的天空」：ケン・リュウ編『月の光――現代中国SFアンソロジー』早川書房、二〇二〇年）がある。

飛　氘

移動迷宮 The Maze Runner

上原かおり 訳

十七世紀初め、中国東北部にジュシェン人（女真人。後にマンジュ人＝満洲人と改名）による後金（後に清と改名）が成立した。十七世紀半ば、清は華北に進軍し、抵抗を続ける明の残存勢力を平定し、中国を支配した。清は、康熙帝・雍正帝・乾隆帝のもと拡大を続け、中国東北部・モンゴル・中国本土・台湾・新疆などを支配する巨大帝国となった。人口も十八世紀末には三億人を突破している。また、海外貿易も活性化し、清の陶磁器・生糸・茶を求めて世界中の銀が流入した。日本の江戸幕府も長崎を通じて清と盛んに交易している。

一方、広東で不自由な貿易を余儀なくされていたイギリスは、徐々に清に対して不満を抱き、貿易体制の改善を求めるために使節団を派遣してきた。その団長こそが本作の主人公の一人、マカートニー伯爵である。十八世紀後半に産業革命を迎えたイギリスは、徐々に国力が高まっていた。一方の清は、急激な人口増加によって社会不安が高まり、十八世紀末から大規模な反乱が発生したほか、財政も悪化し、徐々に国力が低下していくこととなる。マカートニー使節団の到来は、絶頂期を越えつつある清と上り調子のイギリスが交錯した瞬間なのである。

Sin
α

大英帝国の使節団は迷路をまるまる二週間歩いたが、あいかわらず突破口を見つけ出せなかった。晩夏の北京はうだるような耐えがたい暑さで、四方の高い塀は照りつける陽光を遮ってはいたが、使節団の心にも影を落としていた。マカートニー伯爵[※1]は懸命に関節の痛みに耐えながら、苛立つ仲間を引き連れて前進したが、縦へ横へと延びる小道は、分かれてはまた交差し、切りがなかった。

あの身分を笠に着た、乾隆帝《けんりゅうてい》[※2]の寵臣和珅《ヘシェン》[※3]にもったいぶった物言いで仄《ほの》めかされていた。もし使節団が皇帝の誕生日の前にこの「万花陣」を越えることに成功したなら、北の承徳にある避暑山荘へゆき天子にまみえる苦労を免れられるし、いま山荘で夏を過ごしておられる偉大な皇帝陛下はすぐに戻られ、円明園[※4]で彼らに接見してくださり、しかも三跪九叩頭《さんききゅうこうとう》〔三回跪《ひざまず》き、九回ぬかずく〕の礼を免除してくださるばかりか通商について考えてくださる、らしい。このような寛大な措置は故実・儀礼に反し、みなの予想をはるかに超えるものだったので、使節団の者たちでさえ耳を疑った。この皇帝の寵臣の心のうちは、これまでに会ったどの中国人もそうであったように、つかみどころがなかったのであるが、しかしそれでも大使は試してみることにした。彼らは事前に迷路の外側の溝に沿って一回りした。塀が高いためか壮大に感じられたが、実のところ全体の面積は広くはなかった。迷路自体は何の変哲もなく、ヨーロッパ風の庭園を真似たそこそこの代物だ。ところが、彼らはその中に入ってみて、考えが甘かったことにだんだん気づいていった。

中は終わりの見えない迷路だったのである。五色の美しい壁画は巻物を広げたかのように、古い国の長い歴史を語っていた。付き添いの若い宦官は非凡な我慢強さを見せた。英国人がどんなに苛立っても、その滑らかな麗しい顔に礼儀正しく微笑みを浮かべ、遠方からの客を落ち着かせることに注意を払っていた。誰かがはぐれても、穏やかに落ち着き払って、必ず見つけ出した。気前の良い皇帝の思し召しにより、迷路にはたくさんの臨時休憩所が設けられており、道に迷ってしまった者もそこにいれば問題がおこることはなかったし、このゲームが終わればみなと落ち合えるようになっていた。大使の秘書のバロンは明らかにこの宦官を信用しておらず、陰で「ゲイボーイ」とののしっていたが、それでも彼を味方につけることを伯爵に提案した。その宦官は、少し断るそぶりを見せながらも大使のプライベートな贈り物を受け取り、驚くべき秘密をこっそり教えてくれた。この高い塀を建てるのに使われているのは普通のレンガではなく、長城から持ってきたものだと。あの天下に名高い障壁が、かつて北方にいた聖祖たちの蹄鉄の進入を阻《はば》※5み、ついには破られたあの障壁が、いまとなっては解体されているというのだ。地上の一切のものが天子の恩恵に浴することになり、もう二度とむやみに人を彼此《ひし》に分ける必要はなくなるゆえ、この迷路は往時の記念であり、未来へ通じる架け橋でもあると宦官は言った。「橋？」英国人はきょとんとした。「障壁は架け橋であり、迷路は通路のようなものです」ホスト側がそこで話すのをやめたため、ゲストは自分でその意味をさぐるしかなかった。日一日と過ぎ、設計者が巧妙に仕込んだ景色は尽きることがなく、あいかわらず花壇に踏み込んだり、広場に出たり、池にゆく手を阻まれたり、亭《あずまや》に着いたり、上下四方《うちゅう》八方を当てどなく突き進んでは鳥がさえずり花香る中をさまよい、しだいに現在も過去も未来もわからなくなった。

迷路の中央に見えるあの八角の涼亭《あずまや》は遠くに見え隠れするばかりで、時に近づいてはまた遠のき、多くをしゃべらない宦官の話し方は彼らを模糊とした感覚に陥れた。乾隆帝は実はすでに都に戻っていて、もうずっとあそこに端坐し見下ろしているが、彼らはぐるぐる回るばかりで近づくことができずにいるのではないか。

藤の蔓をつかんでよじ登るがごとき絶望だった。ある晩のこと、夕餐で思う存分飲んだ後、天文学者のディンウィディー[※6]はふいに律詩を作る気をおこした。宦官は、遠方からの客がついに輝かしい中華文化を悟ったと大いに称賛した。博士は、最初はこの皇家の庭園の自然を模した見かけに惑わされて、中国人は数学的な謹厳さに欠けていると独断したが、今や四角い漢字の行列《マトリックス》からにじみ出る精確さに心服したことを認めたのだった。一人の科学者として、彼はいまだに庭園の設計者がいかにして有限の時空の中に無限の宇宙を詰め込んだのかわからなかった。それは彼が持ってきた天象儀よりも難解であった。いや、中国の庭園はそもそも複雑華麗な宇宙の模型なのだ。一連の対話をはたで聞いていた伯爵は、にわかに心を動かされた。あの長城は異民族の侵入を阻むためのものではなかったか？　まさか皇帝は最初から接見するつもりなどなかったということなのか？　全て悪ふざけに過ぎないと？　高い塀のあちら側とこちら側、われらはまさにその彼此の異端というわけだ。どうしたら障壁を破れるのか？　あるいはまた、迷路は一つの象徴なのかもしれぬ。もしもその複雑な回路をすっきり解き明かすことができれば、皇帝とその民の変幻極まりない考えがわかり、身内のように親しく、有無《うむ》相通ずるようになるだろう。さもなければ、塀の上を乗り越えようと、火砲で穴を開けようと、無駄な骨折りとなり、ついには無形の迷路に出くわす、というわけか？　しかし、もしこの迷路を出ることができたとして、その時われわれは何者になっているというのだろう？　後れて急に酔いが回る東方の美酒によって、目くるめく考えは融けてゆき、星空の下、伯爵は酔い潰れてしまった。誰かが薄い掛け物をかけてくれた。その中性的な顔に奥深い微笑みをたたえ、白い手で塀の麒麟の角をなでている。伯爵は酔眼朦朧《すいがんもうろう》としながら塀がゆっくりと回転し始めるのを見た。古い幽魂たちが開かれた隙間から漂い出てきて、しくしくと、歌うようにすすり泣いた。

Cos
α

愛新覚羅《あいしんかくら》・弘暦《こうれき》は万花陣の中央に端坐し、ゆっくりと動く迷路をうわの空で見下ろしていた。長春園の一角にあるこの完璧な長方形は、ちょうど南北軸線上に位置している。長春園のほかの洋館区域とは違って、最初こそ迷路を提案したのは数名の西洋の宣教師であったが、最終的には厚い信頼を寄せる雷氏の一族に設計させた。皇帝に何らかの意図があることは明らかであったのだが、本人以外はほとんど誰もその本当の用途を知る者はいなかった。

千年の長きにわたって建設修築が繰り返されてきた長城が壊され、レンガが続々と都に運ばれた。この破天荒な行いは世間を驚かし、「四海一家、内外を分けることなかれ」という説明はいかにもこじつけめいていたので、人々の間に議論を巻き起こした。もちろんこれは、これまでの歴史上の皇帝の荒唐無稽な行為と比べてもさほど理解しがたい行いというわけではなかったし、最も実直な大臣であっても、ひとたび迷路に入れば、もう疑問を呈することはなくなった。幾重にも重なった塀の通路と袋小路は、秩序がありながら無限の変化を見せ、古の知恵が含まれ、陰陽五行を体現し、目や心を楽しませつつ、殺意に満ちていた。要領を得ぬまま闖入《ちんにゅう》してしまえば、一見反復しているようで実は次々に開かれてゆく時空の螺旋階段を永遠に下っていくはめになる。この天才的な作品が朝廷の永遠の繁栄を保証していると人々は信じた。

しかし弘暦《こうれき》の胸の内にあるのは山ほどの心配事だった。近頃、いつも同じ夢を見るのだ。円明園の中ほどにある碧桐《へきどう》書院で、少年は何度も紙に「九洲清晏」[※7]と書くのだが、どうしても「清」の字の墨が滲んで、汚い団子のようになってしまう。彼は怒りのあまり目を覚まし、気が静まるのを待ってから、龍淵閣[※8]の前の池までやってきて、金魚が泳ぐのを眺めるのだった。背後の閣《たかどの》に収められた万巻の蔵書が気持ちを落ち着かせてくれた。何年も前に、西湖[※9]のほとりの妓楼で、彼の死後にやってくる世界の末日を夢で見てからというもの、子孫が無事に逃れるよう指南するために、人類のあらゆる知識の編纂に取りかかり[※10]、一枚の銀河星図を制作し、ここに収めたのである。

夢の中はあいかわらず火の海だった。天子たるもの他人にこの測り難く煩わしい悩みを打ち明けるわけにはいかず、自分でその奥にある真理を悟るしかなかった。何年もの間、天下泰平の世の中に転変の兆しがないか探った。イギリスの使節団がやって来るという知らせが紫禁城に伝わった時、彼はついに確信した。目の前の一切がやがて灰燼《かいじん》に帰すだろう。

招かれざる客がずいぶん昔の謎の賊党、馬朝柱《ばちょうちゅう》[※11]を思い出させた。大明の末裔を自称し、軍隊とともに西洋の国に隠れていたその男は、故国の失地を取り戻すために「遮天傘《ジャーティエンサン》」[※12]に乗って舞い戻ってくるべく準備をしていたが、無能な官軍はとうとうあの男を捕縛できなかった。弘暦《こうれき》は男の話が大衆を惑わすまったくの流言だと確信していたが、大軍が何重もの障壁をやすやすと飛び越えてくる光景が脳裏から離れなかった。将来きっとそのようなことが起こるのだろう、ならば塀は何の役に立つだろうか？　そう思ったものの、やはり迷路によって使者たちの傲慢な心を少しばかり挫いてやろうと決心した。彼らの幼稚な頭脳を愚弄してやり、束の間でも畏怖の念を生じさせれば、この大清帝国のために少しは時間をかせぐことができるかもしれぬ。無論、迷路で異民族の野心を阻止することなどできはしない。末日が来る時、彼らは扉を打ち破り、あの地図を強奪することだろう。むしろ、迷路が行く手を阻めば阻むほど、迷路が守っている『四庫全書』がまこと頼りになるものであることを彼らは確信してしまうことだろう。

考えがそこに至ると、老人は興味津々に望遠鏡を持ち上げ、やみくもに迷路を動き回る白人の姿をのぞいた。未来のいつの日か、天真爛漫な野蛮人は手がかりを頼りに無闇に探し求め、そしていまのように、彼が心を込めて編んだ罠に落ち、迷いの深い霧の中から永遠に抜け出せなくなってしまうのだ。ゆるゆると日が暮れ、皇帝は望遠鏡を置いて、ついに笑みを浮かべた。側近の太監がほっと息をついて、火を灯すよう命令を下し、涼亭の機械鳥も西洋の旋律をかなでた。まるでたくさんの星々がこぼれ落ちたかのように、侍女たちが灯籠をかかげた。この時、降参を示す使節団の照明弾が万花陣から天に向けて放たれ、色とりどりの灯りに加わり、一同、聖上《せいじょう》の万寿無疆《ばんじゅむきょう》を祝うかたちとなったのであった。

※1　ジョージ・マカートニー（一七三七〜一八〇六）はイギリスの外交官・政治家。一七九三年、中国への最初の使節として熱河《ねっか》省承徳の離宮（避暑山荘）にて乾隆帝に謁見した。その際、朝貢使節が行う三跪九叩頭の礼を拒絶し、貿易条件の改善の交渉に努めたが失敗した。

※2　愛新覚羅《あいしんかくら》・弘暦《こうれき》（一七一一〜九九）。清朝第六代の皇帝（在位一七三五〜九五年）。愛新覚羅（満洲語のアイシンギョロに漢字を当てたもの）は姓、弘暦は諱。対外遠征によって清の版図を最大規模に広げ、内政では度々減税を行い、清朝の最盛期を創出したとされる。

※3　和珅（一七五〇〜九九）は中国清朝の政治家。乾隆帝、嘉慶帝に仕え、中国史上最大の富豪となった。退位した乾隆太上皇帝の死後、嘉慶帝により賜死となった。

※4　清代の離宮の一つ。一七〇九年、雍親王（のちの雍正帝）が北京北西郊外の海淀《かいてん》に建設し、乾隆帝が拡張整備した。円明園の東に長春園、南東に綺春園（のち万春園と改称）が加えられ、これらを一括して円明園あるいは円明三園と呼ぶことが多い。一八六〇年、アロー戦争の際に英・仏軍により略奪放火され、一九〇〇年の八カ国連合の焼き討ちで徹底的に破壊された。

※5　清朝は満洲人の王朝である。満洲人は中国東北部、ロシア沿海州などに発祥したツングース系民族であり、長城を越えて南下し、漢人の明朝を滅した。

※6　ジェームズ・ディンウィディー（一七四六〜一八一五）はスコットランドの物理学者・天文学者・発明家。機械技師・天文学者としてマカートニー訪中使節団に随行した。その使命は天文学の進講、潜水鐘や気球の実演などであったが、彼の天文機器は西洋科学技術のコレクターであった乾隆帝に感銘を与えるには至らなかった。

※7 「九洲清晏」の大意は、九洲（中国）の河の水は清らかになり、海の浪は静まったというもので、天下太平を比喩している。乾隆帝には円明園の四十景を詠じた詩があり、「九洲清晏」はその一つ。乾隆帝の四十景の詩は、宮廷絵師の沈源《しんげん》や唐岱《とうたい》が描いた絵と、大臣汪由敦《おうゆうとん》が記した書による『円明園四十景図詠』がよく知られる。景観としての九洲清晏は、円明園の西部に位置する人工の島の景観を指し、南側に前湖、北側に後湖がある。後湖は九つの人工の島に囲まれており、九洲清晏はその一つにあり、皇帝と嬪妃の住居があった。

※8 ゼロ年代に興った中華ファンタジー「九州」シリーズにおいて、「蔵書」という名の龍によって創立されたと伝えられる謎の文献保管機関。龍淵閣には九州創世以来のあらゆる知識と記録が収められているとされる。円明園の史実からすれば文源閣とすべき箇所であるが、九洲（中国）をめぐる作者の連想が働いている。

※9 乾隆帝は在位期間に六度の南巡を行い、その度に杭州の西湖を訪れた。

※10 乾隆帝の勅命により中国最大の叢書『四庫全書』が編まれた。一七八一年に完成。儒教の経典や解釈などを収めた経部、歴史・地理書を収めた史部、諸子百家を始め天文学・暦学・医学・薬学・宗教・美術などに関する書を収めた子部、文学作品・文芸評論を収めた集部の四部から成る。

※11 馬朝柱は、清朝の農民武装蜂起のリーダー。生没年不明（一七一五～七五年とも）。乾隆十二年から十七年（一七四七～五二年）頃、武装蜂起の準備を進め、計画が漏れて討伐の対象となったが逃亡した。

※12 「遮天傘」について、作者は Philip A. Kuhn の歴史研究書である Soulstealers: The Chinese Sorcery Scare of 1768（邦訳に谷井俊仁ほか訳『中国近世の霊魂泥棒』平凡社、一九九六年）の記述を引用しており、宇宙人のＵＦＯをイメージしたという。

梁清散

広寒生のあるいは短き一生

大恵和実 訳

十九世紀後半、アヘン戦争に端を発するイギリス・フランスなど欧米列強の侵出によって衰退した清朝は、生き残りを模索して上からの近代化（洋務運動）を進めていった。欧米列強の租界が置かれた上海では、西洋文化の受容が進み、新聞・雑誌が隆盛し、ミステリー・SFも次々に翻訳・創作されていった。一方、明治維新を迎えて近代化を進めた日本は、徐々に清との対立を深め、一八九四年に衝突することとなる。いわゆる日清戦争である。この戦争に敗れた清は、一層の体制変革を迫られることとなり、西洋文化を学ぶため、日本に多くの留学生を派遣するようになった。

本作は、清末の上海で活動した知識人を追う歴史考証SFで、梁清散の古典SF研究の成果が存分に発揮された作品である。

広寒生《こうかんせい》を発見したのは、偶然だったといっていい。

その日は朝から雨で、午後になっても降り止まなかった。私は頭がすっきりしないまま、水浸しのアスファルトの上をぶらぶら歩いて、なんとなく図書館に向かった。たまたま図書館では展覧会が開かれていた。明るくライトアップされた展示室の中には、わずかな展示品と眠そうな管理人がいるだけだった。

展示室の前まで来て、ようやくその内容がわかった。清末の小説に関する館蔵品を展示していたのだ。

一見、無味乾燥としてつまらなそうだが、本当に退屈とは限らない。思いがけないことに、私たちはここで出あったのだ。

展示品は、時代遅れで古臭いものばかりだった。ある薄汚れた新聞は、清末に上海で刊行されていた『申報《しんぽう》』だった。上海の新聞業の隆盛ぶりを表すために展示したのだろうが、これでは何も伝わらない。梁啓超《りょうけいちょう》が日本で創刊した月刊誌『新小説』の目次ときたら……。

『申報』の脇には、清末の上海で刊行されていた新聞がずらりと並べられていた。当時の有力紙である『時報』や『新聞報』もあれば、見たことがないものもあった。例えば『新女学報』や

『新新日報』のように。しかし、私の目は、この『新新日報』に載っていた小説に、吸い寄せられたのである。

厳密に言えば、私を吸い寄せたのは、小説の内容ではない。小説の脇に添えられた小さくてぼんやりした挿絵だ。何匹かの鼠のような人が、でこぼこした月面に立ち、クレーターの傾斜を利用して、パラボラアンテナのような反射板を建造している。図の片隅に描かれた太陽からは、月に向かって光線が発射されている。反射板は、その光線を地球に跳ね返しているのだ。光線が集中している場所からは黒い煙があがっている。

私は腑に落ちなかった。月がクレーターだらけであることを清末の人間が知っていたのか？清末に流行していたエーテル幻想では、エーテルが月を満たしていると考えられていた。そのため、地球からみた月は、つるつるに描かれているのが相場だ。刹那の間に浮かんだ疑問が、他の展示品とは比べ物にならないほど、この新聞に対する興味をかきたてた。

小説の形式は、清末の新小説の主流である回を分けて叙述する章回小説だった。展示中の新聞に載っているのは、小説の第十七回の末尾だ。

私はガラス張りの展示棚にへばりついて、なんとかその内容を読み取った。

小説の描写が挿絵と関連していたおかげで、前後関係が明らかとなった。挿絵に描かれている鼠のような人は、「灰鼠《りす》月人」と呼ばれている。どこから来たのかわからないが、彼らは月を占領して地球を攻撃しようとしている。どうやら灰鼠《りす》月人は絶え間なく言い争いをしているようだ。地球攻撃の方法をめぐって意見をぶつけ合っていたらしい。具体的にどのような案が出たかわからないが、最終的に彼らは嚙み付きあって対立派閥をねじ伏せ、挿絵に描かれている反射板で地球を焼き尽くす作戦案に決めたのだ。彼らは反射板を「月華死光」と呼んでいる。

このようなプロットが当時斬新だったかどうかはよくわからない。ただ、挿絵付きで発表されたからには、何らかの刺激を読者に与えたに違いない。小説の末尾にはハラハラさせられただろう。文中には灰鼠《りす》月人たちが月華死光を完成させたのかどうか説明はなく、ただ設計図は既に完成しているとだけ書いてある。灰鼠《りす》月人たちは、敵対相手の首筋に嚙み付きながら、地球を見てチチチと笑っている。地球人類は滅亡の危機に瀕していることを全く知らないでいるのだ。これは清末の人々がおかれていた状況と重なっている。

大いに興味をそそられたところで、やっと小説のタイトルを見るべきことに思い至った――『登月球広寒生游記（月に登った広寒生の旅行記）』。

このタイトルには新たな疑問がかきたてられた。読み取れた箇所には、「広寒生」なる人物は全く出てこなかった。どうして「游記」なのだろうか？　いま読んだのは第十七回の末尾だけれども、登月游記とあるからには、広寒生は既に月に到達しているのだろう。では一体どこに隠れているのか？　激しく争いあう灰鼠《りす》月人は彼に気づいていないのか？

もう一度、作者名を確認した。析津《せきしん》広寒生とある。これは珍しくもない。清末には、一人称の叙述形式はまだ出現していなかったけれども、『老残游記』[※1]のように準一人称ともいうべき視点で書かれた小説はたくさんあったからだ。それにしても、この広寒生なる人物は何者だ？　全く聞いたことがない。

私は、この『登月球広寒生游記』という小説と、その作者の析津広寒生について、詳しく掘り下げてみようと思った。

まず、小説の全文を読む必要がある。これは簡単だ。マイクロフィルム室で年代を指定した当該紙のフィルムを申請して、ちょっと待てばいいだけだ。

私は『登月球広寒生游記』の連載開始時期を推測し、申請書類に「一九〇五年九月から一九〇六年九月の『新新日報』」と書いて、マイクロフィルム室の管理員に手渡した。管理員は三十分くらい待つようにといった。

待っている間に、図書館のデジタルデータベースを使って検索してみた。この広寒生が他に小説を書いていないか調べたかったのだ。析津広寒生というペンネームが清末に多くみられた「本籍＋雅号」の形式をとっていることからすると、広寒生の本籍もきっと析津だろう。では、析津とはどこなのか？　調べなければ。

まず「析津」でキーワード検索した。

すると「析津」が北京城内にあることがわかった。遼代には「南京析津府」と呼ばれ、元代には大都の南城となっており、おおよそ北京城の蓮花池附近に位置している。ちょっと残念だ。もし地方だったら、訪ねて行って古老に質問できただろう。たかだか百年ちょっと前のことだから、何か予想外の収穫が得られたかもしれない。しかし、現在の北京では、百年前どころか十年前の事だって、住民から何か聞き出すなんてことはできないだろう。

このとき『新新日報』のマイクロフィルムが届いた。

マイクロフィルムリーダーは、古臭くて鈍重な八〇年代のパソコンと一体化したような形をしていた。私は、待ちきれずに急いでマイクロフィルムリーダーを動かした。マイクロフィルムを前方下部にセットすると、黄色灯の光に照らされて新聞記事がスクリーンに映し出された。ピントを微調整すると、はっきり読めるようになった。

マイクロフィルムリーダーのファンがうなり声をあげている。目の前に広がる白黒の文字の中に、一九〇五年九月の上海が浮かび上がる。一枚一枚めくっていく。絶えず上に向かって動かしていると、あの時代の一日一日がラジオのつまみを回しているかのように過ぎ去っていく。

素早く頁をめくったけれども、内容を見落としたりはしなかった。はやくも、一九〇五年九月十三日の第二面に、「科学小説」と銘打たれた『登月球広寒生游記』の連載開始の広告とその本文を見つけ出した。

広告はその他の清末の小説と変わりなく、大げさにもちあげ、やれ世間第一等の驚険科学小説だ、やれ『三国志』の遠謀、『紅楼夢《こうろうむ》』の哀婉《あいえん》、『西遊記』の諧謔《かいぎゃく》、『水滸伝』の俠気だうんぬんかんぬんとあって、文章も用語もいい加減なものだった。作者のコメントなどはなく、広告の後にはすぐ小説の第一回が始まっている。

冒頭はやくも、あの広寒生が登場している。しかし、広寒生がいるのは上海で、月ではなかった。もしかして上海で製造したロケット花火の類で月に飛ぶのか？　疑問を抱きながら読み進めていった。すると、広寒生には月にいく意志など全くなく、落魄した書生のなりで、上海で最も有名な妓楼街の四馬路《しばろ》をふらふらしている。豪華な妓楼にたどり着くと、花魁《おいらん》に会うために入っていった。なんと花魁は広寒生の幼少時代の恋人だったのだ。

ここまで読んで、あまりにも陳腐な展開に嫌気がさした。月や灰鼠《りす》月人はどこにいったんだ？　念のため、もういちど確認してみたが、小説は確かに『登月球広寒生游記』で、作者も「析津広寒生」だ。

やはり間違いない。しかたなく我慢して読み進めた。

数日間の連載を経て、第一回は終わった。結局、広寒生はただ妓楼に入り浸っているだけだった。

しかし、続く第二回の内容を見たとたん、驚きのあまり目を見開いてしまった。

第二回はいきなり月から始まっていたのだ。それまでのくだらない話とは全く関係なく、月面の様子を微に入り細に入り描写している。文章の雰囲気も第一回とは異なり、きびきびとして洗練されている。完全に月世界の風景案内だ。その精緻なさまは驚くべきものだった。清末の科学水準で、月のクレーターの様子や低重力環境、さらには星空に浮かぶ満地（満月の地球版）の奇妙な美しさまでをも描けるとは。しかし、目を見開かせる内容ではあるけれど、重大な欠陥もある。それは内容が単なる風景案内にとどまっていることだ。ストーリーは何もなく、灰鼠《りす》月人も登場しない。まるで手慣れた科学啓蒙文のようだ。

とはいえ、第一回と第二回の内容がまるで違っているからこそ注目に値するのであって、悪いことではない。

ここで問題が起きた。続きを読もうとしたところ、この新聞がマイクロフィルムに断続的にしか収録されていないことに気づいたのだ。初めは三〜五日分欠けていた。これくらいであれば、なんとか『登月球広寒生游記』の内容を読み取れる。しかし、その後は、丸々ひと月分も欠けていたのだ。一九〇六年に入ると、二月に起きた「南昌《なんしょう》教案」※2を巡る新聞界の大論争といった重要な論戦記事のほかは、全く残されていなかった。

実をいえば、こういうことはよくある。とはいえ、せっかくわくわくする文章をみつけたと思ったら、こんな風に物理的に欠損しているなんて。やるせなさのあまり、無力感に包まれた。しかし、無い物は無いのだ。たとえマイクロフィルムを作った上海図書館に行って探しても見つけられないだろう。

図書館を出たとき、私はまだショックから回復していなかった。肩を落としながら相変わらず水浸しのアスファルトをとぼとぼ歩いた。しばらくして顔をあげると、夜空に明月が輝いていた。

たちまち正体不明の広寒生のことが頭に浮かんだ。百年ちょっと前、広寒生も明月を仰ぎ見て、なにか期するところがあっただろう。一体何を……。

私はすぐに家に帰って、広寒生がどのような人物だったのかはっきりさせようと思った。やはり突破口となるのは彼の小説だろう。いま読めるのは不完全なものしかないが、ここから多くの情報を読み取れるはずだ。とりあえず、第一回の妓楼通いの話は置いておくとして、もう一方の月世界の描写から、彼がかなりの科学的素養の持ち主であることがわかる。当時あちこちで見られた無限放電の新元素やら超音速飛行艇やらの作者に比べたら、科学面での信頼性はかなり高い。しかし、本文の欠損が激しいので、あの風景案内のような月世界描写から、どうやって灰鼠《りす》月人に話をつなげたのか、皆目わからない。

それに見たところ小説の執筆経験はあまりないようだが、小説のプロットに関しては野心的だったといえそうだ。

読めた範囲で判断するに、小説は二つのストーリーから成り立っている。一つは主人公である広寒生が幼少期の恋人に心と金をだまし取られる様子を描いている。もう一つは、一心不乱に月面の風物を描いている。清末の小説で、このような手法をとったものはみたことがない。展覧会で読んだ箇所には灰鼠《りす》月人が出てきたが、広寒生がいつ月遊覧に旅立つのか、広寒生の「游記」がいつ実現するのか、その答えを見つけ出すのは難しい。

まるで孤高の士きどりで好き勝手に書いているみたいだ。彼は自分の科学的素養が他の文人とかけ離れていることを自覚していただろう。しかし、知らなかったのだ。自分の文学的センスが長編小説向きではなかったということを。

その後の数日間、私は図書館のマイクロフィルム室に行って調査を重ねた。

たとえ広寒生の『登月球広寒生游記』の構成が支離滅裂だとしても、小説内のあの月世界をどうやって創りだしたのか、またどうやって灰鼠《りす》月人を生みだしたのか、ますます好奇心が湧いてきて、解明したくなったのだ。

私は、この小説を載せていた『新新日報』以外の文献に注目することにした。欠けてしまったものをいつまでも探すのは非現実的だし、理性的じゃない。広寒生にかなりの科学的素養があったこと、そして、小説から自信たっぷりな様子が窺えることから、必ずや科学関係の新聞でも自分の才能をひけらかそうとするだろう。

自分を非凡だと信じている人間は、孤独に甘んじることなどできないのだ。

まずは『万国公報』から調査を始めた。当時、アメリカ人宣教師の主宰で西洋科学を伝えていた大衆紙である。デジタルデータベースは完備されているけれども、そこから漏れている可能性も無いわけではない。パソコンで「広寒生」「析津広寒生」を検索しても、何も出てこなかったことを踏まえて、直接一頁ずつめくっていくことに決めた。

『登月球広寒生游記』の連載が一九〇五年九月に始まったこと、それから彼の文章の様子からすると、広寒生が活動し始めたのは一九〇四年を遡らないだろう。しかし、念のため、一九〇〇年の『万国公報』から始めることにした。一日分ずつめくっていき、一か月、一年とすぎていく。「庚子《こうし》の乱」※3が起き、「辛丑《しんちゅう》条約」※4が結ばれ、キュリー夫人がウラニウムの放射性を研究し、アメリカのロサンゼルスで空撮技術が商業利用され……。しかし、広寒生の痕跡は一向に現れなかった。特に一九〇五年に入ってからは、丁寧に見ていったが、やはり姿を見せない。彼の文章どころか、その名前に触れた文章すらない。

当然、『万国公報』に出てこなくてもおかしくはない。続けて、その他の新聞、例えば『申報』

『時報』『清議報』『新聞報』『京話日報』なども対象にして調査に没頭した。

調査は難航した。瞬く間に一か月が過ぎた。

一か月の間、私は毎日朝一番に図書館に行き、一日中入り浸っていた。数人で輪番しているマイクロフィルム室の管理員たちとも顔見知りとなって、休憩中にときどき雑談もした。

彼らは、どうして私が調査に執着しているのかよくわからないようだった。どこかの大学の先生なのかと尋ねられて、私は首を振った。するとおずおずと院生かと聞いてきた。私はまた首を振った。じゃあ……と、さらに質問が続けられそうなとき、私は次に読みたいマイクロフィルムの番号を渡して話を終わらせた。しばらくたつと、彼らは私が社会的立場については答えたがらないことに気づいたようである。その後は、気まずい雰囲気になるのを避けたのか、日々の暮らしやフィルムの保管の苦労といったことを話してくるようになった。

図書館のマイクロフィルム室には、私以外の利用者はほとんどおらず、たまに来るのも学生だった。というのも、所蔵されているフィルムがあまりにも専門的だったからだ。学生も大抵は博士課程の院生だった。おそらく博士論文を書くために、大量の文献資料が必要になったとか、マイクロフィルムを調査する必要が出てきたとかだろう。彼らの動作はぎこちなく、ひどい時にはどうやってマイクロフィルムリーダーを動かせばいいのかすら知らないようだった。これまで使ったことがなかったのだろう。

ある時、ちょっと疲れたので、窓の外の花壇を眺めて、乾いた目を休ませていた。すると管理員が学生の指導を頼んできた。手先の不器用な新顔に耐えられなくなったらしい。

マイクロフィルムリーダーの使い方は、たった数秒で習得できる。指導も大した手間ではないので引き受けた。院生たちは、このささやかな技術指導の間に私と話したがった。

休憩時間に雑談を断ったりはしない。私個人のことでさえなければいいのだ。大抵の場合、彼らも私になど興味はなく、ただ博士論文の苦労やプレッシャーの大きさを愚痴りたいだけなのだ。清末の雑誌や新聞の発行状況のように、ある程度知っているテーマが話題にのぼった時には、なんとなく自分の意見を話すこともあった。おそらくほとんどは的外れだっただろう。しかし、院生たちは礼儀正しく笑顔で応じてくれた。

そういうときは、さっと自分のマイクロフィルムリーダーの前に戻り、なすべき作業に没頭した。

私が何を探しているのか誰も知らなかった。ましてや、この広寒生探しがどれだけ難しいか知っている者はいなかった。

全ての新聞をめくったとは到底いえない。しかし、博士論文を書いている訳ではないのだから、文献を調査し尽くさなければならないわけでもない。ちょっと考えればわかったはずだが、一か月に及んだ調査は完全に方向を誤っていたらしい。『万国公報』に注目したのは、大衆向けに西洋の科学技術を伝えていたからだが、それが間違いだったのだ。

自分の愚かさに気づいた私は、真っ先に再び『新新日報』のマイクロフィルムを申請し、頭から終わりまでもう一度読み通した。灰鼠《りす》月人たちが月華死光による地球攻撃を決めた第十七回で連載は終わり、それ以外に析津広寒生に関する情報は一文字も無かった。と同時に分かったことがある。小説から透けて見える広寒生の性格からすると、おそらく彼は一般大衆紙への文章掲載など眼中になかったのだろう。もしかしたら、『登月球広寒生游記』も踏み台にすぎなかったのかもしれない。連載が完結した時、彼の評判は上々だったのだろう。そのせいで自分を抜擢してくれた新聞やその作品でさえも鼻で嗤って棄ててしまったのだ。

私は検索対象を『中報』や『清議報』から、かつての『格致彙編《かくちいへん》』※5のような西洋科学の紹介をメインとする科学雑誌に変更した。

その結果……ついに見つけたのだ！　一九〇五年十月の記事だった。「析津広寒生」と署名されたその文章は、たった五号で停刊してしまった『泰西学新編』という月刊誌に掲載されていた。再びその名を見つけた時、まるで長いこと会うことのなかった旧友と再会したかのような興奮と感激を覚えた。ただ、ある意味当然のことながら、旧友の態度はあまりよくなかった。広寒生の文章は小説ではなく、檄文のような短文だった。やり玉にあがっていたのは、そのころ復旦《ふくたん》公学の校長だった厳復《げんふく》がかつて訳した『天演論《てんえんろん》』※6だ。激しい口調で繰り返し『天演論』の誤訳を指摘しているものの、彼の論理にはまるで一貫性が無い。さらには原作者ハクスリーと厳復の見解が相反することまで指摘している。

文章を読み終えたとき、私は広寒生を案じるあまり冷や汗をかいてしまった。もし厳復やその信者に、こんな過激な文章を見られでもしたらどうするんだ。取るに足らない書生なんかあっという間に潰されてしまうではないか。

『泰西学新編』はあと二号出ていた。じっくり読んでみたが、広寒生の主張に応答する者も論戦を挑む者もあらわれなかった。その後、反論を載せる可能性のある他の雑誌も探してみたが、誰からも何の反応もなかった。

これが広寒生にとってよかったのかどうかわからない。人混みの中で虚空に向かって吼えても、誰にも理解されないということだ。

『泰西学新編』の発見によって、向かうべき方向性がみえ、突破口が開けた。その後、広寒生探しは少し楽になった。

『泰西学新編』のような小型の科学啓蒙雑誌に、「析津広寒生」と署名された文章が頻繁に現れるようになったのだ。

おおよそ一九〇六年半ばから、「析津広寒生」の名前は四、五号で停刊してしまうぱっとしない科学啓蒙新聞や雑誌に見られるようになった。それらはタブロイド新聞といってもよく、多くは一頁しか紙面がなかった。上半分は「禁アヘン」「脱毛」「記憶力増強」といった類の広告で、奇妙な人物が商品を持つ絵の脇に、「諸君！　諸君！」「必携！　必携！」といった煽り文句がつけられていて、媚俗的で煩わしいことこのうえない。下半分に載せられた文章の体裁もまるでなっておらず、『格致彙編』の「互相問答」欄を模して、問答が箇条書きされているだけという有様だった。

質問も奇怪千万で、「どうしてあくびはうつるのか」「西洋人のX線はどういう原理なのか」「どうして我が家の雄鶏は夕方に鳴くのか」「手のひらを擦ったときに硫黄の匂いがする人は摩擦発電できるのか」といった類だった。また、質問の多くは、ほとんど科学と関係なかった。例えばある人の質問は、「西洋の科挙に参加できるのは何歳からか」というものだった。読者は困惑しただろう。

回答者も毎回違っていた。広寒生以外に興味はなかったけれど、彼らは真面目に原理を説明し、時には質問者を啓発し、深く考えさせる形で終わらせるなど、問答の質を高めようと努力していた。

ところが広寒生が登場すると、その雰囲気は一変する。たとえば「直角三角形の短い方の辺の長さが一丈〔三三〇センチメートル〕、鋭角の一つが三十五度二十分のとき、長い方の辺の長さは幾つか」といった質問がくると、普通の回答者はしっかり計算過程を示して答えを出している。

しかし、広寒生は違った。彼は真正面から言い切ってしまうのだ。ここは難解な科学の疑問に答える場だ、計算すればすぐわかるような問題をなぜ聞くんだ、もし本当に計算できないなら益智書会〔一八七七年に宣教師が創設した文化伝播団体〕が出した『形学備旨』や『代形合参』といった数学や幾何の初等教科書でも参考にすればいいじゃないか、わざわざ質問してくる意味など無い、と。

広寒生の質疑応答をひととおり読んだところ、これでもまともに答えている方だった。まぁ、あのような回答に質問者が満足するはずもないが。多くの場合、広寒生の答えはわずか一言だった。質問の概念自体に問題があるので答えないとか、あまりにも常識的すぎて答える価値もないとか、ひどいときには参考書の名前と頁数だけ書いて全く説明しないことすらあった。

広寒生が厳復を罵倒したとき以上にどっと冷や汗が出た。こんなことで……彼はどうやって生活していたんだ？　知っての通り、この頃には既に千年以上続いていた官僚登用試験の科挙は廃止されていた。そのため彼のような知識人は、なんとかして生計をたてる必要があったのだ……。清末には原稿料も字数に応じていた。他の回答者が可能な限り字数を費やしているのに、彼ときたらどの質問に対しても尊大な態度で、字を金のように惜しんで書きたがらないのだ……。

それに、こんな回答で長く続けられたのか？

心配していたとおり、四、五か月も経つと、析津広寒生の名は科学啓蒙雑誌から消えてしまった。その後をみると、雑誌自体、どんなに長く続いても四、五号で停刊してしまうものの、誌面上は平穏そのものであたりさわりのない問答が並んでいる。

どうやら科学啓蒙雑誌界は足並みそろえて広寒生を干してしまったようだ。

再び手がかりを失ってしまった。

苦難に満ちた捜索の旅がまた始まった。傲岸不遜な広寒生は、今度はどこに向かったのだろうか。どんな方法を使えば広寒生の月世界の謎を解明できるのだろうか。おそらく彼自身は、おそらく……。私のめくる文献資料は一九〇七年に突入した。

一九〇七年は、数十年遅れの戊戌《ぼじゅつ》変法、※7 十年遅れの政治改革がようやく多少の成果を出し始め、国際的地位もわずかに好転の兆しがみえ始めたものの、秋瑾《しゅうきん》※8を処刑したため、民衆の怒りを買ってしまった年である。社会の各方面で不穏な空気が漂っていた。しかし、私が注目している浮き沈みの激しい科学啓蒙雑誌に、戦火の気配は一切なかった。相変わらず長続きしないタブロイド判で、媚俗的な広告ばかり載っている。そして広寒生も一向に姿を見せない。

本当にお手上げかもしれない。『登月球広寒生游記』の後半で主人公の広寒生が、女学校の教師となって女学生に嘲笑われて一生を過ごすことも考え始めたように、広寒生も歴史の表舞台から永遠に去ってしまったのだろうか。

様々なことを考えながら、一か月分ずつ残存数の少ないあわれな文献をめくっていった。

もしかしたら筆名を変えたのかもしれない。このような状況では、その可能性は高いだろう。多くの場合、雑誌や新聞の編集者は寄稿者の本当の身分を知らない。数人で共用の筆名を使って創作し、高額の原稿料を稼ぐことだってしばしば見られる。広寒生は、その短気な性格が災いして科学啓蒙雑誌界では食っていけなくなってしまった。だが、学識豊かな彼なら、筆名を変えさえすれば、売文して生きていくのも難しくなかったはずだ。

しかし、もし筆名を変えていたとしたら、おそらく本当に諦めて別れを告げるしかないだろう。文献は茫々たる大海のようにあふれているのだ。マイクロフィルムに縮小したと言っても、そのフィルムが少なくとも一階部分の書庫全てを埋め尽くしているほどだ。広寒生は、「我佛山人《がふつさんじん》」

や「東海覚我《とうかいかくが》」[※9]のように、来歴の明らかな著名人ということはないだろう。それに有名人となった友人が回想録の中に経緯を書き残して、研究者の欲する手がかりを残してくれた、なんてこともないだろう。彼が筆名を変えていたら、おそらく張愛玲《チャンアイリン》の新作『小団円』[※10]を発見するよりも難しいだろう。聞いたところによれば、『小団円』を発見した人物は、調査のためにマイクロフィルムを見すぎて目がおかしくなったそうだ。

とはいえ、改名こそが最善の選択であるのは間違いないけれど、果たして広寒生を名のっていた人物がその道を選ぶだろうか。彼はきっと……。聞いたこともないタブロイド紙のフィルムが一九〇七年の終わりに差し掛かった時、あの見慣れた名前がついに現れた。質問に対する回答ではなく、一篇の文章だ。署名に「析津」の文字は無く、ただ「広寒生」とだけ記されている。「析津広寒生」ではないものの、この三文字を見つけたとき、興奮のあまり静まり返ったマイクロフィルム室で叫び声をあげてしまうところだった。しかし、感動するのはまだ早い。この広寒生は、私がずっと追い求めてきたあの広寒生なのだろうか？　文章を読んで判断するしかない。

その文章は現在のコラムのようなものだった。決まったテーマと形式があって、挿絵も紹介文もない。その内容を見ると、……月の解説⁉　感動のあまりうめき声がこぼれてしまった。時代離れした広寒生の月世界が、マイクロフィルムリーダーのライトに照らされ、ファンの音がブンブンうなるディスプレイに浮かび上がったのだ。

間違いない。広寒生は帰ってきたのだ。あの月世界とともに。

見落としを恐れて、マイクロフィルムを何度もめくった。そして、広寒生がこの新聞に初めて発表した文章であることを確認し、安心して読み始めた。

実をいえば、彼が手抜きをして、『登月球広寒生游記』の月世界部分を抜粋しただけなのではないかと心配していた。もしそうなら、求めていた広寒生ではなく、過去の残影を見つけたことになる。少しも意味がないばかりか、今までのことさえも台無しになってしまう。しかし、読み進めるうちに、杞憂に過ぎないことがわかった。私は彼を信じきれていなかったのだ。本当に穴があったら入りたい。

広寒生はコラムの冒頭で、はっきり宣言している。人々は毎晩月を眺めることができるけれども、月こそ最も理解されていない星の一つだ。月に関する描写は全て間違っている。しかし、間違っていることは分かっているけれども、何が正しいのかはわからない。そこでいっそのこと真実を放棄して、最も幻想的な姿を語ってみよう。

コラムは「もしも月が」と題されている。

私は広寒生を信頼していた。幻想といっても、彼が仙境天宮の類を書くわけがない。

最初は、もしも月が一つの洞穴だったら、というものだった。

彼は満月の夜について語っている。我々が空を見上げると、そこには明るい満月がある。どんな人が住んで、どんな建物があるのか、想像するだろう。実際、錯覚にすぎないとはいえない。人の眼は、多くの場合、先入観にとらわれて凹凸を定めてしまうのだ。おそらく月もそうだ。もしかしたら、球ではなく、ただの洞穴なのかもしれない。ある外星系から地球の辺縁まで伸びた通路で、毎月一度だけ完全に開くのだ。穴が開いてから数億年、多くの物を運び込み、持ち去っただろう。ただ我々人類には知られていないし、おそらく理解することさえできないのだ。

文章は短く、きな臭さもない。宇宙の真理を知っていると思い込んでいる人々に対する冒頭の風刺を除けば、その内容はかなり大人しい。

一年余りの沈黙を余儀なくされた広寒生は、どうやら挫折を味わい、壁に直面したことで、一つ賢くなったようだ。

コラムはまだ続いている。もし月が発電工場だったらとか、月は人類の宇宙船をスイングバイ（当然この単語が使われている訳ではないが、意味は大体同じである）できるとか。

多分、このコラムは広寒生の名を世間に少し広めたのだろう。突如として、その他の新聞にも広寒生の名が登場するようになったのだ。しかし、私は広寒生の発表した文章を読みすすめるうち、胸が締め付けられる思いをする羽目になった。あの広寒生が帰ってきたのだ。あの論争好きの完璧主義者が。見過ごせないことがあると、すぐに批判文を書いてしまうのだ。それらは、厳復訳『天演論』を一つも良いところがないと罵倒した時と同様、筆鋒鋭く、威勢はいいものの、反証の手順はぐちゃぐちゃだった。糸をほぐすように緻密に分析してじっくり推論してから批判すべきなのに、道理からみて当然といわんばかりに論証過程をすっとばしているのだ。

この論争好きなのに論証下手な広寒生は、おそらく今度も干されてしまうだろう。批判文を読んだ私はそう思った。予想通り、三か月後には広寒生の「もしも月が」の類や非理性・非科学に対する不満も、残されている全ての文献から消えてしまった。

もう復活はないだろう。そう確信した。

思ったとおり、その後、「広寒生」の名を見つけることはできなかった。もちろん憶測にすぎないけれど、もはや彼と再会できるとは思わなかったので、調査を終えることにした。もしかしたら何年か経てば、また姿を現すかもしれない。例えば「広・寒」や「新月生」、月桂樹にちなんだ「桂生」といった筆名を使って。しかし、私の望む広寒生は筆名を変えたりなんかしない。機会さえあれば、きっと本来の姿で再登場したかったはずだ。ただ、そのような機会はもうなかっただろう。

私が広寒生に関する論文を書くことはないだろう。彼の一生と文章は、論文にふさわしくないからだ。たとえ論文にしたとしても、研究者に時間を使って読んでもらうほどの価値もない。もともと無駄骨だったのだから、さらに時間を浪費する必要もないのだ。でも私は、彼の全てを探し出したかった。ささやかな徒花《あだばな》すら認められなかったとしても、ただただこの人について知りたかったのだ。おそらく、彼の一生は短く平凡で、急死しても気にとめる人すらいなかっただろう。

図書館を出て、バスに乗って蓮花池に向かった――かつて「析津」と呼ばれていた場所に。蓮花池に着いたのは夜だった。いつの間にか満月になっていた。

かつてと比べて小さくなった蓮花池の周りを露天商が取り囲んでいる。古い建築物は何も残っていなかった。月明かりの下には、荒涼とした風景が広がっている。通りのレストランもテーブルを並べているが、中秋の時期で多くの人が家で団欒の時を過ごしているため、空席が目立った。ぽつりぽつりと異郷で過ごす人が独りさびしく席に着いて手酌で孤月を眺めているだけだ。

もしかしたら何か幻想的なことが起きるかもしれない。私はぼんやりと広寒生に遇《あ》えるのではないかと思ってしまった。一体どうやって灰鼠《りす》月人が月にあらわれたのか聞きたかった。あなたの持つ理性と科学的思考は、理由もなく彼らを月に登場させたりしないでしょう。彼らはどうやって来たのですか？　目的は何だったのですか？　その後成功したのですか？　結末はきっと悲劇でしょうね。

しかし、騒がしい旅行客の汗の臭いが充満する北京西駅の南広場まで歩いたけれど、会いたい人には遇えなかった。

百年と少し前、ここはどんな様子だったのだろうか？　たとえ現在の喧騒には遠く及ばなかったにしても、世俗の愛するものは変わっていないだろう。溢れんばかりの人々、その一人一人がありふれた人生を送っている。たとえ天上に月が円く輝いても、物憂げに頭をあげて一目見るだけ。その必要すらないし、記憶に留める意味もない。

ただ生きていくこと、それが何よりも大事なのだ。

ここで終わりにすべきだ。多分、私のイメージするあの広寒生も、史実の広寒生とは別物なのだ。人情と世故に疎いがために、時代を越えた科学的素養を持ちながらうまく表すことのできなかった広寒生であってほしいと私が願っているだけなのだ。ああいう人物は、一般人が知りようもない知識を持っていることに誇りを抱いている。しかし、結局のところ、ぶらぶらと何もせず、人に認められることもなく、取るに足らない存在で、にっちもさっちもいかなくて、気持ちを吐き出す場もなく、ひどいときには自分のことさえわかっていないのだ。瞬く間に、わずかな才能を浪費してしまい、他の人々が遠く歩み去っていくのを眺めながら、ぽつねんと元の場所に留まっているだけなのだ。過去の、現在の、そして未来の無数の文人と同じように。

※1　劉鶚《りゅうがく》『老残游記』は清末の小説。一九〇三年に雑誌『繡像小説《しゅうぞう》』と『天津日日新聞』に連載され、一九〇七年に刊行された。老残と号する漢方医師の見聞記を通して、清末の官僚政治を痛烈に批判している。翻訳に岡崎俊夫訳『老残遊記』（平凡社東洋文庫、一九六五年）がある。

※2　一九〇六年二月、江西省の南昌でフランス人宣教師が南昌知県（県の長官）の江《こう》召棠《しょうとう》を殺害したため、激怒した民衆が教会を襲撃し、宣教師を殺害した。これに対し清朝はフランスに賠償金を支払った。

※3　義和団事件のこと。一九〇〇年、清朝は排外運動を行う義和団を支持し、欧米列強に宣戦布告した。その結果、首都である北京は列強八か国に攻撃され、光緒帝《こうちょてい》と西太后《せいたいごう》は西安に逃れた。

※4　一九〇一年に義和団事件で交戦した列強諸国などと交わされた講和条約。北京議定書ともいう。清朝は多額の賠償金を支払い、海岸から北京に至る各拠点に列強の駐兵権を認めた。

※5　『格致彙編』は、一八七六年にイギリス人宣教師のジョン・フライヤーが上海で創刊した科学雑誌。西洋科学の基礎知識の普及を目的としていた。七八年の停刊後、八〇年～八二年と九〇年～九二年に復刊した。毎号、数篇の翻訳を掲載したほか、互相問答コーナー（質問投稿欄）があった。

※6　厳復（一八五三～一九二一）は、清末の思想家・翻訳家。イギリスに留学後、西洋思想を翻訳・紹介し、清末思想界に影響を与えた。一八九八年に生物学者トマス・ハクスリー『進化と倫理』の訳書である『天演論』を刊行した。ただし、翻訳は大胆な改変をともなう抄訳だった。また、ハクスリーは、倫理に基づいて、弱肉強食の進化法則に抗うべきとしていたが、厳復は人間社会の適者生存を唱え

るハーバート・スペンサーの学説に拠ったコメントを付けていた。一九〇五年に復旦公学（後の復旦大学）の設立に参加し、〇六年から〇七年まで学長を務めた。厳復については、永田圭介『厳復――富国強兵に挑んだ清末思想家』（東方書店、二〇一一年）参照。

※7　戊戌変法は、一八九八年六月から九月にかけて光緒帝が行った改革のこと。光緒帝のもとに集った康有為《こうゆうい》や梁啓超などの改革を志す変法派官僚主導で、改革案が次々に発せられた。しかし、あまりにも性急なやり方に、皇族や主流派官僚らが反発し、最終的に軍を掌握した西太后の命で光緒帝は幽閉され、改革も頓挫した。

※8　秋瑾（一八七五～一九〇七）は清末の女性革命家。一九〇四年～〇五年の日本留学中に革命運動に参加し、一九〇七年に浙江で蜂起を図ったが逮捕され、斬首された。評伝には、武田泰淳『秋風秋雨人を愁殺す――秋瑾女士伝』（ちくま学芸文庫、二〇一四年、初版一九六八年）、永田圭介『競雄女俠伝――中国女性革命詩人秋瑾の生涯』（編集工房ノア、二〇〇四年）がある。

※9　我佛山人は、呉趼人《ごけんじん》（一八六六～一九一〇）の筆名。清末の小説家。官僚や社会を批判する譴責《けんせき》小説や写情小説（中国の伝統的価値観に基づく恋愛小説）や科学小説といった多様な手法で清末の社会を描いた。一九〇八年に出版された『新石頭記』は、『紅楼夢』の主人公である賈宝玉《かほうぎょく》がタイムスリップし、清末の社会と科学ユートピアを探訪するSF。また、小説専門誌の『月月小説』を主宰した。研究書に松田郁子『呉趼人小論――〝譴責〟を超えて』（汲古書院、二〇一七年）がある。東海覚我は、徐念慈《じょねんじ》（一八七五～一九〇八）の筆名。清末の小説家・編集者・教育家。一九〇五年に刊行した『新法螺先生譚』は、法螺先生が霊魂と肉体に分かれて太陽系と地底国を漫遊するSF。小説専門誌『小説林』を主宰した。

押川春浪《おしかわしゅんろう》の軍事科学小説の翻訳も行った。呉趼人・徐念慈を含む清末のSFについては、武田雅哉・林久之『中国科学幻想文学館』上（大修館書店、二〇〇一年）に詳しい。

※10 張愛玲（一九二〇～九五）は、中華民国期に活躍した作家。戦後は香港・アメリカに移住し、作品を発表した。『小団円』は、一九七六年に完成したものの出版されず、長らく埋もれていたが、二〇〇九年に遺産相続人によって出版されて中華圏でベストセラーになった。張愛玲の自伝的小説といわれ、ヒロイン盛九莉《シェンチウリー》の成長と恋愛の物語である。張愛玲の生涯と作品については、池上貞子『張愛玲——愛と生と文学』（東方書店、二〇一一年）が詳しい。

梁清散（Liang Qingsan／リァン・チンサン）

一九八二年生まれ。SF作家であると同時に、中国の古典SF研究家でもある。長篇に清末スチームパンクの『新新日報館——機械崛起』や、清末の洋風レストランで働く五人の女性を主人公とするミステリー&武侠&グルメ&シスターフッド小説の『厨房里的海派少女（厨房の海派少女）』などがある。日本通として知られ、剣道・空手を嗜んでいるほか、過去のインタビューでは日本の小説・漫画の影響を受けたことを述べている。また、ゲームマニアとしても著名で、たびたびエッセイを書いている。

清末を題材にした歴史SFの名手として名高いが、ユーモアSFや後味の悪いイヤSFも手掛けるなど作風は幅広い。食欲がそそられる焼肉SF「烤肉自助星」（邦訳あり）で、第三回華語星雲賞最佳網絡《ネット》原創科幻作品賞（二〇一二年）を獲得し、清末に起きた爆発事件の謎を追う歴史考証SFの傑作「済南的風箏」（邦訳あり）で、第十回華語星雲賞最佳短篇小説金賞（二〇一九年）を受賞している。

また、清末の古典SFに対する評論「散聊科幻之晩清科幻的草創風雲（SFよもやま話：清末SF草創風雲）」で、第六回華語星雲賞最佳評論賞金賞（二〇一五年）を獲得している。日本の樽本照雄編『清末小説から』一二八号（二〇一八年：ウェブ雑誌）に掲載された「呉趼人《新石頭記》于《南方報》連載情況以及〝文明境界〟首次出現時間小考（呉趼人『新石頭記』の『南方報』連載状況と〝文明境界〟の初出時期に関する一考察）」は、清末の呉趼人の古典SFである『新石頭記』の連載回数について、丹念な文献調査によって従来の学説を修正した論稿である。

日本語訳に、拙訳「済南の大凧」（原題「済南的風箏」：立原透耶編『時のきざはし――現代中華SF傑作選』新紀元社、二〇二〇年）、小島敬太訳「焼肉プラネット」（原題「烤肉自助星」：柴田元幸・小島敬太編訳『中国・アメリカ謎SF』白水社、二〇二一年）がある。

宝　樹

時の祝福

大久保洋子 訳

清末には、清朝内部の改革派による体制改革運動が進められていたものの、その歩みは遅く、孫文をはじめとする革命派による武装蜂起がたびたび計画された。一九一一年、武昌での蜂起を皮切りに各地で清朝打倒が宣言された結果、翌一九一二年、清朝最後の皇帝である宣統帝は退位し、清朝は滅亡した。二千年にわたって続いた皇帝制度は事実上、終わりを迎えたのである。しかし、かわって成立した中華民国では、袁世凱による独裁や北洋軍閥による内戦がつづき、国民国家としての体をなしていなかった。さらに利権拡張を図って日本がたびたび中国に圧力をかけるようになり、内外ともに不安定であった。

一九二〇年の浙江省の紹興を舞台とする本作は、中華民国の文豪魯迅の作品をベースに据えた苦みのある時間ＳＦである。

一

旧暦の年末がやはり一番年末らしい。小さな町や村ではなおのこと、空にまでもういよいよ新年だという雰囲気が漂い出す。重く垂れこめた灰色の夕雲の中に眩い光がしきりに閃き、続いて鈍い音が鳴り響く。竈《かまど》神を見送る爆竹だ。近くで放たれるものは一層激しく、耳をつんざく爆音が消え入らぬうちから、空気にはもうかすかな火薬の匂いが広がる。僕はちょうどこの夜、ふるさとの魯鎮《ルーチェン》に帰ってきた。魯《ルー》家の四叔《スーシュー》〔一族で四番目の年長者〕の屋敷にしばらく世話になるつもりだ。四叔は僕の本家の者で、宋明時代の哲学を学び、旧時代の最高学府たる国子監の学生の肩書がある。昔とさほど変わりはなかったが、ただいくらか老けた。顔を合わせて挨拶をするなり、新党への悪口雑言だ。それにかこつけて僕を罵っているわけではない。四叔が罵っているのは今どき康有為《カンヨーウェイ》だからだ。けれど、話はどうにも合わなかった。※1

翌朝ゆっくり起きると、屋敷ではちょうど明晩の「祝福」の準備をしている。魯鎮の年末のしきたりで、福の神に礼を尽くしてお迎えし、翌年の幸運を祈るのだ。鶏を絞め、ガチョウを屠り、豚肉を買って、注意深く洗い清め、五更〔午前四～六時〕に並べて線香と蠟燭を灯し、福の神たちにお召し上がりいただく。拝礼が終わるとまた爆竹だ。毎年毎年、同様だ。昼食後、僕は友人に会うために町の東に向かった。河辺に出て、もうすぐ友人宅に行きつくという時、ふと顔をあげると、もう一人の知人――祥林嫂《シャンリンサオ》〔「祥林の妻」の意〕に出会った。

最後に祥林嫂《シャンリンサオ》に会ったのは五年前だ。あの頃白髪混じりだった髪は、今やとうに真っ白になり、四十ばかりの人にはとても見えない。頬はげっそりとこけ、どす黒い顔をして、五年前に浮かべていた哀しみの色は消え失せ、まるで木彫りの像のようだ。時折その目が動くのが、まだかろうじて彼女が生きていることを示している。片手に竹かごを提げ、中には空っぽの割れた碗が一つ入っている。もう片方の手には背丈よりも長い竹竿を持っているが、その先端は裂けていた――どう見ても、まるきり物乞いになり果てている。

「お帰りになったので？」まずこう聞かれた。

「まあね」

「ちょうどよかった。あなた様は学問がおありだし、都会にもお出になって、何でもよくご存じだ。一つ伺いたいのですがね――」彼女の生気のない目が、ふいに光を放った。

僕は彼女がそんな風にいい出すとは夢にも思わず、訝しんで突っ立っていた。

「つまり――」彼女は数歩近づいてくると、声をひそめ、いかにも秘密めかしていった。「人が死んだ後には、いったい魂はあるんですかね？」

ぞっとした。魂があるかどうかなんて、ちっとも気にしたことはなかった。だが今この場で、どうやって答えればいい？　一瞬の迷いの中で、思った。このあたりの人はご多分に漏れず幽霊を信じているが、彼女は疑っている……何も余命いくばくもない人の苦しみを増やすことはない。彼女のためを思えば、あるといってやった方が良いだろう。

「あるんじゃないかな、——僕が思うに」僕はつかえながらいった。

「それじゃ、死んじまった家族は、みんな会えるんで？」

「えっ、会えるかどうか、かい……」その時、僕は自分がまるきり馬鹿で、どんなに迷ったり狙ったりしていった言葉も、これらの質問を止めることはできないのだ、と悟った。たちまち怖気づいて、さっきいったことをあっという間に覆したくなった。「それは……実は、僕にはよくわからないのだ……本当のところ、魂があるかどうか、僕にもね……」

「迅《シュン》君！」その時、誰かに名を呼ばれた。顔をあげると、友人が僕を見つけてやってきたのだった。もう戸口まで出てきている。この時とばかり、祥林嫂《シャンリンサオ》に「では、失敬」と声をかけ、返事を待たずにそそくさとその友人、呂緯甫《リュウェイフー》のもとへと歩み寄った。

緯甫《ウェイフー》はこの土地の者ではない。僕たちの父親は同い年で、幼い頃から頻繁に行き来してきた。僕たちは新しくできた学堂にそろって入り、ほかの学生たちよりも親しく付き合った。清末の頃、彼は欧州へ留学し、一方、僕は日本へ行った。それから十数年、顔を合わせていない。彼は倫敦《ロンドン》に住んでいるという噂だった。今回、突然手紙を受け取り、魯鎮にしばらく滞在する、会いたいというので、僕も帰郷することにしたのだ。

緯甫《ウェイフー》の顔つきはいくらか昔と変わっていたが、一目見ればすぐにわかった。髪は白いものが混じっているのに、言葉遣いやしぐさは相変わらず十数年前の少年時代のままだ。挨拶を済ませると、彼は、さっきの老婆は誰かと問うた。僕は、祥林嫂《シャンリンサオ》だと教えてやった。

緯甫《ウェイフー》は困惑した表情を浮かべた。「祥林嫂《シャンリンサオ》？　祥林……ああ、思い出した。子どもの頃、ここに遊びに来た時、君の四叔のところで下働きをしていたね。男並みにきびきびとよく働いて、僕たちにも親切だった。一番思い出深いことといえば、僕が町でごろつきどもに絡まれてひどく殴られた時、祥林嫂《シャンリンサオ》が道すがら見かけて、天秤棒を振り上げて追い払ってくれたことだ。服まで洗ってくれてね。だが次にここに来た時には、もう嫁に行ってしまっていたな」

僕はため息をついた。「あれのどこが嫁なものか。姑に突然連れ戻されて、山奥の村に売り飛ばされたんだ。賀《ホー》という奴に嫁がされたのさ」

「ああ、そうだった。君の手紙にも書いてあったね。死ぬの生きるのと騒いでいたものの、しばらくするとましになった。旦那はやり手で、子どもも生まれ、肉づきも良くなったという話だ。あれから僕は長く英国に行ってしまったから、その後のことを知らなかったよ……だが数えてみるとあの人はまだ四十過ぎくらいじゃないか、いったいどうしてあんなに老けこんでしまったのだ？」

「長い話さ……」僕は思い出しつつ語った。「山村の暮らしはまずまずだったのだが、旦那が傷寒《チフス》になって、冷や飯を食って死んでしまった。子どもの方はもっと悲惨だ。狼にさらわれて、見つかった時にははらわたをみんな喰われてしまっていたそうだ……彼女はのちに四叔の家に戻ったが、以前のような働きぶりはなく、物覚えもずいぶん悪くなっていた。その上、会う人ごとにくどくどと子供のことを持ち出して、はじめのうちは女たちもまだいくらかもらい泣きをしていたのだが、しばらくすると聞くのもうんざりして、彼女の姿を見るなり隠れるようになった。四叔と四嬸《スーシエン》〔「四叔の妻」の意〕も、彼女が二人も夫に死なれたのは縁起が悪いといって、追い出してしまった。五、六年前のことだ。今はさらに落ちぶれて、知らない者が見れば物乞いだと思うだろうよ」

「ああ、そういえば町で何度か見かけたような気がしたんだ。それとわからなかったから声をかけもしなかったが、悪いことをした」緯甫《ウェイフー》は幾度かため息をついて、また尋ねた。「ところで、孔乙己《コンイーチー》を覚えているかい？　足を折られて、やはり物乞い同然になったと聞いたが。咸亨《シエンホン》酒店の主人がいうには、姿を消してからずいぶんになるそうだ。まだ十九文のつけが残っているんだとさ」

「僕もずいぶん見かけていないよ。おそらく、本当に死んだのだろう……」僕はそういって、ひどく暗い話になってしまったと思い、話題を替えた。「他人の話ばかりしていないで、君は近頃どうなんだ？　牛津《オックスフォード》だか康橋《ケンブリッジ》だかの大学に行ったと聞いたよ。成績優秀で、博士号まで取ったというじゃないか……」

　僕は話しながら、部屋の中をうろついた。そこは彼が間借りしている部屋で、表と奥の二間しかない。表の部屋は書斎で、書架には英語の本が山積みだ。ほとんどが格致〔物理や化学〕の本で、Physics だとか、Chemistry などと書いてあり、なんだかよく呑みこめない。独語の本も一冊あった。表題は長たらしくて意味がわからず、作者はどうやら「アルベルト・アインシュタイン」というようだ。近頃、小耳にはさんだことがある。彼の学問を理解できる者は、世界でも十人といないらしい。好奇心に駆られてめくってみると、びっしりと書きこまれた漢字や欧文の注釈は緯甫《ウェイフー》の手になるもの、思わず畏敬の念に打たれた。

　緯甫《ウェイフー》がいった。「長い話さ。倫敦ではいくつか専門の講義を受けて、博士課程にも上がったが、思わぬことがあって、やめてしまったのだ……」

　どうやらいいづらいことがありそうだとみて、深追いは控えた。「専門を学べたならいいじゃないか。君のように学問を修めた人間は、北京や上海の大学で出世して、中国の科学を進歩させるべきだよ。いったいどうしてこんな小さな町をぶらついているんだ？」いいながら、書架の『War of the Worlds』[※2]と書かれた本を手に取り、何気なくめくる。たしか英国の文豪、H・G・

ウェルズの科学小説だ。

「どうにもやるかたない苦しみがあってね……」緯甫《ウェイフー》はやはりいいにくそうだ。「だが職についたとしても、飯を食えるようになるだけさ。中国の大学生で『科学《サイエンス》』の神聖さを知る者はいくらもいない。大学には時代遅れの教科書が数冊あるだけ、資金も設備もみじめなものだ。加えてこの戦争続きで、飢え死にする者がそこら中にいる。科学が発達するのはいったいいつになることか」

「そう考えると、君の科学救国にせよ、僕の医学救国にせよ、いずれにしても失敗したというわけだな」僕は苦笑していった。あの頃、僕たちは意気盛んな若僧で、時局の零落を痛感し、我こそは救国の良策ありと、休むことなく議論を繰り返していたものだが、ついに一つも事を成し遂げられなかった。ちょうど二匹の羽虫のように、あちこちをぐるりと回って、結局元の場所に戻ってきたようなものだ。

「あの頃の考えは幼稚に過ぎたよ」緯甫《ウェイフー》はいった。「単に科学や工業を発展させるだけでは遅いんだ。まして外国人は僕たちを待ってくれやしないのだからな。『夫子奔逸絶塵《ほんいつぜつじん》すれば、而《しか》して回《かい》や後に瞠若《どうじゃく》たり』※3だ！　理《ことわり》からいえば、中国が世界に追いつく望みなど絶対にない。民国の今日の銃弾や砲艦をもってすれば、あるいは道咸《どうかん》※4年間の英国艦隊に勝てるかもしれない。だが相手は今や飛行機や戦車を作って、僕たちを遥か後ろに置き去りにしているのだ」

「そうだ、まさに上には上がいるというやつだ」僕は手に取った本をなでながらいった。「例えばこの『宇宙戦争』にあるようにね。広大な宇宙の中に、もっと早く文明が開化した別の種族がいるのだ。西洋の今日の科学の発展だって、火星人にかかればひとたまりもないかもしれない」

緯甫《ウェイフー》が驚いていった。「君もウェルズの小説を？」

僕は昔のことを思い出し、口の端にかすかな笑みが浮かんできたが、感傷的な気分もいくらかわいた。「東京でぶらついていた時分、科学小説を愛読したものだ。ヴェルヌの『月世界旅行』[※5]を翻訳もしたよ。科学小説で国を救うのだと息巻いてね……あの頃はまったく子どもだった。もう夢はとうに醒めたよ。教育部〔中華民国の教育行政を掌《つかさど》った官庁〕で閑職にありついて、毎日古碑[※6]を写しては、余生を潰しているのさ」

「だが君ならわかるはずだ」緯甫《ウェイフー》は熱をこめていった。「実は、それこそ僕が話したかったことだよ。この本は読んだか？」

彼はまた机上から小さな英語の本を手に取った。『Time Machine』という書名だ。僕はパラパラとめくってみてようやく思い出した。「これはあの『時光機《タイムマシン》』か？　ウェルズの出世作だ。昔、日本人が訳したのを読んだよ。だがわからないところが多くて――」

「十分だ！」緯甫《ウェイフー》はきっぱりといった。「この書は桁違いに奥が深く、古い人間には容易に理解できない。だが君にはわかる。率直にいおう、時光機の力を借りれば、過去へ戻って歴史を変えることができる。これが救国の近道なんだ！」

二

彼の言葉に僕はぽかんと口を開け、わが耳を疑った。その本は読んだことがあったが、せいぜい暇つぶしの物語か、警世の寓話のようにとらえていたのだ。本気になどするものか！　だが緯甫《ウェイフー》は興に乗ってまくしたてた。

「中国人は本来、西洋人に劣ってなどいないのだ。今日落ちぶれてしまったのは、まぎれもない偶然の行き違いだ。始皇帝が焚書坑儒で諸子百家を滅ぼしたために、どれほど多くの科学の芽まで摘み取られてしまったことか。さらに宋が蒙古に滅ぼされ、明が満洲に負け……この雄大な文明大国が野蛮な廃墟となり果てたために、僕らは西洋に数百年も遅れてしまったのだ。その上、甲午戦争〔日清戦争〕の大敗に戊戌維新の失敗で、なおのこと再起不能だよ……もしも時間を遡り、歴史の曲がり角に戻って方向を変え、もう一度道を選び直したなら、すべてはおのずから変わるはずだ！」

僕は仰天して声も出なかった。そして思った。いい歳をした大人が、いったいどうしてしまったというのだ！　彼がようやく一息ついたところで、いった。「その「時光機救国」の理想は結構至極だが、一つ難点がある。この世のどこに時光機なんてものがある？　そんなものは小説家のたわごとに過ぎないよ」

緯甫《ウェイフー》はかぶりを振り、重々しくいった。「迅《シュン》君、君はわかっていない。時光機は確かにあるのだ。だが今の世の学者たちに発明できるものではない。数百年後の未来人の創造物さ。未来人がそれに乗って、ウェルズの館に現れたのだ。本来ならば彼らの法に従い、時間旅行は極秘にすべきだ。さもないと時空が乱れて、歴史が変わってしまうからな。だが思いがけず情報が洩れ、倫敦中が噂で持ち切りになった。ウェルズ翁は機転を利かせて、それを題材に小説を書いたのだ。作り事を並べた夢物語さ。大衆はそれを読み、すべては小説家の生み出した絵空事だと思いこんだ。噂はそうして収束したのだ」

僕はまだ信じられなかった。「秘密だというなら、どうして君が知っている？」

「いわば偶然さ。僕が倫敦にいた時、指導教授が翁の知己だった。翁はちょうど中国に関する小説を書こうとしていて、中国史を学びたがっていた。そこで僕が助手に推挙されたのだ。訪問を重ねるうちに、僕たちは懇意になった。彼が好色な人間だったことは知っているだろう。女がらみの厄介事も多かった。ある日彼は不快事のために酒場で泥酔し、そこへたまたま僕が通りかかって、館へ送ってやった。

「思いがけないことに彼は酔って真実を漏らした。あの時光機は本当に存在するというのだ。未来人がそれに乗ってきて、倫敦の「切り裂きジャック」と呼ばれる事件を調査しようとした。この事件はずっと未解決のままの、史上まれにみる怪事件だ。だから未来人は真相を明らかにしようと、犯人が事件を起こす時刻に待ち構え、そいつを捕らえた。だがそいつは狡猾なやつで、降参すると見せかけ、不意打ちに未来人を一突きして逃げた！ 未来人は息絶えようとする時、もはや未来には戻れぬと悟り、時光機を地中深く埋めるよう翁に託したのだ。決して作動させてはならぬ、さもないと尽きせぬ禍根を残す、とね」

僕はすっかり聞き入り、緯甫《ウェイフー》のやつ、筋が通った話を思いつくものだと考えながら、また一方で話の行方に戸惑い、尋ねた。「それから？ 翁はその機械を使ったのか？ まさか本当に何十万年も先に行って、小説の中の奇景を見てきたわけではあるまい？」

「翁はいったよ。時光機を使おうという考えは彼も起こしたとね。だが計器の表示が極めて難解で、長いこと研究したのだが、ついに起動させられずじまいだった。だから遺言に従いそれを埋めた。だが未来人が死の間際にいった、時間の旅人《タイム・トラヴェラー》という言葉は、多くの疑惑と噂を生んだ。そこで彼は『時光機』を書いて虚実を混同させたのだ。思いがけぬ怪我の功名で、その書はたちまち洛陽の紙価を高めたというわけさ」

僕は手を叩き大笑していった。「わかったぞ、それは翁が君をからかったに違いないよ。何といおうと、証拠はないのだからな」

緯甫《ウェイフー》はかぶりを振っていった。「僕も当時はそう思い、酔っぱらいの戯言だといったのだ。だが翁は大いに怒って、それを埋めたという庭のある地点を指し示し、掘ってみせてやるというのだ。だが数歩歩くや、また寝入ってしまった。好奇心に駆られ、翁が熟睡している隙にその場所を掘ってみると、どうだ、一つの箱にぶち当たるじゃないか。中身は油紙に包まれた奇妙な機械だ。構造は精緻を極め、材質は奇妙ときてる。この世の者に造れるしろものではない。僕の胸は高鳴った。頭に血が上って、そいつを抱えて夜を徹して逃げたのさ」

僕は「あっ」と声を上げた。「君は時光機を盗んだのか?」

緯甫《ウェイフー》はきまり悪げな表情を浮かべた。「救国救民のことが、どうして盗みといえようか……だが何とでも呼ぶがいい、僕はあれを使って大事を成し遂げたいのだ。翁は僕があれを盗んだと知ったら、どうにかして僕を捜し出そうとするに違いなかった。だから僕はあえて帰国せず、あれをもって独逸《ドイツ》へ行った。今にも欧州大戦が起ころうという頃だ。僕はかの国の田舎町に隠れて何年もあれを研究した。心静かなものだったよ。だがいくらか進展はあったものの、肝心なところが解明できかねた。あの日、アインシュタイン博士の論文を読んで、手がかりを得たように思ったのだ。そこで柏林《ベルリン》へ行って博士に教えを乞うた。多くの難題を解き、僕はようやく悟った。あれの原理は四次元空間のものだが、博士がいうところの相対時空は、質量と時空が表裏をなしている。そのため時空に曲率が生ずれば、その原理に従い時間の中を移動する。ちょうど山の登りと降りで姿勢を変えねばならぬようなものだ。翁はまだそこまで到達していなかった。単にニュートンの時空の概念でもって操作を試みていたのだ。だがそれは見当違いだった」

その話は難解に過ぎ、僕にはいささかも理解できなかった。緯甫《ウェイフー》は続けて語った。「相対性理論に通じてからというもの、僕はあれの使い方を徐々に理解し、ちょっとした実験をしてみたりした。朝から夜に移動したり、鼠を三日後に送ったりといったことさ……意に沿わぬことは何一つなかった。もちろん色々の奇っ怪なことはあったよ。語り尽くせぬほどにね。時まさに欧州大戦が終結した頃で、僕は帰国の手はずを整え、救国の志を遂げようと考えていた。だが思いがけず見つかってしまい、ようやくのことで振り切った。なんと翁は多額の懸賞金をかけて僕を捜し続けていたのだ。彼は戦後いっそう名を馳せ、国際連盟の立役者ともなっていた。それはつまり、中国にいたとしても見つかってしまう恐れがあるということだ。だから僕は大都市へは行かれず、故郷に帰ることもかなわなかった。そんな時、ふとかつて暮らした魯鎮を思い出した。こんな小さな町ならば、翁が知ることもあるまい。そこで当座の間、ここで暮らすことにしたのだ。迅《シュン》君、君は我が国の学術に精通しているだろう。ちょうどいい、いつの時代に行き、どのように歴史を変えれば救国が遂げられるか、僕に指南してくれないか」

彼は懇切に頼んできたが、僕は疑いを拭えず、尋ねた。「ならば、その時光機はいったいどこにあるんだね？」

緯甫《ウェイフー》は身振りで、寝室へと僕を誘った。入ってみると室内には寝台や机、椅子といったごく普通の調度の他には何もなく、不思議な機械など影も形も見えない。内心思った。果たせるかな、彼は気がふれて奇天烈な妄想をするようになったのだ、あやうく騙されるところだった、と！だが彼は寝台に上がると枕を手に取り、刺繡入りの外袋を外して、中から一個の金属の塊を取り出した。長さは約二尺〔約六〇センチメートル〕、鈍い金色に光り、表面には細密な文様が描かれている。しかしたいそう小さく、ウェルズが描いた時光機とは毫《ごう》も一致していなかった。

僕が疑っていると、緯甫《ウェイフー》はその枕の中身を寝室の床の中央に置き、上部のどこやらをわずかに引っ張った。なんとそれはまるで折りたたんだ紙のように広がるではないか。僕は仰天した。

それはあたかも生き物のごとく、一層また一層と勝手に広がっていき、深部の構造を次々と鮮やかに広げていく。最後に巨大で精巧な機械に変貌した。上部には座席と幌《ほろ》がついていて、見た目は人力車に似ているが、下部には車輪の代わりに複雑で精密な装置がある。正面には多くの黒や白、透明の操縦桿がついている。小さな四角い塊から、まさかこれほど多くのものが出てこようとは！

　僕は驚愕のあまりしばらく口を閉じることができず、まるで夢の中にいるような心地だった。

　緯甫《ウェイフー》はいった。「見ろ、これが翁の小説に描かれた時光機だ。真鍮製だと翁は書いていたが、実際には極めて硬質な合金だ。彼が描いた黒檀や象牙、水晶の操縦桿は、故意にごまかしたのだが、一方で翁自身にも真の材質は不明だったのだ。僕が思うに、これは未来の高分子重合体《ポリマー》に違いない。近年、欧州で発明された合成樹脂《プラスチック》にいくらか近いかもしれないな」

　僕は長いこと呆けていたが、ようやく震える声で尋ねた。「これが本当にあったとは！　では、君はどうするつもりだ？」

　緯甫《ウェイフー》はいった。「僕も考えたのだ。軽々しく過去へ行ったとしても、言葉や文字、習わしは異なる。馴染むのは容易ではないだろう。よって第一の選択肢は甲午戦争の前だ。日本の軍事情報を流して、北洋艦隊に日本海軍を打ち破らせ、馬関の屈辱〔下関条約を指す〕を防ぐのだ。そしてどうにかして康有為、梁啓超《リャンチーチャオ》らを助け、維新変法を成功させる……だが、僕にはまだ皮相な知識しかない。君は長年日本へ留学していたし、朝野の故実に詳しいだろう。きっと僕の助けになるはずだ」

　まさか旧友と再会したことで、このように奇怪で遠大な事業に巻きこまれるとは思いもよらなかった。何がまずいのか明言できぬまま、それでも冷や汗をかきながら、しどろもどろに訴えた。

「これは事が大きい。大局に関わるぞ。仮にしくじれば、ただでは済まない。日本に勝てば列強の疑念を招き、露西亜《ロシア》人の東北併合の野心を抑えきれなくなる。かといって西太后を退位させれば、きっと内戦が起こり、諸国が横やりを入れてきて、国土は瓜のように切り分けられてしまうだろう……当時の時局の複雑さを考えれば、あり得ないことではないよ。そうなれば取り返しがつかないことになる」

緯甫《ウェイフー》は躊躇した。「この手のことはもちろん誰にも保証などできないさ。だが、だからといって尻ごみもしていられまい。これは天が僕らに与えた絶好の機会だ。決して逃すことなどできないのだ」

僕たちは長い間話し合ったが、結論は直ちには出なかった。夜も更けてきたので、僕はくれぐれも事を急がぬよう、明日また話し合って落着したのちに行動を起こすよう、彼にいい含めた。

三

その夜、僕はまるで眠れず、心は千々に乱れた。世界大戦で多くの血が流れたかと思えば、まるで火星人のような奇妙な姿の未来人の恐ろしさが思い浮かんで、夜が白む頃にようやくうとうとと寝入りかけたが、またもや始皇帝が緯甫《ウェイフー》を捕らえて首を切ろうとする夢を見た。始皇帝は四叔に瓜二つだった……

目覚めるともう昼に近く、身支度を整えた頃、四叔がおもてを歩きながら大声でわめくのが聞こえた。「まったくよりによってこんな時に――これこそ厄介者というやつだ！」

僕は咄嗟に訝しみ、続いて不安に襲われた。どうやら僕と関係があるらしい。おもてを窺うと、誰もいない。下男が茶を淹れに来るのを待って、ようやく尋ねる機会を得た。

「さっき、旦那様は誰に腹を立てていたのだ?」

「祥林嫂《シャンリンサオ》じゃありませんか」下男は短く答えた。

「祥林嫂《シャンリンサオ》だって? どうしたんだ?」僕は慌ててまた尋ねた。

「みまかったんで」

「死んだ?」僕の心臓は縮み上がった。昨日は彼女に出会った後、時光機に対する疑問にたちまち呑みこまれてしまい、彼女のことはすっかり忘れてしまっていた。まさか昨日の今日とは……

僕は気を落ち着かせ、続けて尋ねた。「いつ死んだのだ?」

「いつ、ですって? ——昨晩か、今日でしょう——よく存じません」

「どうして死んだのだ?」

「貧乏で死んだんじゃないですか」彼はあっさりと答え、僕に視線を向けることなく出ていった。

昼食の時に四叔と顔を合わせた。もう少し祥林嫂《シャンリンサオ》のことを知りたかったが、四叔は「鬼神は二気の良能なり」[※7]という合理的な考えを持っているとはいえ、ひどく縁起を担ぐたちで、年越しが近い時には死や病の類の話は決して持ち出してはならず、やむを得ない時には隠語を使わねばならなかったが、あいにく僕はその言葉を知らなかった。

午後は緯甫《ウェイフー》との約束に向かった。胸中、ひどく気がふさいだ。緯甫《ウェイフー》は僕の顔色が悪いとみて、何かあったのかと尋ねた。僕は祥林嫂《シャンリンサオ》が世を去ったことを告げた。彼はいくらか慨嘆したが、やはり例の歴史を変える大計をどうやって実行するかを語り出した。僕はふと思いついて、真っ直ぐに彼を見ていった。「緯甫《ウェイフー》、もしも歴史を変えられるなら、過去に戻って、祥林嫂《シャンリンサオ》がこれほど無残な死に方をせずに済むように、もっといえば、楽な暮らしをさせてやることはできないか？」

緯甫《ウェイフー》は一瞬あっけにとられ、答えた。「僕だって無論、彼女を救いたいが、この機械は四億という中国の同胞を塗炭の苦しみから救うために用いるのだ。この国の運命を根底から改変すれば、苦しむ大衆はみな安穏たる暮らしができるさ。これこそが当務の急というものだ」

「君の考えはわかるが、彼女を一つの実験として、まずその運命を変えてみてもいいんじゃないか。もしも成功すれば、より大きな面に応用できる。間違いを起こしたら、どこに問題があるのかを突きつめるんだ。この先、わが民族の運命の改変に真に着手する時、良い参考になるだろう」

緯甫《ウェイフー》は笑った。「どうやら君はこの機械のすばらしさをまだ信じていないようだね。それで僕に難題を出してきたのだろう。時間を遡り、農村の下女一人を救うことに、困難などあるわけがない。よし、君に一つやって見せてあげよう」

そこで僕たちは自分たちの知識を持ち寄り、祥林嫂《シャンリンサオ》のおおよその「年譜」を書き出してみた。

夫を亡くす（二十六歳）
ひそかに逃げて、魯家で働く（二十六歳）
姑に船で連れ去られる（二十七歳）
山中の賀老六（上から六番目の子の意）に売り飛ばされる（二十七歳）
息子阿毛《アーマオ》を産む（二十八歳）
賀老六が傷寒で死ぬ（二十九歳）
息子が狼に喰われる（三十一歳）

魯家に戻る（三十三歳）

衛《ウェイ》婆さんのもとへ追い返される（三十六歳）

死去（四十一歳）

僕たちはそれぞれの事件が起こった正確な時間を可能な限り推測して書き出した。幸い、祥《シャン》林嫂《リンサオ》はここ数年、会う人ごとに苦しみを訴え、来し方の不幸を語っていたから、僕たちは多くの重要な年月はみな覚えていた。

書けば書くほど悲しくなった。数々の不公平な運命が、みな一人の薄命の女性の身に降りかかったのだ。到底耐えきれるものではない。緯甫《ウェイフー》ははじめのうちは科学の実験のつもりでいたが、しまいには涙をこらえきれなくなり、やる気満々で、早く彼女を救いに行きたがった。

僕たちは相談して計画を立てた。最も改変に適しているのは、阿毛が狼にさらわれた事件だ。時間も場所もわかっているし、すべきこともわりあい単純だ。賀家の前に行き、狼を追い払い——一番良いのは殺してしまうことだ——、阿毛を救出するのだ。このことは祥林嫂《シャンリンサオ》にとって最大の苦しみで、一番やり直したがっていた不幸だった……

時光機は時間の座標を移動することはできるが、空間を移動することはできない。室内で時間旅行をすれば、何年も前の部屋の主に出くわしてしまい、厄介なことになるだろう。そこで僕たちは時光機を町の外へ持ち出した。機械の作りは極めて精巧で、開けば人力車ほどの大きさになるが、ある箇所を押すと、再び枕ほどの大きさに戻る。重さも十数斤〔一斤は五百グラム〕に過ぎず、たやすく持ち上げられ、袋に入れれば見た目は枕と変わらない。これほどに小さく携帯が容易でなければ、緯甫《ウェイフー》とてそう簡単には盗んでこられなかったはずだ。

僕たちはようやく子どもの頃に遊んだ山中の洞《ほら》を見つけ、地面をならして、時光機を開いた。緯甫《ウェイフー》は座席に腰を下ろし、時間を十年前、阿毛が狼に連れ去られる二日前に設定した。ただし、旧暦から西洋暦に調整する必要があった。彼は用意した辮髪《べんぱつ》のかつらを頭につけ——清末に戻るのだから——、僕に勝利を表す手真似をしてみせ、深呼吸を一つすると、操縦桿を引いた。目を見開いていると、時光機の外郭がゆっくりと回転を始め、それからどんどん速度を増して色とりどりの渦と化し、すべてが曖昧模糊となっていく。それは最後に透明になり、ほとんど無に近くなった。

僕は食い入るように見つめていた。それは今にも消失するかに思われた。だが再び鮮やかな色彩に変化し、形はくっきりと浮き立ち、回転が遅くなり、最後に停止した。緯甫《ウェイフー》は相変わらず座席に腰かけ、変わったところなど何もないかのように見える。

僕は尋ねた。「どうしたのだ？　何か間違いでもあったのか？」

「間違いだって？」緯甫《ウェイフー》は不可解というようにいった。「僕は戻ってきたんだ、使命を果たしたよ……ああ、戻った時刻と行った時刻が同じだから、君からすれば僕がここを離れていなかったように見えるのだな。実際には、僕はもう向こうで数日間を過ごしたのだ。どうだ？　祥林嫂《シャンリンサオ》の運命は変わったか？」

僕はちょっと考えて、かぶりを振った。「何も変わったようには感じないな」

「かまわないよ、下山して尋ねてみればわかるさ」緯甫《ウェイフー》はそういって、時光機をしまい、僕とともに山を下り、道すがら語った。「まああ順調だったといえるよ。だが祥林嫂《シャンリンサオ》がいた山里は実に辺鄙なところで、僕は道を探すうちにあやうく崖から落ちてしまうところだった。見ろ、泥だらけだ」彼のいう通り、見れば脚が幾分汚れている。来る時にはついていなかったものだ。

「大丈夫か？」

「平気さ、ただいくらか手間取ったために、着いた時にはもう時刻が迫っていた。懸命に山を駆け登り、賀家の里に到着してみると、ちょうどあの狼が出てきて、阿毛に向かって突進するところだ。急いで近づいてそいつを打ち据え、追い払おうとした。祥林嫂《シャンリンサオ》は仰天していたね。彼女は――彼女はまだたいそう若かったよ。彼女が若い頃はどんな風だったか、僕はすっかり忘れてしまっていた――おおごとだと見てとると、狼に飛びかかったんだ。狼のやつ恐れをなして、しっぽを巻いて逃げていったよ。そうして祥林嫂《シャンリンサオ》は僕に感謝を述べて、食事にまで呼んでくれたのだ――」

「君は何をいっているんだ？」

聞けば聞くほど訳が分からなくなり、僕はついに話の腰を折った。「阿毛は山津波に呑まれたんじゃないか？　決めただろう、あの日に戻って、山津波に遭った小川で遊ばないようにあの子を止めてくるって！」

四

緯甫《ウェイフー》は化け物でも見るような目つきで、長い間僕をじっと見つめていた。「それは本当か？」

「嘘なものか」僕は困り果てた。「魯鎮の者はみな知っているよ。祥林嫂《シャンリンサオ》は阿毛が山津波に流されたことを誰にでもしゃべっているからな。冗談はやめたまえ」

「君……そうか」緯甫《ウェイフー》は何事かを思い出したようだ。「僕たちはさきほど、祥林嫂《シャンリンサオ》の生涯を紙に書き出しただろう？」

「書いたとも」僕は紙片を渡した。見れば、そこにははっきりと「某年某月某日、阿毛が某山中で山津波に呑まれる」と書かれている。

緯甫《ウェイフー》は受け取って眺め、長い間一言も発せずにいた。

僕も奇妙に感じた。緯甫《ウェイフー》は普段、そのような出鱈目な冗談をいうことはない。「いったいどういうことだ？」

緯甫《ウェイフー》は声を震わせていった。「迅《シュン》君、思うに……僕は歴史を変えてしまったのだ。元の時空では、阿毛は狼に連れ去られたのだったが、あの子を救って戻ると、山津波に呑まれたことになっている。時間も狼の事件から一年余り後だ。君たちは記憶まで改変されているために、知覚しえないのだよ」

その話はあまりに常軌を逸していた。僕はしばらく考え、ようやく朧《おぼろ》げに理解した。「それは……それはずいぶんと信じがたいことだな。阿毛はかつて狼に連れ去られていたのか？　僕が知っているのは、あの子が山津波に呑まれてもうずいぶんたつということだけだ」

「『かつて』ではないよ。時間軸そのものが改変されたのだ。君にとって、そのことはまだ起こっていないのだ。だが僕からすれば、出発前、君はずっと阿毛が狼に喰われたと信じていた……教えてくれ、祥林嫂《シャンリンサオ》はやはり死んだのか？」

「ああ、昨夜病気でね。そうでなければ、今日君を捜しに来るものか」僕はいった。「そうだ、思い出した。あの年、祥林嫂《シャンリンサオ》は確かに語っていたようだ。親切な男が阿毛を喰おうとした狼を追い払ってくれた、とね。どうやら君の話に間違いはないようだ。その男は実は君だったのだね！　だが結局は何も変わっていない。では……では僕たちはどうすればいいのだ？」

緯甫《ウェイフー》は当惑した表情を浮かべている。「僕は……ひどく混乱しているよ。少し考えさせてくれ」

彼は道端の岩の上に腰を下ろし、長いこと考えこんだ末にいった。「どうやらこの世界は変えられることを拒んでいるようだ。時空を改変したにもかかわらず、一切は元の軌道に沿って進もうとしているのだ！　まるで一つの玉を山腹まで持ち上げても、やはり麓に転がり落ちて、山腹にとどまることがないようにね。だがかまうものか、もう一度行けば済むことだ！」

「君は山津波から阿毛を救出するつもりか？」僕は尋ねた。

緯甫《ウェイフー》はかぶりを振った。「あの子は辺鄙な山奥で暮らしている。危険は数え切れないほどあるさ。山津波から救出したところで、蛇に噛まれるかもしれない。あるいは崖から落ちるかも……何度助けに戻っても足りないだろう。時光機自体、これほど多くの実験に耐えられるとは限らない。真に歴史を変えるまでは、できるだけ使う回数を絞らなければ。ちょっと待ってくれ……」

「そうだ！」彼はあることに思い至った。「前の段階、つまり彼女の夫が死ぬ前に戻って助け出すことができれば、一家が平穏に暮らしていける確率がずっと高まるぞ。彼女の夫は冷や飯を食って死んだといっていたな。それは変わりないだろうな？」

「それは……」僕は思いをめぐらした。「傷寒はそもそも恐ろしいものだ。病状が変化しやすい。あの冷や飯と関わりがあるかどうかは誰にもわからないよ。それに、君がさっきいったように、たとえ彼女の夫を助けても、数年後にまた何かの病を得て死んでしまえば、結局は同じことだ」

「それもそうだ」緯甫《ウェイフー》は頭を抱えた。「ではどうすればいい？　もう一度さっきの紙を見せてくれ」

僕は紙を手渡した。緯甫《ウェイフー》がそれを見ながらいう。「彼女を嫁入り前に救い出し、山から離れさせたらどうだ？　賀家の者と関わることもなく、阿毛の死に胸を痛めることもなくなるぞ」

僕はいった。「山里はどこもみな昔からの住人だ。頑迷で荒っぽい者たちだ。救い出すのは容易ではないぞ。仮に救い出せたとして、大の男が若い寡婦を連れて道を歩けば、いったい何と思われる？　彼女をどこにやるつもりだ？」

「ああ、君のいう通りだ。だが彼女が山里から離れるのが、なんといっても一番なのだが……そうだ！　間をいく方法があったぞ！」

急いで尋ねると、緯甫《ウェイフー》はいった。「どうにかして彼女の夫を山から連れ出して仕事をさせれば良いのではないか？　山を出れば傷寒にもかかりにくい。たとえ元の通りに死んだとしても、祥林嫂《シャンリンサオ》は町で仕事があるのだから、山に戻らずとも済むわけだ」

僕はいった。「だが相手は昔から山奥で暮らしてきたんだぞ、どうやって出てこさせるんだ？」

「俗にいうだろう、地獄の沙汰も金次第、だよ。僕は外国でいくらか稼いできたのだ、どのみち方法はあるさ。やっこさんに稼ぎに出てきていただくのだ。良い暮らしをしたくない者などいるものか」

僕たちは話し合いながら再びあの洞へと戻った。緯甫《ウェイフー》は時光機を開いた。僕は少し休んで、明日にしてはどうかと勧めた。彼は笑って答えた。「向こうでとっくに一眠りしてきたさ。気力は十分だ。善は急げだ、行くよ。戻ってきたら、真になすべき大事があるのだからな」

そこで僕は時光機に乗る彼を見送った。彼は頃合いの良い時間――祥林嫂《シャンリンサオ》と賀老六が結婚して間もない頃――を見計らって設定し、操縦桿を引いた。一陣の旋風が起こり、時光機は消えた。

今度は、時光機はしばらく待ってからようやく現れた。再び緯甫《ウェイフー》にまみえてみると、髭はだらだらと伸び、着物もみな着替えていて、冬の最中《さなか》だというのに、夏の単衣《ひとえ》を着ている。僕を見るなり、両腕を抱えて震えながらいった。「おお、寒い！」

慌てて外套を貸してやり、尋ねた。「向こうにどのくらいいたんだ、なぜそんなに様変わりしてしまったんだ？」

緯甫《ウェイフー》は語った。「半年近くいたよ！　今回も大いに手間がかかった。僕はまず賀家の里によく出入りしている商売人を見つけた。魏二《ウェイアル》という者だ。賀老六夫妻が魯鎮で生活するよう、その人物に仕向けてもらったのだ。彼はもちろん、僕がなぜそんなことをさせようというのかわかっていなかったが、僕は魯夫人が祥林嫂《シャンリンサオ》に戻ってきてもらいたがっているといった。彼はたいして信じなかったうえに、僕に何か企みがあるのではと疑っていたよ……だがどう思われようとかまうものか。魏二も結局、金のために身を入れてやってくれたよ。まず賀老六に、山を下りて掛代金の取り立てを手伝ってくれといったのだが、やつはうんといわなかった。そこで魏二は一計を講じて、村の者たちと賭け事をさせ、他の者に頼んで賀老六の金をすっからかんにさせたのだ。やつは目を血走らせ、多額の借金をして賭けを続けようとしたが、またもや負けた。これが数日続いて、借金まみれになり、村にいられなくなって、祥林嫂《シャンリンサオ》を連れて魯鎮に出てきたのだ。その後、祥林嫂《シャンリンサオ》は君の四嬸を訪ねて屋敷の下働きに戻った。賀老六も一時雇いなどをしてよく働いた。僕もいくらか手助けをしたよ。山里で野良をやるよりずっとましに決まってるさ。僕はさらに数か月様子を見て、彼らが安泰なのを確かめてから戻ってきたのだ」

「緯甫《ウェイフー》、だが君は——」

「そうだ」彼は夢中で話している。「戻る前、祥林嫂《シャンリンサオ》はすでに身籠《みごも》っていた。阿毛を宿していたのだ。今度は山里ではないから、運命は大きく異なるかもしれないぞ！」

僕はますます混乱して、尋ねた。「阿毛とは誰だ？」

「阿毛だよ……わからないのか？」

「緯甫《ウェイフー》！」僕はわけがわからずいった。「過去に戻って祥林嫂《シャンリンサオ》の運命を変えるのだといったじゃないか、あのまま山里に残らせて、山を下りさせない、って。なぜ逆のことをしたんだ？」

緯甫《ウェイフー》は身震いをした。「ああ、長いこと昔に戻っていて忘れていた。君の記憶はまた新しい現実に洗い流されてしまったのだな。迅《シュン》君、まず教えてくれ、君の記憶の中で、祥林嫂《シャンリンサオ》はどうなったのか？　まだ生きているか？」

「何をいっているんだ？」僕はますます困惑した。「祥林嫂《シャンリンサオ》は先月、阿花《アーホア》とともに河に身を投げただろう、だからこそ君は救いに行ったんじゃないか！　いったいどうしたんだ？　まだ寒いのか？」

五

緯甫《ウェイフー》は額をさすった。どうやら足に力が入らぬようで、時光機の支柱につかまりようやく立っている。彼は苦笑していった。「何でもないよ、まず詳しいことを教えてくれ。この奇妙な話のことは、それから説明しよう」

僕は疑問だらけだったが、やはり彼に語った。あの年、賀老六と祥林嫂《シャンリンサオ》が山を下りてから、はじめのうちは暮らしはまずまず、まもなく祥林嫂《シャンリンサオ》は身籠り、賀老六も真心をこめて尽くした。柳媽《リウマー》や呉媽《ウーマー》ら下女たちはみな羨ましがって、祥林嫂《シャンリンサオ》はいったいどこで功徳を積んでそんな幸運に巡り合わせたのだろうといい合った。

祥林嫂《シャンリンサオ》は女の子を産み、阿花と名づけた。ところが賀老六は突然態度を変え、情けないやつだ、俺のために息子を産めないなんて、といい、さして母子の世話をしてやらなくなった。祥林嫂《シャンリンサオ》はひと月もしないうちに畑に出ねばならなくなった。彼女自身もひどく自分を責め、すぐにもう一人子どもを宿した。今度は息子で、阿毛と名づけたが、一歳にもならぬうちに死んでしまった。

賀老六は怒り心頭で、彼女の世話が悪かったから息子が病気になって死んだのだといい、毎日母子に対して殴るわ罵るわ、次第に家にも寄りつかなくなり、外で賭け事をしては、その度に大負けするようになった。金を返せずにいると、貸主は祥林嫂《シャンリンサオ》の見た目がまずまずとみて悪心を起こし、女房の身体で払わせろ、と賀老六にいった。賀老六は無論、うんといわなかったが、大金を積まれて承知してしまった……

緯甫《ウェイフー》はそこまで聞くと、こぶしを握り締め、歯ぎしりをして罵った。「あの畜生め！」

「その通りだとも」僕も憤懣やるかたなかった。「祥林嫂《シャンリンサオ》はもちろん従わなかったが、あのごろつきどもは力づくだ、か弱い女に抵抗できるわけがない。ついに……祥林嫂《シャンリンサオ》は激しい気性だ、その晩に首をくくろうとした。だが賀老六がすぐさま発見して助けたために、死にきれなかった。賀老六もいくらか悔恨の念が芽生えたようで、ずいぶん長いこと世話をしてやり、良くしてやるようになった。それに乳を欲しがる娘もいる。祥林嫂《シャンリンサオ》もそのことを思い次第に諦めるようになったのだ。

「だが後から思えば、あの時に死んでいた方がまだましだったかもしれない。その後、平穏な生活は長続きせず、賀老六はいくばくか蓄えを作ったものの、三つ子の魂百まで、またしても賭け事をした。当然、すっからかんになり、金を借りてはまた負け、今度はよその土地へ逃げた。殺されて湖に沈められたという人もいるよ……いずれにせよ、やつは行方をくらました。貸主がやってきて、祥林嫂《シャンリンサオ》に返済を迫った。祥林嫂《シャンリンサオ》も手立てがない。やむなく……一度が二度になり、二度が数え切れぬほどになった。このことが知れ渡ると、彼女の名は地に落ちた。四叔の屋敷でも彼女を置いておくことはできず、彼女は流浪の身となり、娘を養う金もなく、身体を売るほかなくなった。そうこうするうちに、彼女と寝ていない男は、おそらく町にいくらもいなくなった」

「そんなことになっていようとは……まさか僕が……」緯甫《ウェイフー》は頭を抱えて呻いた。「僕が賀老六を賭博に誘わなければ、そんなことにはならなかったかもしれない……だが……それからどうなった？」

僕はため息をついて続けた。「祥林嫂《シャンリンサオ》が私娼に身を落としたのも、大切な存在、すなわち娘の阿花のためだ。娘に良い落ち着き先がみつかることを夢見てすらいたのだ。ここ数年、彼女は容色が次第に衰えたが、阿花は日一日と成長した。といってもまだようやく十一、二だ。豈図《あにはか》らんや、先月のある晩、趙《チャオ》大旦那の息子が彼女の家にやってきて、夜半ひそかに娘の寝床に忍び寄った。娘は懸命に抵抗する。祥林嫂《シャンリンサオ》は物音を聞きつけて、包丁を持って追い払おうとしたのだが、格闘の末、男を刺し殺してしまったのだ。祥林嫂《シャンリンサオ》はもはや生きる道はないと悟り、事情を記した遺書を残し、娘を抱いて河に身を投げた……近頃、魯鎮を最も騒がせた事件だよ。昨日、僕たちはこの事件について語り合っただろう。君は憤懣やるかたなく、時光機で彼女の運命を変えねばといっていたではないか？」

「僕は……」緯甫《ウェイフー》は顔面蒼白になり、ほとんど口もきけぬありさまだったが、目の光は次第に定まってきた。「僕は確かに大きな間違いを犯した！　だが、だからこそ僕は彼女を救わねば、すべてをもう一度覆さなければならない」

彼は説明した。歴史を変えるたびに、彼を除く人々の記憶はみな消えてしまうのだと。僕はよく呑みこめなかった。だがようやくわかったのは、彼がもう一度過去へ戻り、なんとか祥林嫂《シャンリンサオ》の運命を変える手立てを講ずるつもりだということだ。

「今度は必ず彼女を連れ出すぞ！」彼は決然といった。

緯甫《ウェイフー》は時光機に乗り、消滅して再び現れた。瞬く間に姿が変わり、衣服は単衣の長衣※8からたいそう高級なラシャのコートに着替え、中折れ帽までかぶっていたが、顔つきは憔悴して光がなく、十《とお》は老けたように見える。

「緯甫《ウェイフー》、ともかくも戻ったな！」僕は尋ねた。「なぜそんなに顔色が悪いのだ？　孔乙己《コンイーチー》の行方はわかったのか？」

「孔乙己だって？」彼は苦笑した。「君はまた祥林嫂《シャンリンサオ》のことを忘れたのだな？」

「祥林嫂《シャンリンサオ》って誰だね？」僕は奇妙に思った。

「本当に覚えていないのだな」緯甫《ウェイフー》は苦笑いをしていった。「長い話だ。それに過去へ戻るたびに長くなる。今回は信じがたいほどだぞ……」

僕は少しずつ思い出した。「ああ、祥林嫂《シャンリンサオ》とは、僕たちが幼い頃に四叔の家で雇っていた下女だな、人買いにさらわれてずいぶんになるじゃないか？　なぜ突然彼女のことを？」

「その人買いというのは……」緯甫《ウェイフー》は口ごもった。顔色が赤くなったり青くなったりしている。

「驚くなよ。僕なんだ、過去に戻った僕さ……」

緯甫《ウェイフー》はひどく顔色が悪い。多くを語りたくないようだったが、問い詰めると、それでもおよそのことを白状した。

前置きは省こう。彼は今回、十余年前、祥林嫂《シャンリンサオ》が姑に連れ去られる前に戻った。苫船《とまぶね》を一艘借り受け、報酬をはずんで地元のごろつきを数人雇い、祥林嫂《シャンリンサオ》が米をとぎに出た際、彼女を船に押しこんで口を押さえた。祥林嫂《シャンリンサオ》はもちろん驚いてもがいたが、緯甫《ウェイフー》は彼女を暗がりに押しこんだ。姑と衛《ウェイ》婆さんが男たちを引き連れて現れ、あちこちを捜し回っているのを見て、祥林《シャンリン》嫂《サオ》は恐怖のあまり声も出せずにいた。

緯甫《ウェイフー》はいった。「ここに残っていてはならない。僕が君を連れていくよ、信用してくれ」祥林《シャンリン》嫂《サオ》は驚いて緯甫《ウェイフー》をじっと見つめていたが、この見知らぬ男に悪意がないとわかったようで、ついにゆっくりと頷いた。

彼らは船で河を下り、紆余曲折をへて、ようやく無事に上海へと到着した。十里洋場[※9]はごみごみとして、悪人どもの巣窟がどれほどあるかしれない。だが互いの来歴をかまわぬ場所だから、身を隠すにはうってつけだ。祥林嫂《シャンリンサオ》は目に一丁字もない。紡績工場で働くよりほかはなく、実入りは少ない。緯甫《ウェイフー》は直ちに立ち去りがたく、しばらく彼女を見てやりたかったが、手元の銀貨はすべて使い果たしてしまっている。ある私立女学校で英語教員を求めているのを新聞で知り、面接に行った。英語に秀で、科学にも精通していたため、学校側はたいそうご満悦で、英語と数学の教師としてすぐに採用された。報酬も手厚かった。金があれば祥林嫂《シャンリンサオ》を援助するのに好都合だ、ましてや上海の学者たちと行き来ができて、寂しくもない。そこで数か月とどまったのだが、そのために二人の関係に変化が生じた。

祥林嫂《シャンリンサオ》は緯甫《ウェイフー》が自分を上海に連れてきたうえ、家計の援助までしてくれたことに感激し、しばしば掃除や食事の世話をしに訪れた。緯甫《ウェイフー》もついでに彼女に文字を教えてやり、機会があれば事務員の仕事をさせたいと考えていた。緯甫《ウェイフー》は本来、祥林嫂《シャンリンサオ》と十数もの歳の差があるのだが、過去に戻った時にはその差は消え、同い歳になっていた。二人は朝晩共に過ごす。一方は誠心誠意教え導き、もう一方はそれに応えようとする。二人の関係は次第に曖昧にならざるを得ない。

緯甫《ウェイフー》自身はそれと自覚せず、あるいは自覚しても認めようとしなかった。だが時がたつうちに、彼もまずいと気づき、最後に祥林嫂《シャンリンサオ》に一目会ってから戻ろうと決意した。祥林嫂《シャンリンサオ》は彼に服を仕立ててやったところで、彼の身体に当てて大きさを測っていた。どうしたことか、彼はふと心が揺らぎ、祥林嫂《シャンリンサオ》の腕をつかんだ。祥林嫂《シャンリンサオ》も恥じらいながら彼を抱きしめた……愛の一夜が明け、目覚めてみると、祥林嫂《シャンリンサオ》はすでに朝食の用意をしていた。

こうして緯甫《ウェイフー》はもはや抜け出すどころか、逆に祥林嫂《シャンリンサオ》と暮らし始めた。だが一人は学者、一人は農村出の女、身分がそぐわなければ趣味も合わない。緯甫《ウェイフー》の感情は同情に近いものであって愛ではなかった。祥林嫂《シャンリンサオ》はいつまでたっても文字を覚えられず、身なりも野暮ったく、容貌はまあ整っている方ではあったが、学校にいる名家のお嬢さんたちには程遠く、連れて歩けば妙な目で見られる。緯甫《ウェイフー》は彼女と同居していることで常に後ろ指を指され、内心煩悶し、しばしば彼女に当たり散らした。祥林嫂《シャンリンサオ》はいつも従順で、緯甫《ウェイフー》の正式な妻になることは望みもせず、ただ彼の身辺の世話ができれば満足だという。だが緯甫《ウェイフー》はその時代に残ろうとは思っていない。日がたつにつれて、その悪縁にますます嫌気がさしてきた。祥林嫂《シャンリンサオ》を遠ざけようと、面と向かって罵りもした。だが「食、色は性なり」※10で、その関係を厭いつつ、夜は枕を並べずにはおれなかった。

数か月後、祥林嫂《シャンリンサオ》は月のものが訪れなかった。身籠ったのだ。彼女は内心喜んだ、だが緯甫《ウェイフー》は雷に打たれたかのよう。自分の子を宿したとあれば、どうして彼女から離れられるだろう？まさか一生この農村女に縛られたままなのか！　救国の大業など実現できるわけがない。彼はあれこれと考えを巡らし、巧言を並べて堕胎を迫った。図らずも祥林嫂《シャンリンサオ》は決して首を縦に振らない。二人は言い争いから手が出た。緯甫《ウェイフー》がカッとして彼女を押しのける、すると彼女は階上から転がり落ちた。スカートからはだらだらと大量の鮮血、彼女はその場で昏睡に陥った。病院に到着した時には、赤子もろとも亡くなっていた……

六

「僕が彼女を殺したんだ！」そこまで語ると、緯甫《ウェイフー》は頭を抱え、涙声になった。「賀老六どもと比べて僕がどれだけましといえよう？　僕はこれほどまでに利己的な悪人だったのだ、何が国を救うだ、民を救うだ。もういい、僕は、僕はこんな機械、壊してやる！」

時光機はそもそもとても軽く、彼は抱え上げるや地面に叩きつけようとする。僕は慌てて彼の腕をつかんだ。「緯甫《ウェイフー》、よく考えたまえ！　壊してしまったら、もう二度と挽回の余地はなくなるのだぞ！　祥林嫂《シャンリンサオ》は永遠に君に殺されたままだ！」

緯甫《ウェイフー》は悄然として座りこみ、ぶつぶつと呟いた。「挽回だって？　挽回なら三度もしたさ。あの虚実入り混じる時間の中で、とうに一年余りもの光陰を虚しく費やした。だが彼女は永遠に死を逃れられない。おそらく時光機でも運命の采配は変えることができないのだ！　この上僕にどうやって挽回できようか？　あとどれだけの歳月を費やして挽回すればいいのだ？　もういい、いっそのこと過去へ戻って、祥林嫂《シャンリンサオ》が赤子のうちに縊《くび》り殺してしまえば、彼女を苦しませずに済むというものだ！」

「落ち着け！　祥林嫂《シャンリンサオ》には最も罪がないのだぞ、どうして彼女を殺すんだ？」

「ハハハ」彼は奇怪な笑い声をあげた。「ならば誰に罪があるのだ、僕は誰を殺せばいい？　あの狼か？　あいつを殺したら今度は洪水だ！　賀老六か？　あいつは病で勝手に死んでいったよ、僕があいつを魯鎮に住まわせたのだ。まさかこの僕か？　僕はこの一年、一心に彼女を救おうとした、だがそうすればするほど収拾がつかなくなるばかりだ。だがもし僕がいなかったら、彼女の運命にどんな希望があっただろう？　諸悪の根源は誰だ——誰なんだ——」彼はふいに口をつぐみ、長いこと呆然としていたが、はたと手を打った。

「そうだ、こんなに簡単な方法を、ずっと思いつきもしなかった！」

「どんな方法だ？」僕は慌てて尋ねた。

　緯甫《ウェイフー》は薄気味悪い笑みを浮かべた。「いっただろう、殺人、殺人だよ！　これが最もたやすく手っ取り早い。あの二人さえ死ねば、問題は解決するのだ」

「誰を殺すんだ？」僕は気を張りつめた。

「忘れたのか、もちろん祥林嫂《シャンリンサオ》の姑と義弟だよ！」彼は歯ぎしりをした。「夫の家の者たちが死にさえすれば、祥林嫂《シャンリンサオ》を捕らえに来る者はいなくなり、彼女はずっと四叔の屋敷で下働きができるんだ、平穏無事にな。ほかのことだって起こるはずがない、そうじゃないか？」

「それは……それはそうだが……だがあの人たちは殺されるほどの罪を犯したわけじゃないよ……」僕はしきりにまずいという気がした。

「迅《シュン》君、僕らは新式の教育を受けたんだぞ。あいつらは金で買った幼い嫁を私物扱いして、好き勝手に売り飛ばし、しまいには一つの——もしかするといくつもの——命を害してしまったんだ。文明国でそんなことが許容されるものか。あいつらはさっさと死ぬべきなんだ！」

「だが彼らは単に無知なだけだ……」僕は口ごもった。

「無知だから死ぬべきではないというのか？　あいつらが死ななければ、祥林嫂《シャンリンサオ》の悲劇は続いていくばかりだ、ほかに道はない。この実験はもう長くやり過ぎたよ、これ以上大局を見失うことはできない！　運命を覆そうというのに、こんな最も憎むべき滓《かす》どもにも同情しなければならないのなら、永遠に成功などできないぞ」緯甫《ウェイフー》は決然といい放ち、そそくさと機械を再起動させようとした。緯甫《ウェイフー》はことによるといくらか気が咎《とが》めているのかも、祥林嫂《シャンリンサオ》――それに自分の子どもまで――が彼に殺されたという歴史を早く抹消し、すべてをなかったことにしたいのかもしれない、と僕は思った。慎重に考えるよう説得したかったが、かといってより良い考えも浮かばない。ましてや僕はただの傍観者だ。自分の人生をかけて運命と戦おうとしている者を前にして、どんな考えも浮ついた無力なものに思えた。

今回、緯甫《ウェイフー》は消失した後、しばらくの間戻ってこなかった。僕はいささか不安になった。彼とて一介の非力な書生だ。一時の激情で殺人を犯そうとしたのも、衝動が過ぎてのことだ。万が一、何かあれば……胸中愈々《いよいよ》焦りが募った。またしばらくたつと、空が次第に暗くなってきたが、緯甫《ウェイフー》はついに姿を現さない。僕は全身に寒気を感じ始めた。もしかすると彼は時光機の前の持ち主のように、過去の時間の迷宮の中に迷いこみ、二度と戻ってこられなくなってしまったのかもしれない。

それからずいぶん長いこと待った。洞の壁にもたれ、気が気でなかったが、知らぬ間に両のまぶたが合わさり、寝入ってしまった。目が醒めてみると、あたりはすっかり暗くなっている。一瞬、なぜ自分がこの山の洞に横たわっているのか忘れていて、しばらくしてようやく委細を思い出した。緯甫《ウェイフー》が成功したかどうかもわからない。理屈からいえば、成功したなら、僕の記憶は書き換えられているはずだ。僕は事件を一つ一つ仔細に想起してみた。雇われ、連れ去られ、再婚し、夫が死に、子どもに死なれ……昨日、路上で出会い言葉を交わしたことすら、ありありと目に浮かんだ。どうやら、今度の見通しは本当に暗いようだ。

僕はなおひとしきり待ったが、これ以上待っていても詮方ないと考え、一人で山を下りた。魯鎮まで来ると、ちょうど祝福の前夜で、子どもたちが駆け回り、パンパンとやたらに爆竹を放つ賑やかな風景だ。四叔と四嬸はきっともう夕餉を終えて、祝福の用意をしているはずだ。今夜の食事は極めて重要なのに、僕は四叔の家に居候しながら理由もなく座を外してしまったから、顔を合わせればお説教は免れがたい。そこで裏門から入り、こっそりと自室に戻ろうとした。

裏門を入ったところは薪小屋だ。この時刻は本来ならば誰もいるはずがなかったが、僕がさしかかるとやおら扉が勢いよく開き、真っ黒い影が飛び出してきた。僕は仰天したが、影がこういうのが聞こえた。「迅《シュン》君、僕だ！」

「緯甫《ウェイフー》、なぜここに？」遠くの灯火の明かりを借りてしかと見ると、髪は乱れ、目はどんよりとして、ひどく落ち着きがなく、身体には――僕は思わず打ち震えた――身体には血がべったりとついている……

「時刻を間違えたのだ」彼はいった。「とうに着いていたのだ、それも魯の屋敷にね……」

「しっ！」僕は遮って、あたりを見回した。「さあ、僕の部屋で話そう」

彼を導き、裏門の通用口を通り過ぎた。誰にも見られないよう期待していたが、恐れていることは起こるもので、真正面から四嬸に出くわした。喜色満面、手には誰かに贈られた品を捧げ持っている。

「あら、どうしたの」四嬸はわずかに不機嫌になった。「ぶつかるところだったわ！　捜していたのよ、ここで何をしているの？　あら、こちらは――」彼女は僕の後ろの緯甫《ウェイフー》に気づいた。

僕は笑顔をひねり出した。「四嬸、友人の呂緯甫《リュウェイフー》だよ、以前も会ったことがあるだろう。この町に親戚がいないから、僕の部屋で新年を迎えてもらおうとね……」

「緯甫《ウェイフー》さんだったのね」四嬸は彼をしげしげと観察した。「あなたを見かけたって、趙《チャオ》の奥さんが話していたわ。どうして顔を見せに来てくれないの？　まあ、あなたどうしてそんなに汚れているの？　あらまあ、それは――」彼女は驚いて後じさりした。

緯甫《ウェイフー》は顔面蒼白になり、言葉も出せずにいる。僕は慌てて遮った。「これは……さっき、町の西の王《ワン》のところでブタを絞めるのを二人で見物していて、緯甫《ウェイフー》がうっかりして血を浴びてしまったんだ……」

その話はほころびだらけで、四嬸もたいして信用せず、疑わしそうにいった。「厄介ごとではないでしょうね？　旦那様はそういうことを一番嫌がるのよ！」

「四嬸は考え過ぎだよ、そんなことがあるわけはないだろう？　大丈夫だから、後で話そう」慌ててそういい残して、緯甫《ウェイフー》を室内に引きずりこみ、戸に閂《かんぬき》をかけた。

緯甫《ウェイフー》はなおも落ち着かぬ様子で寝台に腰かけている。僕は茶を淹れてやり、慎重に尋ねた。

「例の件は、どうなったね？」

失敗したという答えを予想したが、緯甫《ウェイフー》はちょっと苦笑するといった。「至極順調だったよ。だがやり終えたことで、君のこの時間の中の記憶も書き換えられただろうから……」

「しかし、記憶には何の変化もないように感じるぞ」

「君はもちろん感じないだろうさ、過去はすでに消し去られたのだからね。当事者の運命が根底から変われば、君の記憶も一から塗り替えられるのだ」

「だが僕はまだ覚えているぞ、昨晩、柳媽《リウマー》はやはり世を去った……」

「ハハハ、柳媽だって！」緯甫《ウェイフー》は異様な笑い声を立てた。「もうすっかり忘れたのだな。すべては君が先ほど会った人によって起きたのだ！」

僕は少し考えて、誰のことをいっているのか、ようやく理解した。「四嬸のことか？　これが彼女と何の関係がある？」

「大ありさ！　あの四嬸こそが、以前の祥林嫂《シャンリンサオ》だよ！」

七

「それはもちろん知っているさ」僕は腹立たしいやら可笑しいやらで、彼に説明してやった。「僕らが子供の頃、四嬸は四叔の屋敷で下働きをしていた。きびきびとした働き者だったから、四叔の信頼も厚かった。四叔は数年前に妻を病気で亡くしてから、彼女を妾にして、のちに息子が生まれた……彼女は身分こそ低く、本妻にこそならなかったが、屋敷のことは裏も表も采配を取り、僕たちも彼女を若四嬸と呼んで、のちには若の字も取って四嬸と呼ぶようになった……君は帰国したばかりだから、まだよく知らないのだな？」

「知っているとも！　それこそが、僕が成功した証さ！」緯甫《ウェイフー》はそういったが、表情は深刻だった。「迅《シュン》君、何も訊かずに話を聞いてくれ。長い長い話なんだ。もう一つの世界では、祥林嫂《シャンリンサオ》はまた別の運命だったのだよ……」

緯甫《ウェイフー》は、まるきり僕の記憶にないことや、記憶とは正反対のことを数多く語った。だが彼が時光機を盗んで救国に使おうということは、僕の記憶と一致した。かくかくしかじかは、これまで記してきた通りだ。彼の話に僕がどれほど慄《おのの》き、驚愕したか、どれほど筆墨を尽くしても書き表せない。最後に彼が過去に戻り殺人を犯す決意をしたことを聞き、ようやく悟った。「君の身体の血は、まさか……まさか……」

「その通りさ」緯甫《ウェイフー》はかすれ声でいった。「僕は祥林嫂《シャンリンサオ》が連れ去られる数日前に戻り、姑の家を見つけた。姑が衛婆さんから祥林嫂《シャンリンサオ》の行方を聞き出しているのを目撃し、数人の本家の男たちに手伝いを頼んでいるのを聞きもした……姑はあの罪業を犯そうと決意していたのだ。もはやぐずぐずしてはいられぬと心を固め、その日の夜に姑の家に忍びこんだ。家は赤貧洗うがごとしだ、何も金目のものはなく、泥棒を警戒もしていない。僕はやすやすと彼女の寝室に侵入したよ。

「僕はもともと、この悪どい女を一刀のもとに始末するつもりだった。だがその時、月光が窓の紙の破れ目から差しこんで彼女の顔を照らした。よく見れば、それはのちの祥林嫂《シャンリンサオ》の干からびた顔と大差ないじゃないか。まだ三、四十歳なのに、すでに辛酸をなめつくしている。よしんば善良な人間でなかったとしても、かといって邪《よこしま》な輩とも見えない。実のところ姑のやり方とて生活に迫られてのことなのだ。それが間違いだと彼女に教えてやる者もいなかった。先祖代々伝わってきた観念は、他人が取って代わったとしても、変わることはないだろう。僕の手は震え、実行に移せなかった。

「だが気配が伝わったのか、彼女は目を覚まし、たちまち鋭い悲鳴を上げた。僕は短刀をその首に当て、黙らせようとした。殺さないでくれ、気に入ったものは何でも持っていけと彼女は哀願する。僕はそもそもとうに決意を固めていたが、この時はほだされずにいられなかったよ。そこでいった。「何もいらない、お前たちがこの先、祥林嫂《シャンリンサオ》に手を出そうとさえしなければ、命は許してやる！」

「僕はなんという愚か者だ！　そういったとたん、彼女はたちまち毒々しい目つきを露わにし、いった。「なんだい、あの売女の差し金かい。あんた、あの女の情夫《イロ》なのかい？」すぐにまずいと思ったらしく、慌てて許しを乞うた。「ああいいよ、もうあの女を捜したりしないよ、許しておくれ」だがその時、僕はその目の中に見て取ったのだ、この女は決してあっさりと手を引きはしないってことをね。官吏に訴えられでもしたら、祥林嫂《シャンリンサオ》がもっと面倒なことになる。とっさに取り乱し、短刀を振り下ろした、だが急所は外れ、彼女はさらに大きな声を出した。もうひと突き、彼女はまだ叫んでいる、僕は――」

　僕は総毛立ち、思わず後じさった。緯甫《ウェイフー》は察して、辛そうにいった。「君も恐ろしいと思うだろう。迅《シュン》君、僕はもう自分でも見知らぬ殺人者になってしまったのだよ！　ラスコーリニコフ[※11]のような苦しみを味わったのだ！　だがこれで終わりではなかった。彼女の息子が別の部屋で眠っていたのだが、物音を聞きつけてやってきて、僕が母親を殺したのを見ると、カッとなって飛びかかってきた。まだほんの十五、六歳の子どもだ、身体も小さく弱々しい。殺す気などなかったのだが、彼は必死でかかってくる。混乱の中で、やはりその胸に短刀を突き刺した……僕自身も全身に返り血を浴びてしまったのだよ。

「そうこうしているうちに、隣家の者が目を覚ました。村内の犬はしきりに吠え立て、多くの人家に灯りがともる。やむなく夜通し駆け続け、魯鎮に舞い戻った。以前のあの小山の洞で時光機を再び起動するつもりだったのだが、町で兵士たちに出くわした。ちょうど夏《シア》という革命党を捕らえたところで、僕の身なりに疑いを持ち、大声で呼ばわりながら追いかけてくる。僕は火急の中で魯家の塀を乗り越えた。兵士たちが魯家の前まで追ってきて、僕は薪小屋の中で時光機を起動したのだ。

「慌てていたため、戻る時刻をいくつか間違えた。数刻早く着いてしまったが、幸い誰にも見られずに済んだ。庭を出ようとすると、祥林嫂《シャンリンサオ》が出てくるのが見えた。裏庭を掃くよう下男たちにいいつけている。どうやら祝福の儀式を用意しているようだった。僕はわが目を疑ったよ！　同じ年頃にもかかわらず、彼女はかつて死にかけの老婆だった。ところがこの時間の中では若々しくふくよかで、身なりも立派、せいぜい三十そこらに見える。以前――いや、もはや存在しないもう一つの世界で——親しかった頃とさほど変わりない姿だ。いったい何が起きたのだ？

「僕は薪小屋の中に隠れ、彼女と下男の会話に耳を澄ませた。その口ぶりや物腰は大きく様変わりしている。彼女ののちの運命の転変が、僕にもおおよそ察しがついた。彼女は君の四叔の妾となり、子どもを産んだ。至上の幸福とはいえずとも、飢えや屈辱とはかけ離れた境遇だ。僕はもちろん、喜んださ。たとえ彼女が以前の時間の中の僕をとうに忘れてしまっていてもだ……僕は殺人という重い罪を犯したが、ついに一人の善良な女性を救ったのだ。だがその時、彼女のいった一言が、僕を底なしの恐怖に落としこんだ。何が起こったかわかるかい？

「彼女は下男にこういった。「柳媽ときたらまったく縁起でもない。早くも遅くもなく、よりによってこんな時に死ぬなんて。もうすぐ祝福だから、おまえたち絶対に口にのぼせるんじゃないよ。旦那様がお怒りになるからね」僕にも何が起きたのかわからなかったが、それを聞いて総毛立ったよ。すべてが変わったのではなかったのか？　だが一切はまるで何も変わっていないかのようだ。ちょうど芝居で役を交代しても、舞台で演じられるのはやはり同じ物語であるように……」

僕はいった。「それとて四孀……祥林嫂《シャンリンサオ》を責めることはできないさ。柳媽も夫や息子を死なせてしまったというので、のけ者にされるようになったのだ。祥林嫂《シャンリンサオ》は彼女に良くしてやっていた方だよ、ずっと雇っていたのだからね。ただ、あの日、四叔の不興を買わぬよう、彼女に供物台の用意をさせなかったことで、彼女は動揺し、仕事ぶりものろまになった。のちに魯家を離れ、昨日衛婆さんのところで死んだのだ」

「アハハハ……」緯甫《ウェイフー》はしばらく呆然としていたが、ふいに奇怪な笑い声を上げた。「二年も費やして、祥林嫂《シャンリンサオ》には良い結末が訪れたというのに、彼女の場所には別の人間が取って代わったのだ！　別の人間が苦しんでいるに過ぎないのだ！　僕はただ関わりの中の人間の場所を入れ替えただけだ、関わりそのものは変わっていない。奴隷を奴隷主にしたようなものだ。奴隷制そのものを打ち壊すどころか、その制度をさらに強固にしてしまっただけなのだ」

「確かにその通りだ……」僕もため息をついた。

「またこうも思った。たとえ僕たちの計画が成功して歴史が変わり、中国が日本を打ち負かし、さらには列強をも凌駕したとしよう。その結果はどこが違うのだ？　真に理想的な世界がなければ、英仏の場所に中国が取って代わるだけだ。苦しむのが中国人から日本人、印度人、果ては欧州人自身に変わるに過ぎない。だが人が無辜《むこ》の苦しみを受けることに変わりはないのだ。迅《シュン》君、僕たちには大きな計画が必要だ。人生の無意味な苦しみを取り除き、人類をまっとうな幸福に導くような。だがどうすればいい？　クロポトキンにせよレーニンにせよ、あるいはウィルソン大統領にせよ[※12]、彼らの誰が正しいのだろう？　この時代にこれほど多くの智慧者がいるのに、あまたの血が流れる世界大戦が起こるのはなぜだ？　こういう問題が、僕にはいくら考えてもわからないのだ」

　彼は口をつぐんだ。僕は彼の言葉を反芻し、やはり黙っていた。沈黙が長く続いた後、僕はこめかみを揉み、彼の肩を叩いた。「緯甫《ウェイフー》、すぐに結論が出ずとも、まずは年を越そう。一切はこの先おいおい考えようじゃないか」

「そうだ！」彼はふいに目を輝かせ、僕の手をつかんだ。「君のいう通りだ！　この先、この先には必ず方法があるはずだ、そうだろう？」

「それは、そのはずだが……」出まかせにいった言葉になぜ彼がこれほど興奮するのか、僕には不可解だった。

「だから僕は未来の世界を見に行くぞ！」彼は藁をもつかむかのように息せき切っていった。「人類の科学と文化があと数百年発展すれば、きっと答えが出るはずだ。その頃の人たちはきっと知っているはずだよ、真の理想の社会とは何か、真に尊厳のある生活とは何か、どうすれば祥林嫂《シャンリンサオ》のように侮辱され迫害される人に当たり前の幸福を与え、他人を代わりに苦しませることもないのか……難しい問題だ。今日の大思想家たちでも正しいとは限らないぞ、だが未来の人はきっと正しい答えを持っているはずだ。どうだね？」

「僕は……」疑問はないわけではない。だがいくらか勇気づけられるところもあった。「僕にはわからない……君が正しいのかもしれない。過去の世界は澱《よど》んだ水だ。その中で輾転《てんてん》反側するほどに苦しみは増す。まるで一個の鉄の部屋が一人一人の生命、青春、精神を呑みこみ、果ては人々を鉄の壁の一部に変えてしまい、誰もそこから逃れられないかのように……やはり未来に行くべきだ、曲がりなりにも希望はある……今や金剛石《ダイヤモンド》よりも貴重な希望がね……」

だが僕はまた別の問題に思い至った。「そうだ、君はいつの時代に行こうというのだ？　一口に未来といっても茫漠たるものだ。三日後も未来、一万年後も未来だ」

彼は少し考えていった。「まず百年後に行ってみよう。もしも答えが見つからなければ、さらに二百年、三百年、五百年後に……もっと長い長い時間、無限の未来がある。人類は時光機という不思議なものすら発明できたのだ。それなのに人々が互いに傷つけ合うのを止められず、自らの出口を見つけることもできずにいるなら、それこそ馬鹿げたことだ」

「そうだな……」僕も彼の熱意に動かされ、未来へと心を馳せた。だが一方で名残惜しくもあった。「それとて直ちにということはないだろう、年を越してからにしてはどうだ？　実のところ、時光機について、僕はまだ多くのことを詳しく知りたいのだよ――」

だがその時、戸外から四嬸――祥林嫂《シャンリンサオ》――の、済まなげな、それでいて用心深い声が聞こえた。

「迅《シュン》さん、旦那様が緯甫《ウェイフー》さんを連れてくるようにって。急ぎのご用事があるそうよ」

「えっ……あの……」

緯甫《ウェイフー》は微笑んだ。「見たまえ、僕のことは引き止められやしないぞ。だが安心しろ、未来の世界にどれほど長くいようとも、きっと君に会いに戻ってくるとも！　すぐに帰ってくるさ、それから共に年を越そうじゃないか！」彼はそういいながら、時光機を展開させ、時間を調整した。僕は彼が「二〇二〇」という数字に合わせるのを見た。たった一世紀後とはいえ、僕らにとっては遥か遠くの、無限の希望を託すことのできる時代だ。それはいったい、どんな年なのだろう……

「いや、僕は……」

みなまでいわぬうちに、緯甫《ウェイフー》はもう時光機を起動させていた。それはたちまちのうちに瞬く光の渦と化し、大気の中に消え去った。

戸外の四嬸はまだ僕を呼んでいる。数言答えはしたが、戸を開けるのはためらわれた。僕はじりじりと緯甫《ウェイフー》の帰りを待っている。あの遠く遥けき未来世界から戻り、すべての人々にとっての、真に喜ばしい知らせを告げてくれるのを。だがあの光が消えてから、僕の眼前には小さな灯火が机上の数巻の古書を照らしているのみだ。時間はひたひたと流れ去っていくのに、緯甫《ウェイフー》はまだ現れない。

僕は長い間待った。四嬸が怒り出してからようやく出ていき、四叔をなだめたが、お小言を頂戴しないわけにはいかなかった。自室に戻ってもなお緯甫《ウェイフー》は見えない。彼は二〇二〇年に行ったのだろうか？　いったいどれほどの時代を巡り、どれだけ多くの世界を目にしているのだろう？　彼は答えを見つけたか、それとも未来の歳月の片隅に囚われているのだろうか？　あるいは、もうすでに最も自由で幸福な世界を見つけ出し、もはやこの汚らわしい時間の中には戻る気がなくなったのだろうか？

僕は解きようのないこれらの問題を考えながら、知らぬ間に寝入っていた。夢うつつの中で物音を耳にし、ついに緯甫《ウェイフー》の時光機が戻ったと思い、がばと起き上がるや、見開いた目に映るのは豆粒ほどの黄色の灯火、続いてパンパンという爆竹の音、それは四叔の屋敷でちょうど「祝福」をやっているところ、そこですでに五更に近いと知った。遠くのかすかな爆竹の音が連綿と絶え間なく届き、あたかも音響の立ちこめた空一杯の濃雲が、ひらひらと舞う雪花を混じらせつつ、町全体を抱きかかえるかのよう。僕はその賑わしい抱擁の中で、ふいに気だるい心地よさを感じた。昼から夜にかけての煩《わずら》いが、皆々祝福の空気にきれいさっぱり拭い去られ、ただ思うらくはこの世のありとある神仙たちが贄《にえ》と酒と薫《くゆ》る香《こう》に舌を鳴らし、ほろ酔い加減で空中をふらつきながら、未来のあの無限に尽きせぬ時間の中で、人類に限りない幸福をもたらさんとするかであった。

※1　一八九八年、光緒帝のもとで康有為・梁啓超ら変法派が清朝の近代化を目指し政治改革運動を起こすが、皇族や主流派官僚が反発し、西太后・袁世凱らが起こしたクーデターによって、約百日間で失敗に終わった（戊戌の政変）。この物語の舞台は一九二〇年で、四叔の康有為批判は時代遅れである。

※2　イギリスの作家H・G・ウェルズが一八九八年に発表したSF小説『宇宙戦争』のこと。地球を侵略する火星人と地球人の戦いを描く。

※3　『荘子』田子方篇にみえる言葉で、「先生が疾風のように空を切って飛んでいかれるとき、私は後方にとり残されて目を見張るだけです」の意。

※4　一八二〇～六一年。清・道光帝と咸豊帝の治世を指す。

※5　フランスの作家ジュール・ヴェルヌが一八六五年に発表した長篇小説。南北戦争終結後の米国で、人間の入った砲弾を月に飛ばそうと奮闘する人々を描く。

※6　中国前近代の造像銘や墓誌の拓本。

※7　北宋時代の儒学者・張載（一〇二〇～七七年）の語。『正蒙』太和篇にみえる言葉。「鬼と神は陰と陽の二つの気がおのずから変化して生じたものだ」の意で、合理的な世界観を表す。

※8　男性用の裾の長い中国服。旧時、読書人や地主などが着用した。

※9　旧上海の外国人租界、またはその栄えた街並みを指す。

※10　『孟子』告子上にみえる言葉。「食欲と色欲は人間の生まれ持った「性」である」の意。

※11　ロシアの作家ドストエフスキーが一八六六年に発表した長篇小説『罪と罰』の主人公。「一つの罪悪は百の善行に償われ、非凡人は社会の進歩のために道徳を踏み外す権利を持つ」という独自の理論にもとづいて金貸しの強欲な老婆を殺害す

るが、善良な義妹も殺してしまったことで、罪の意識にさいなまれる。

※12 クロポトキン（一八四二～一九二一年）はロシアの革命家。無政府共産主義を唱えた。レーニン（一八七〇～一九二四年）はロシアおよびソビエト連邦の革命家、政治家。ウッドロウ・ウィルソン（一八五六～一九二四年）は第二十八代アメリカ合衆国大統領。一九一三～二一年在任。

宝樹（Baoshu／バオシュー）

一九八〇年生まれ。北京大学哲学科を卒業後、ベルギーのルーヴァン・カトリック大学で哲学の修士号を取得。時間ＳＦの名手。立原透耶氏は「中国の梶尾真治《カジシン》」と呼んでいる。世界的にヒットした劉慈欣《リウツーシン》『三体』の二次創作である『三体Ｘ――観想之宙』をネット上に発表したところ、商業出版が決定してデビュー。長篇に第五回華語星雲賞最佳長篇小説金賞（二〇一四年）を獲得した『時間之墟（時間の骸）』や、中国古代史版銀河帝国の『七国銀河――鎬京魅影』（阿缺《アーチュエ》氏との共著）などがある。短篇集には『古老的地球之歌』『時間外史』『少女的名字是怪物（少女の名前は怪物）』などがある。二〇一七年には中国史をテーマとする中国ＳＦアンソロジー『科幻中的中国歴史』を編んでいる。

中短篇では、終末を迎えた人類が冥王星に遺した物を探る「在冥王星上我們坐下来観看（冥王星で我々が座して見た物）」が第二十四回銀河賞科幻優秀賞（二〇一三年）を、「人人都愛查爾斯」（邦訳あり）が第二十六回銀河賞最佳中篇小説賞（二〇一五年）を、「我們的科幻世界」（邦訳あり）が第三十一回銀河賞最佳中篇小説賞（二〇二〇年）を受賞している。

また、四川を舞台とした歴史SFの「成都往事」では、第九回華語星雲賞最佳短篇小説金賞（二〇一八年）と第三十回銀河賞最佳短篇小説賞（二〇一九年）の二冠を達成している。

日本語訳に、関久美子訳「イントゥ・ザ・ダークネス」（原題「墜入黒暗」：人民文学雑誌社主編『中国SF作品集』外文出版社、二〇一八年）、稲村文吾訳「だれもがチャールズを愛していた」（原題「人人都愛査爾斯」：『SFマガジン』二〇一九・八）、中原尚哉訳「金色昔日」（原題「大時代」：ケン・リュウ編『月の光――現代中国SFアンソロジー』早川書房、二〇二〇年）、阿井幸作訳「我らの科幻世界」（原題「我們的科幻世界」：『SFマガジン』二〇二〇・十二）がある。

韓　松

一九三八年上海の記憶

林　久之 訳

一九三一年、日本の関東軍は中国東北部で満洲事変を引き起こし、翌年、満洲国を建国した。その後も日本は中国に派兵を続け、河北北部に兵を進めた。そして一九三七年七月七日の盧溝橋事件を契機に、宣戦布告のないまま日中戦争（日華事変）に突入した。日本軍の勢いはとまらず、一九三七年中に北平・上海・河北・山西などを征圧した。十二月に首都南京を占領した際には、南京事件を起こしている。

本作の舞台は、一九三八年の上海である。一九三七年八月十三日（八・一三事変）、日本軍は上海を攻撃した。中国軍も頑強に抵抗したものの、十一月には撤退を余儀なくされた。その結果、欧米列強の租界を除き、上海は日本軍に占領された。一九三八年には日本軍が擁立した占領地政権（中華民国維新政府）の管轄下に入り、上海特別市政府が成立した。日本の占領を免れた租界は、国際貿易拠点として一時的に商業が活性化したが、テロと暴力も吹き荒れた。また、豪奢な生活を送る富裕層とは対照的に、民衆の生活は苦しく、辛い日々が長く続いた。本作の主人公も上海で生活を続けているが……。

一

天平路《ティエンピンルー》二〇八弄十四号は、窓のない平屋で、映像レコードを専門に扱っていたが、わずか七、八平米しかなく、同時に三、四人の客しか入れない。上から照らす老酒のような暗い電球は人影をネズミのように映し出した。壁には新華電影公司の《貂蟬《ちょうせん》》のポスターが貼ってあったが、すでにあちこち破れていた。

女店主は三十ちょっと、痩せぎすで、独りカウンターの向こうに坐っているところは、まるで灯芯みたいに見えた。いつも独りきりで、身辺に男の影など見たことがない。朝早くから、居眠り半分で夜遅くなるのを待って、ようやくのろのろと戸締りをしてどこかへ消えるのだった。一日三食、持ち込んだ菓子パンやビスケットのたぐいと、ひと壜のソーダ水にレモンや砂糖を自分で加えて飲む。時間の流れは力の抜けた身体を流れていき、ずいぶん経ってからやっと一滴落ちるのが聞こえるような気がした。

女友達の小萍《シャオピン》が失踪してまもなく、偶然このレコード店を見つけたのだった。すっかり落ち込んでいたぼくは、レコードでも漁るつもりで入った。小雨そぼ降るころに出かけるのが好きだったが、月の光満ち溢れる夜もいい。店に入るときふと気になって振り返ると、何機もの零式戦闘機が続々と、蝙蝠《こうもり》の群れのように青白い月面をかすめていき、錫箔《すずはく》のような雲の上には、険しい山がそびえるような航空母船の影が見えていた。その光景は、《申報《しんぽう》》の専欄に載る木版画を思わせた。

女店主はぼくが入っていくと、顔も上げずにひと言「学生さん、いらっしゃい」と言った。ぼくは学生とはいえなかった。戦争が続いていて学校どころではない。女店主はものぐさそうに言い終わると、それっきり何も言わず、美麗牌《メイリーパイ》のシガレットに火をつけ、目を細くして、ゆっくりと燻《くゆ》らせはじめた。身に着けているのは黒い刺繡の旗袍《チーパオ》で、古いものらしく、二、三箇所丁寧につくろってある。扇風機も力なく首を振っていた。

戦争は一年ほど続いていた。レコードを探す客もまばらで、一日中ぼく一人ということもあった。商売も寂しい限りなのに、店主は気にする様子もなかった。ある時など、空襲警報がしきりに鳴って、わが軍だか日本軍だかの爆弾が近くの市街地に落ちても、ぼくも女店主も、防空壕に逃げ込もうとしなかった。ぼくはレコードを漁るのに夢中だったし、店主のほうはこれぞ一生の大事とばかりに落ち着いてタバコを燻らしていたものだ。

二

ある日、ぼくはそのレコードを見つけた。普通より少し包装が厚く、おかしなことに、題名さえ書いてない。ぼくは好奇心に駆られて、それをカウンターに持って行った。

女店主は気がなさそうに、ぼくをひととおり品定めすると、こう言った。「新しく入荷したものね、これを買う人には、ちょっとばかり説明する義務があるのよ、紳士だろうと学生さんだろうとね」

その言葉は風雨が止んだ後にたゆたう一瞬の空気のように、緊張と期待とをもたらした。店主の話から分かったのは、これが普通のレコードじゃないということだ。時間を逆流させたり、進行したりできる不思議なレコードなのだという。これを普通の再生機に挿入して、早戻しか早送りのボタンを押しながら再生すると、その効果が得られる。仕掛けはレコードの材質にあるらしくて、どうやら宇宙の秘密を開く暗号が刻まれているらしい。

女店主はぼくがこのレコードを選んだのを見ても、特に心動かす様子も見せずに、かたわらに置いてあった古い型の再生機を使っておもむろに操作して見せた。

見ていると、澄んだ水の蘇州河《スーチョウホー》が画面に現れた。店主が早戻しボタンを押すと、蘇州河は逆流しはじめ、両岸の景色も昔に戻っていった。ある程度進めてから一時停止ボタンを押し、チラッとぼくを見ると、また操作を始めた。蘇州河は柳の枝のように揺れて、ふたたび流れ出したが、しかし今度の蘇州河は、以前とは違っていた。水は同じところから流れ出しているのに、不規則でランダムに突き進む異様な川筋は、ぼくの記憶の中の流れとは全く違っていて、別の終点に向かって流れていく。店主は早送りと早戻しを何度か繰り返し、そのたびに、新たな川筋は違うものになり、岸の風景もそれにしたがって変わっていき、新たな世界が走馬灯のように次々に現れるのだった。

「いまのはほんの見本よ。お客さんが本当に見るときは、再生ボタンを同時に押すと、見ている人は過去に連れ戻されて、人生と歴史を新しく開始するの、輪廻っていうわけね、何度も輪廻を繰り返すと、一回ごとにまた新しい経歴が始まって、未来はみんな違ったものになるの。学生さん、試してみたい？」意味ありげに目を細め、商売気のあるようなないような口調で言った。すぐには信じられないような話だ。でもぼくはそんなに驚かなかったように思う。この国もずいぶんと進んだものだ、どんなことだって不可能じゃないだろうさ。

三

女店主は続けて、このレコードを買う人は少なくないわ、いまの生活に絶望を感じている人ばかりなのと言った。「学生さん、初めて来たとき、すぐにあなたもそういう人だとわかったわ、ずいぶん若いのにね」

意味ありげにため息をつく。ぼくは背後に冷気を感じた。首をひねって外を見ると、空襲に備えてのことか、街灯がみんな消え、道を行く人もいない。樹々の葉がさやさやと鳴って、数知れぬ冥界の兵が潜んでいるかと思われた。

「当然のことだけど、これには危険が伴うの、たとえば、この新たな河の流れは、昔ほどきれいじゃないかもしれないわ。買っていった人が過去に戻って、新たな人生を始めたとしても、もっとひどい世界に飛び込んでしまう可能性だってあるし、いまの世界のほうがまだましということになるかも知れない。そんなこと誰がわかるかしら？　このレコードそのものとは関係のないことだけれどね」

マッチでタバコに点火すると、ゆっくりと優雅に煙の輪を吐き出し、それがものうげに空中を漂って、次第に消えていくのを目で追う。花芯に似た唇が、息をするたびに、どこか投げやりで優美でセクシーに見えた。ぼくは鼻の下の溝が蚕に似ているなどと思いながら、黙っていた。

「すべては過去からやり直し。これは機会を与えてくれるだけなの、予測不能な結果をもたらす機会をね。だけど、それでも、あんなに大勢の人がためらうことなく、戻ることを選ぶ。これは何を意味するのかしら？」

少し眉根を寄せると、ぼくにかまうことなく、ひとりごとの世界に入っていった。果てしない思いに沈む婦人のように。その様子がきれいにも可愛らしくも見えて、どきっとした。けれどもぼくは子供だったから、女店主の問いには答えられなかった。どうしてそんなに大勢の人が過去に戻って、すべてをやり直そうとするのだろう？　この問題はあまりに難しかった。こんなに何もかも破壊されていく時代だから、みんな新しい生活を選ぶ決心をするのだろう、でも一度選んでしまったら、もうほかの選択肢はない、なぜなら未来がどんなものになるのかわからないのだから。

ぼくにわかるのは、少なくとも今は買う気になれないということだけだ。悪いと思いながらぼくは言った。

「ぼくはやっぱり今のままでいたいと思うな、大きく変わりたくはないんだ。いまの生活にはたしかに希望がないかも知れないけれど、まだ徹底的に絶望してるわけじゃない。自分にも制御できないような未来で新たにやり直したいとは思わない。もし本当にあんたの言うような不思議なレコードだったとしても、今はまだ欲しいとは思わないんだ。ごめん、ぼくはあんたが思ってるような人間じゃないようだから」

女店主は弁解するでもなく勧めるでもなく、残念そうに「ふーん」と言って、しゃくれたあごでうなずくと、蛹が繭の中に戻るみたいに、椅子に縮こまった。再生機から流れているのは周《チョウ》璇《シュエン》の《四季の歌》[※1]だった。

ぼくはそっとレコードをもとの場所に戻した。ふと小萍のことが頭に浮かんだ。いつの日か、ぼくと小萍は、また会えるだろうと信じたかった。生きているか、死んでいるか、とにかくこの世界で、ただ一つ確定した未来で、無数のはるかな過去なんかじゃなしに。そして信じていた。戦争はいつか終わる時が来る、ぼくら中国人は、もし生き残れたなら、定めの道をまた進んでいくんだ、廃墟の上で新しい生活を始めるんだ。

けれども、本当は分かっていた。ぼくがこんなふうに考えるのは、自分が若いからで、楽観主義というやつかも知れない、と。心の奥底では、いまの中国人一人一人と同じように、内心深く悲観的な思いを隠しているんじゃないのか？ そのことも女店主はちゃんと見抜いているんじゃないのか？

四

それ以来、レコード店に来る回数は、頻繁になった。ここの神秘的な雰囲気が、引きつけるのだった、雨の日も、月のある夜も、あるいは星の消えていく黎明のころも。沈淪する大都会上海は、すでに現実感を失っていた。黄浦江《ホアンポー》の砲艦の汽笛も、暁の光の中で、遠い水滴の落ちる音のように聞こえた。

ぼくは孤独な女店主と一緒に時間をつぶし、その話に耳を傾けた。それは湿った青い空気の中に、柳絮《りゅうじょ》のようにふわふわ漂った。爆撃の音は絶えず空気を震わせていたし、歩道に血が流され、扉の外を流れて行くのを見ても、蘇州河の春を連想するくらいのものだった。

このレコードは、実はある客が持ち込んだものだという。「ギャンブラーだったのよ、外国から戻ったんだって――あとで聞いたところではね。見栄えのする中年の男だったけれど、左の足を引きずっていて、北方の訛りがあったわ」

話に少しずつ気持ちがこめられていく。「その日は雨で、爆撃もなかったの。全身ずぶ濡れで、頑丈な旅行カバンを背負って、よろよろと入ってきたんで、飛び上がるほど驚いたわ。レコードの上に身をかがめて一通り見渡すと、ため息まじりに、戦争のおかげでろくなレコードがないなんていうのよ。それから、これを取り出すと、買い取ってくれないかと言い出したの。それがすべての始まりだった」

ぼくは想像してみた。暗い墨汁のような雨の降る日、うらぶれた中年男が一人、片足を引きずって、ふらりと入ってくると、年下の女店主の問いかけるようなまなざしの中、怪しげなレコードを両手でしっかり抱え、その顔に向かってそっと掲げて見せる。きっとそんなふうだったんだろう。

「それじゃ、最初に買ったのはどんな人だったの？」

「男の人よ、あなたと同じように、うちの常連だったの、閘北路《ジャペイルー》の家にいたけれど、爆撃で壊されたんだって。わが二十九軍の誘導弾が誤爆したらしくて、奥さんもお腹の双子も死んだのね。それで、ほかの人たちと同じようにレコードの世界に入っていったんだわ」

その客は、その見慣れないレコードを見るや、目を光らせて、少しもためらうことなく、金を払って、すぐ飛び出していったそうだ。それっきり、この店に現れなくなった――永遠にこの世界から消えてしまったという。「きっと新しい世界でまた命の旅を続けて、もう一つの人生を楽しむか苦しむかしているのよ」それからだんだんに、もっと多くの客がこのレコードを買っては、この世界から消えていくようになった。「レコードのせいなのは、それだけは間違いないわ」話す口調から感情の起伏を読み取ることはできなかった。

「本当に戻ってこなかったんですか？」ぼくは乱雑に積まれた普通のレコードが、常連客から見向きもされなくなっているのを見て、もったいないと思った。《モダンタイムス》《ローレルとハーディ》[※2]《木蘭従軍》[※3]それに《乱世風光》[※4]。みんな海賊版とはいえ、この戦火の歳月にあっては、やはり貴重なものだったし、きっと熱心な愛好者がやってきては、家に持ち帰って、鑑賞してくれるのを、待ち望んでいるに違いないのだ。女店主だってこれがあれば僅かながらも収入になるだろうし、戦時下の困難な暮らしの支えになるんじゃないだろうか。

「ううん、二、三人は、あとになって見かけたわ。人生をやり直してみたあと、いろんなことがあって、偶然また私たちの世界に戻ってきたなんて、その確率は、どれくらいになると思う？　もしかして、後悔したのかしら？　それとも、昔の大上海にまだ未練があったってことかしら？　みんな何かしら変わっていたわね――職業も身なりも。どっちみち私を見ても気づかなかったの。私のほうはどうにか気がついたのだけれど」

　その顔に、かすかな寂しさが浮かんだけれど、喜びを抑えているようにも見えた。ぼくは店主の身の上について、尋ねてみたくなった。過去のこと、結婚しているのか、夫はどうしているのか、子供はいないのか、どうやってこの乱世を過ごし、今日までこの店をやりくりしているのか、なぜほかの難民たちのように逃げ出そうとしないのか。そして一番聞きたいのは、自身はどうしてこのレコードを使おうとしないのかということ。

「お客さんたちは、このレコードを見たあと、二度と来なかったんでしょう、それじゃ商売上がったりじゃないんですか？」結局ぼくはいちばん無難な質問をしていた。

「大損っていうほどのことじゃなかったの。貯えも少しはあったことだし。もともと、レコード売って稼ごうなんて考えてなかったから、何とかその日を過ごすことができればよかったの。でも、この不思議なレコードを仕入れてからは、商売もいくらか上向きになったのよ、入ってくるお客もだんだん増えて、みんなこれが目当てで来るんだから」

珍しく眉を開いて、少女のような笑みを浮かべた。そんなふうに笑うのは初めて見たので、ぼくも思わず笑っていた。笑ったあとは、すぐに冷淡な様子に戻り、憂いに満ちた顔になって、タバコを一本取って、差し出したが、ぼくが手を振ってことわったので、自分で火をつけると口にくわえ、足を組みなおすと、周璇の悪夢に誘われるような歌声を聴きはじめた。

五

女店主は続けた。戦争がいつまで続くかはわからないわね、政府のやることだもの。そう言うと、庶民はどっちみち暮らしというものがあるのだし、一緒にこの仕事を手伝ってみないかと持ちかけてきた。あの不思議なギャンブラーは、レコードをたくさん置いて行ったのだから。ぼくもちょっと考えて、それも悪くないなと思ったので、レコードをいくつか持って帰ると、親戚や友人、中学校の同級生などに、直接売りさばいた。

商売は確かにうまくいって、はじめの一週間で二十枚以上も売れた。ところがそういう顔見知りの連中は、それっきり帰ってこなかった。はじめのうちは気になったけれど、じきに慣れてしまった。このレコードがなくたって、世界では、毎日どれだけの命が失われていることだろう？ぼくのせいでみんなが死んだわけじゃないんだし、むしろ、死ぬのを免れたんだ。どんな仕組みかは知らないけれど、また別の人生を獲得したわけだし、そりゃあもっとひどいことになったヤツもいるだろうけれど、またほかの人間は、本当にいい思いをしているのかも分からない。それに、完全に自分の意志で選んだことなんだ、人間はいっぱいいるのだから、このことで追及されるいわれはないさ。

阿栄《アーロン》は、中学の同級生で、戦争が始まって、学校が休みになったあと、いつも浮かない顔をしていた。原因不明の憂鬱《ゆううつ》だった。まわりの人間が誰も信じられなくなって、いつ自殺してもおかしくなかった。このレコードを持っていったあと、二度と見ることはなかった。

小鑫《シャオシン》は、ぼくの幼なじみで、ずっと悪夢にとりつかれていた。夢の中でスパイの疑いを掛けられて連行され生皮を剝がれるのだが、目が覚めてからも自分が本当に悪いことをするんじゃないかと思い、自殺を考えていた。でもこのレコードを買ってからは、自殺するのを思い直して、どこかへ行ってしまった。

中学のときの校長だった徐《シュー》先生までがぼくを訪ねてきた。「この国に希望はない、難しい時世になったものだ、ただもう、初めっからやり直したい、もしできるものならば」

ぼくは丁寧に説明した。新たな出直しというのは、必ず実現するわけじゃなくて、ただ可能性に過ぎない。それは運しだいなんですよと。「たとえていうと、もし何もかも二億年前に戻したとしますよ、最初の条件は同じでも、生命の進化をやり直すことになったら、もしかすると、恐龍が統治する世界になるかも知れないし、あるいは、はじめっから恐龍なんていないことになるかも知れないんですよ」ぼくは諄々と説明した。これは女店主から教わった、商業道徳みたいなもので、顧客には必ず不利益について説明をすることになっていたのだ。

女店主の言うには、過去に戻っても未来に進んでも、いまの世界の記憶を維持することはできない、だから、いまの知識や経験を生かすことも不可能で、現代人の思考をもって歴史の進行に影響を及ぼす――たとえば、こんなことを考える人がいるはず、すでに、戦争前の半年で上海の株価が大暴落した、それなら、過去に戻って、持ち株を投げ売りしてしまえばいいじゃないか、って。だめだめ、そうはいかないのよ。もし本当に過去に戻れても、なんにも覚えちゃいないんだから。株価が上がるか下がるかなんて分かりっこないわけ。変わらないのはただ以前とまったく違わない基礎的な条件だけ。量子力学の作用によると、この基礎的条件というのは、ちょっとしたことで変わっていくから、未来はサイコロを投げるのと一緒で、どう変わるか知れたものじゃないのよ。

徐先生はぼくの話を聞くと、笑った。「安心しなさい、それくらいは予想していたよ。大事なのは、一切が今と違うということ、それで十分なんだ」そう言うと、すぐ代金を渡して、落ち着いた様子でレコードを持っていった。

ぼくの顧客の中には、社交界の名士もいた。いろんなつてを通し、あちこちのコネを使って、このレコードを買いに来た。その中には巴金《バーチン》、夏衍《シァイエン》、陳望道《チェンワンタオ》もいたし、阮玲玉《ロアンリンユィ》、余秋雨《ユウチウユィ》、陳逸《チェンイー》飛《フェイ》なんていう人もいた。直近では杜月笙《トゥユエシェン》先生と衛慧《ウェイフィ》女史もいた。これでぼくも平凡な人生から少しは偉大な事業に関わっているような気になり、精神状態も安定してきた。

父もぼくに尋ねた。不思議なことだな、いったいどうなっているんだ？　ぼくが説明すると、意外にもすぐに言った。「父さんにも一枚おくれ」

父はささやかな公務員として、いつも悶々として生きてきたが、何度も誓いを立てて、生まれ変わっても絶対に中国人にはならんぞと言っていた。その思いは、故郷の南京を守っていた母が国軍の敗残兵に強姦されて死んでから、ますます強烈になっていた。

父はぼくを捨てた。一人で横たわってレコードを見ていて、そのまま去ってしまった。目の前が真っ暗になるほど泣いたけれど、もう遅かった。小萍がいなくなって以来の、死ぬほど傷つく出来事だった。このとき、ぼくは迷い始めた。自分もこのレコードを見たほうがいいのか？　そして、新しくやり直せば。けれど最後にやっぱり我慢することにした。この戦争の行く末がいったいどうなるのか、見てやりたいと思ったのだ。

六

ぼくはしだいに気づき始めた。女店主のところだけじゃなくて、この特殊な商品がどれだけ売れているのかということに。上海の街には、ほかにもたくさんの小さな店があって、どこへ行ってもこいつを売っているのだ。眼鏡屋、靴屋、洋服屋などなど、時には酸梅湯《サンメイタン》を売る行商人までが、あのレコードを何枚か手にしていた。劇場やダンスホールやカフェにまでも流れ込んでいた。客と見ればすぐ熱心に売りつけようとするのだから、どれだけ流行っているか知れよう。あのギャンブラーはきっとずいぶん儲けたに違いない。

ぼくは気になってきた。上海ではどれほどの人が、江蘇《ジァンスー》・浙江《チョージァン》では、中原では、被占領地区では、銃後では、いや全国では、どれだけの人がこの商売をやっているのか、どれほど売れているのか。とはいっても、この戦乱の中だから、統計学上の正確な数字など知りようがなかった。

それでも、気をつけて見ていると、新聞にもこれに関係のありそうなニュースがちょくちょく現れるようになった。いわく、某文化人が謎の失踪をした、業界の某黒幕が行方不明になった、愛国軍の某高級士官が突然消えた……

精鋭の失踪につれて、大きな銀行や工場までもが一夜のうちに蒸発してすっからかんになったりした。ある時など、国軍の一部隊が、前線で日本鬼子《リーベンクイヅ》と対陣している最中に、忽然と、影も形もなくなったことさえあった。さすがに異常な出来事なので、人心を安定させるため、新聞では、行方不明者は敵の後方に潜入したのだなどと解説していた。銀行と工場は内地に移転したのだし、軍隊は苦戦の末勇ましく全滅を選んだのだと。ぼくはそうは思わなかったし、読者だって同じだろう。新聞の解説が嘘っぱちなのは、誰の目にも明らかだった。みんな顔を見合わせては、以心伝心、目配せしてうなずきあった。

このままいくと、もしかしたら、じきに四億五千万の中国人がみんな消えてしまうかもしれない。そう思うと不安でもあり、奮い立つ気分にもなった。これは現実に対する最も頑強で最も悲壮な抵抗かもしれないと思った。蔣介石《ジァンチェシー》先生のすべての軍団が束になったって、この一枚のレコードにかなわないんだぞ。

またある時、ぼくは考えた。もしもある日ほかの中国人がみんな消えてしまったとしたら、この広大な国土には、ぼくとあの女店主しかいなくなるのかな？　ぼくらは無数の日本人移民と一緒に暮らすことになる、それはどんな感じがするんだろう？　そうなっても、レコード店の商売が成り立つんだろうか？

その晩、ぼくは夢を見た。夢の中でぼくはあの十いくつも年上の女店主と、裸で抱き合った。女の体は太刀魚のようになめらかで、白く湧き立つ泡みたいにねっとりしていた。目が覚めたとき、夢精しているのに気が付いた。それがぼくの本心じゃないことは分かっている。恐ろしくもあり、恥ずかしくもあり、女店主に対して、また小萍に対してすまないなと思った。

このあと、ぼくは外を歩くとき、爆撃を警戒しながらも、道行く人に気をつけるようになった。もしかして、どこにいるのか知れないあのギャンブラーに会えるかも知れないと思ったのだ。直接その品物を受け取りたかった。どういうわけか、ぼくはその男の姿をはっきりと思い浮かべることができた。苦労を味わいつくしたような中年の人間で、背が高く、角ばった顔、眉毛は濃く目は大きく、がっしりしていて、足がちょっと悪く、でもどこか女好きのする、暗い色の衣服を着て、歯切れのいい北方の言葉を話す。一目見ただけで見分けられるような気がした。会えたら聞いてみたかった。どうしてこんな奇妙なものを扱うようになったんですかと。

七

でも男には遇えなかった。ぼくはやっぱりあの女店主のいる店でレコードを仕入れるほかなかった。ある日、店へ急いでいるとき、突然まわりの風景が異様に感じられた。ビルジングの色やたたずまいが、時空に隠された何かの仕組みとでも言おうか、何ともいえない不思議な感じだった。青天白日のもとに突然墓場が現れたような。路面電車も黄包車《ホアンパオチョ》※5も、みんな見当たらない。交差点十字路の弾丸の跡も、紙と糊でできているように見えた。ぼくは思った。最近消失する人間があまりに多いものだから、新しく作られた歴史のほうで、ぼくらのこの現実に触角を伸ばし探りを入れてるのじゃないだろうか。

さいわいなことに、レコード店に変わりはなく、女店主はいつものようにカウンターの向こう側に坐っていたが、眉根のあたりに光があった。

「学生さん、よく来たわ」

目を見交わしたとき、何かいろいろあったなと感じた。

「何かあったんですか」ぼくは敏感に悟って尋ねた。

「ほんの一歩遅かったわ。あの人いま出て行ったの」

「あの人？」胸騒ぎがした。

「そう、あの人戻ってきたのよ。売り上げを受け取りにね」

「どんな話をしたんです？」なぜか、少し嫉妬を覚えた。

「何も話さなかったわ、何を言ったらいいか分からなくなったもの。あの人を見て、私がどう感じたと思う？　すっかりあわててしまったのよ」女店主の顔がわずかに赤くなった。「行ってしまうと、夢から覚めたみたいな気がしたわ。聞いてみたいことはたくさんあったというのに……ああ、後悔しても始まらないわね。この乱世の中で、ほかの人がみんないなくなった中、あの人にだけは会えると思っていたのに」

「それであの人のほうは何か言わなかったんですか？」ぼくは自分に言い聞かせた。このレコード店は、あの男にとってみれば、販売を委託する店の一つでしかない。そうとも、江南から江北まで歩き回って、レコードを売ってくれる人間に何人会っているか知れないんだ、男も女もいるだろうさ。だけどもともと誰と友達になるわけでもない。利益を図る商売人でしかないんだ。女店主だって何か勝手に思い込んでるだけなんだ。

それでも、女店主の口ぶりにはある程度の満足と興奮とがあった。あの男の商売は相当うまくいっていて、世界中に売り歩いているのだという。「こっそり教えてくれたところでは――私だけにというのだけれど、最大の得意先は政治家だというのよ。世界中で前途に希望のない国がどれだけあると思う？　一流の国との差は開いていくばかりだし、頑張って追いかければ何とか追い越せるだなんて信じられる？　そんなもの新聞が人をだます手口でしかないの。占領されてしまったら、もう勝てる見込みもなく、植民地にされるほかないのよ。そんなときに、政治家たちにこれを買うように勧めたとしたら、これはもう、その国と民族にとっては、初めっからやりなおせる、願ってもない幸運というものよ」

交渉が成立すれば、国ごと国民ごとそっくり過去に戻るか、または未来へ飛ぶかだ。そうしてその国がまるごと存在しなくなれば、その国の財産は、もう用がないことになる。そこで、一枚のレコードで、一国の残した全財産をいただくというわけだ。たしかにそれだけの価値がある商品だった。

「でも、あの人はいい人なの。お金のない人や、本当に絶望している人には、ただで分けてあげるんだから」女店主はうっとりとした表情になった。

店主の話は、あまり耳に入らなかった。ぼくはこんな想像をしていた。明日か、あるいは明後日か、目が覚めて、世界地図をながめたら、きっといくつもの国がなくなっているんじゃないだろうか。みんなこの奇妙なやり方で、こんな苦心をしてまで、侵入してくる強大な敵の手をすり抜け、自分の無力さから自由になるのだ。もちろん、ぼくはほかの光景も想像できた。新しくなった世界で、いちばん強大な国は、もう日本でもなく、フィリピンやマレーシアやインドでもなく……

それじゃ中国は？　中華民国の国民政府主席の蔣介石先生は、このレコードが自分の足元でひそかに流行しているのを知っているんだろうか？　広めようとするのか禁止しようとするのか？

「だけど何ができるの？」ぼくの心を見透かしたように、女店主は突然投げやりな口調に戻って、やるせないため息をついた。

「そうですね、何ができるだろう」ぼくは小萍のことを思った。去年の〝八一三〟[※6]のあと、生死不明になっている。またあの夢を思い出して、ぼくは目をそらした。

「レコード売るしかないわね」店主は言った。「映像の世界は、現実よりずっといいのだもの」

八

「あの人はどこからこのレコードを手に入れたんだろう？　宇宙人がくれたんだろうか？」ぼくはずっと心の底にあった疑問を口にしてみた。

「いいえ、見くびってはだめ。本当に自分で発明したのよ。あの人はね、前は物理学者で、アメリカのプリンストン大学にいたの。本人によると、アインシュタインに教わってたんですって。その後抗日の声に応じて国に呼び戻され、政府の仕事についたけれど、ちょっと欠点があってね、賭博が好きだったものだから、相当な公金をスッてしまって、裁判にかけられた。刑期を終えてからは、することもなかったので、発明に打ち込んだのよ」

「すごい発明ですよね。平和な時代だったら、ノーベル賞ものかも知れないのに」

「あの人に、受賞なんて気持ちあるもんですか！　自分で言ってたけれど、もっぱら国を救うための発明で、前非を悔いて、罪滅ぼしのためだったんですって。まあ一種の理想主義者ね。刑務所にいる間、なんだか変な名前の公式を使って——心理歴史学の公式だったかな——中国は遅かれ早かれ滅亡するって結果が出た。これって正真正銘の科学で、占い師みたいな出まかせじゃないわ、絶対に。国を救うために、この〝時間レコード〟を発明してしまったわけ。戦争が始まると、南京政府に採用を建議したのに、あいにく拒絶されたんですって」

「蔣先生はむろん国が亡びるなんて信じないでしょう。本当に滅亡するなんて、認めたくないと思うな。そうでしょ？」

「学生さんの言う通りね。ただ、このことは蔣先生のところまで届かなかったの。あの人が報告したのはもっと下のお役人で、こう思ったんじゃないかしら。中国の滅亡はもう決まったようなもので、ただこのレコードを使うことだけが、転機の道になるんだって。確率から言うと、サイコロを投げる回数が多ければ、最終的に、勝てる確率は百分の五十に達する。だから、もしこの〝時間レコード〟を使って、すべて新規巻き直し、歴史を百回も千回もやり直してみれば、中国が勝てる機会はきっと多くなって、列強の百分の五十になる、そうでしょ？　だけど、もし現状を変えないで、国がこのまま進んでいったら、滅亡の道をたどるしかない。学生さん、あなただったら、どうしたらいいと思う？」

「うーん……わからないなあ。だけど、蔣先生にもきっと考えがあると思うな。徹底抗戦を決めてたんだから」

「言ったでしょ、蔣先生は知らないんだって」店主は眉をひそめた。「あの人は下のほうのお役人に拒絶されたのよ。あちらから見たら、前科者のギャンブラーにしか見えないもの。もしかすると、別の考えがあったのかもね。考えてごらんなさい、国が滅びようとどうしようと、お役人にはどうでもいいことじゃない？　いままでどおりに仕事を続けるだけのことよ。それが、うまく行くかどうかわからないのにすっかり初めからやり直すなんてことになったら、そうはいかないもの。お役人はそんなバカなことしないわよね？　そのあたりが大学教授とか路地裏に住む庶民と、全く違うところなのよ。そういうお役人ときたら、国が滅ぶかも知れないなんていう恐ろしいニュースを耳にしたら、まず報道管制を敷いておいて、それから家族を外国へ逃がして、自分はといえば、賄賂は取り放題、無駄遣いはし放題。そうでなけりゃ、考えてもごらん、こんな大きな国が、ちっぽけな日本と戦って、こんなに早く一敗地に塗《まみ》れるはずがないでしょ。蔣先生もお気の毒に」

思い切ったことを言う女店主の目に、光るものがあった。急に見知らぬ人に変わったように見えた。心に深く秘めたものがあるのだ、あの一枚のレコードが、世界中の移り変わりを、黙って中に秘めていて、時が来たら映し出して見せるのと同じように。それはみんな、ただの映像にすぎないのだけれど。

しかしこんなふうにも考えた。国がこんなになったのも、あの男が現れたせいかも知れない。あの男の言葉が誰にも証明できない予言だったからこそ、人心を惑わすことになったんじゃないのか。国が滅亡する運命にあるなんて、口じゃ誰だって言えることなんだもの。デマを流す目的といえば、お役人の組織をずたずたに寸断して、全体を堕落させ、腐敗が始まるよう仕向けることじゃないのか？　もしそうだとしたら、あの男の悪意と陰険さは、ただごとじゃないぞ。ギャンブラーどころか、転覆者、陰謀家と言っていい。日本人の回し者だろうか？　気の毒なのは蔣先生だけじゃない、目の前にいるこの女店主だってそうじゃないか？　いや、とまた考え直す。こんなことは、ぼくみたいな若者の幼稚な考えなんだろうか？

「何でもお見通しですね」ぼくは冷静を装って言ったが、内心残酷なことだなと思った。

「私の考えじゃないの、私の亭主で、もと《大公報《ダーゴンバオ》》の記者だった人よ。七年前、こんなことを言ってたわ、国がこのままで行ったら、きっとだめになる――そんなこと新聞には載せなかったけれど、同僚に密告されて、監獄送りになって、そこで死んだの。残念だけど、そんなことだって、蔣先生は知らないでしょうね」

ぼくは女店主を見つめた。その顔は透明なオリーブの実に似て、ひとすじの妖気を滲ませながらも、悲痛な表情はうかがえず、さっき見せた涙も、もう乾いてしまっていた。まるで千年も昔の出来事で自分に関わりのないことのように語るのだった。ぼくは悟った。この人の記憶はとうに古墳の中の死者と同様、腐朽《ふきゅう》と暗黒のうちに収縮し、自分自身をも幻影を見せるのを生きがいとする幽霊にしてしまったのだ。だとしたら、あの不思議なギャンブラーは政府に対して何を売り込もうとしたのか、お役人たちが本当は何を拒絶したのか、この人の夫は本当に凜然たる憂国の士だったのか？　そう、一切証拠などないんだ。

女店主はまた言った。「学生さん、何もかも私たちにはどうにもならないことなのよ。それにあの人のことだけれどね——そんなわけで、あの不思議なレコードは民間に売ることにして、世界各地をさまよい始めたの。国と競うほどの富を集めたのに、結局、最近、マカオとラスベガスでスッてしまったんだって。賭け事さえしなければ、脚だって治すことができて、完全な体になれたのにね。やれやれだわ」

九

レコード店を出ても、何だかぼうっとしていた。大通りには人が少なかったし、風景もどこか違和感があって、建物も道路も頼りなく見えた。世界がわずか数秒の間に瓦解して、別のものに変わってしまったような気がした。

そこへ、ぼくよりも年下の少年たちが現れた。髪を赤く染め、国軍の死体からはぎ取った衣服を着て、だらしなく、その辺をぶらぶらしている。戦争が生んだ新人類で、怖いものなしなのだ。

やつらはぼくを見て、レコードに気づき、目をぎらつかせた。これの価値は、連中でさえ知っているのだった。

やつらはぼくを取り囲むと、レコードを全部よこせと言った。ぼくはことわった。奪い取ろうとしてきたので、ぼくは駆け出した。やつらは狂ったように追いかけてきた。

　そのとき、空からタンバリンを連打するような轟音が鳴り響いた。同盟軍の〝超弩級要塞《Bー29》〟で、天を覆って日を隠し、行く手をふさぐ零式戦闘機をものともせず、ばらばらと爆弾をひとしきり投下し始めた。日本軍の虹口《ホンキュウ》一帯に集結していた部隊を狙ったのだが、いくつかは目標をそれてわが軍の陣地や居住区に落ちてきた。数千トンの鋼鉄が豪雨のように降りそそぎ、孤島となった上海は、火の海になった。火の粉が蛇のようにうねりながら、布切れや血肉の名残りを空へと巻き上げ、煌々たる白日の下、上海灘《シャンハイタン》は死と燃焼と腐乱の臭いに満たされた。少年たちも驚いてどこかへ消えてしまった。

　火炎の見せる幻影の中に何か違うものが見えた。黄浦江の東岸に、蜃気楼を彷彿とさせる、決して存在しない、塔の形をした建築が、雲に聳《そび》えていた。古城の幽霊かと見えたが、光にあふれ、目を奪う華やかさ。あとで誰かが、あれは滅亡したのちの中国だといっていた。本当に人をうっとりさせるものだった。浦東の陸家嘴《ルーチャヤツェイ》通りに林立する新しい塔が群を成して、浦西外灘《ワイタン》の古びた西洋式の建物を見劣りのするものに見せている。

　びっくりしてしまった。この時代の人間に絶望するのを禁じえなかったが、疑問も湧いてきた。もしかすると、それはただ必要以上の自尊か卑下かによるもので、心臓の表面に凝結したかさぶたのようなものだったのか、国の恨みと家の仇は、本当に分けられないものなのか、それとも人々が無意識の中でより合わせたものなのか？　だがなんと言おうが、映像レコードとともに去った人々は離れるのが早すぎた。国家は畢竟まだ呼吸困難であえいでいるだけなのだから、ほんの一息つけば、更に次の五千年を生き延びられるかも知れない。日本人だって我々をどうすることができよう？

　ぼくは自分の過去を確定することも、また自分の未来を明らかにすることもできずにいた。ぼくの記憶は時間の山津波に巻き込まれて翻弄される一粒の石ころになってしまった。

＋

　その後しばらくの間、ぼくは依然としてレコードを売って生計を立てていたが、いつも売り尽くすことはしないで、ポケットには一枚をとっておいた。

　七年たったある日、ぼくは結末を見ることになった。ぼくは我慢強く、そのレコードを使用しないでいた。

　ぼくはまたいつものレコード店に来ていた。扉は開いていたが、カウンターの向こうには誰もいなかった。普通のレコードはみんなそのままで、きちんと片付いて、念入りに整理したようだった。ただあの奇妙なレコードだけが、一枚も見えなかった。ただ周璇の歌声だけが、ものうく流れていた。

　灯芯のような古い旗袍姿の女店主は、出かけているらしい。

　所在なく外を眺めると、日差しが傾いた中に、行列が見えていた。いや、日差しではなかった。時空を超えた名状しがたい色彩が見えていた。新鮮な光の波の中、大勢の興奮した若者が、旗を振りスローガンを叫んで、盛大な祭の日のように、ざわめきながら行き来している。戦争の終結を祝っているようだったが、その中に知っている顔はなかった。

　一日中、女店主の椅子に坐って、居眠りしたり、目覚めたりしていた。けれども店主はいっこうに帰ってこなかった。その間、入ってくる客もなかった。あのギャンブラーが売り上げを取りに来ないかと、期待していたのだが。でも、彼は来なかった。

あるいは、ほかの星へ去っていって、全宇宙の生命体に、あのレコードを売りつけているのだ。

十一

次の日、ぼくは蘇州河のほとりで、石の上に坐って、水の流れが絶えず去っていくのを眺めていた。

それから、あのレコードをいつも持ち歩いていた携帯用の再生機に入れた。巻き戻しボタンを押して、苦難に満ちたこの山河と一体になろうとした。たちまち、蘇州河は流れを止めた。それから、河の水が逆流を始めた。景色が変わっていく。以前の、中国がまだ名目上とはいえ尊厳を保っていたころに戻っていく。あの明るく平和な午後、元気な少年、あれはぼくだ。それに、たおやかな少女が、胡蝶のように水辺の花々の中をめぐり、時の流れの中を追いかけていく。何もかもあのころのまま、何も変わってはいない。

それから、時間の歩みはまた進み始めた。歴史は歩みを早め、たちまち八年が過ぎて、ぼくが過去に戻ろうとしたあの一瞬に到達した。ぼくは依然として岸辺に坐っている。だが、水の流れていく先は、予想に反して新たな分岐点に進んでは行かなかった。そこはやっぱり一九四五年のあの蘇州河で、ぼくが戻ろうとした時と、まるっきり同じだった。ぼくは驚いた。何度も繰り返し試してみたが、同じことだった。

これは女店主が最初にやってみせた実演と違うし、ぼくの顧客の身に起きたこととも違う。量子力学の理論からいえば、ありえないことだった。もしかして、ぼくのこのレコードが、ちょっと特別なのか？　それともぼく自身のほうが何か特別なのか？

あるいは、どこか知らないところに何らかのエネルギーがあって、戦争が終結したときに、（時空に）干渉したのだろうか？　あるいは、八年にもわたる戦争が宇宙の常数を変えてしまったのだろうか？

背筋が寒くなってあたりを見回す。すべてが静まり返っている。何千何万という軍服を着た死体が、両国間の最後の決戦の死者が、不気味な笑いを浮かべて上流から漂ってくる。

ぼくはぽかんと口を開けてレコードを見つめた。運命は決まっていたのだ。これを使おうと、使うまいと、国の行く末はこの通りなのだ。これがサイコロを投げた最終結果だというのか？

だとしたら根本的にこんなレコードは必要なかったわけだ。それならば、あの不思議な力は、なぜ一介のギャンブラーの手で設計される必要があったのか？　創造者が世に存在する意義とは、いったい何なのだ？

ぼくはレコードを蘇州河の中へ放りこんだ。

十二（甲）

国はすでに滅びて、ぼくは家も失った。年末、ぼくは世界を漂泊することにした。

ぼくはこれこそぼくの真の人生の目標なのだと確信していた。今なお日本人に消滅させられていない国家の、まだ滅びていない所以は、それらが生まれついての目的性を持っているからであり、たくさんの航空母船やイオン砲やジェット機を擁しているからではない。

中国の滅亡は、四十億年も前に、一粒のクォークに刻み込まれていたに違いない。

百老滙大廈《パイラオフイダーシャ》の屋上で、ぼくはトヨタのヘリウム飛行船に乗って、太平洋を越えて、北米に行く準備をしていた。第二次世界大戦はそこでまだ続いていたが、もう終わりが見えていた。アメリカの国土の五分の四が、日本の占領区になっている。ぼくは裕仁《ヒロヒト》天皇の傭兵として行くのだ。和服姿の客室乗務員が満開の桜のようだった。ぼくは愛想笑いを送った。なぜか、乗務員たちはあの行方の知れない女店主を連想させた。

座席について間もなく、一人の男が、左足を引きずり、顔を伏せて近づいてきた。どきりとした。

顔を上げたのを見て、がっかりした。あの男じゃなかったのだ。アフリカ系の黒人で、やはり傭兵の軍服を着ている。

たずさえている変わった手荷物が、ぼくの注意を引いた。額縁にはめ込まれた化石で、不完全な形のカンブリア紀の長い巻貝だった。

その巻貝の残欠を見ていると、何か気持ちが通じ合うような気がした。そこからは、進化に潜む何かの理由を悟ったように感じた。思わず熱い涙がこぼれた。向こうもこっちを見て、ちょっと驚いたが、じきに、目を潤ませた。

飛行船が飛び立って、廃墟となった上海の上をかすめていく。黄浦江の東岸で、ぼくはまた摩天楼のまぼろしを見た。高い塔の先端には見たことのない五つの星をあしらった紅い旗がひるがえっていた。まもなく、足元に大海の広がりが現れてきた。

さらに何時間か飛んだ。日本列島の上に、握りこぶしのように、二つの巨大なキノコ雲が湧き起こって、ぼくらの乗っている飛行船を激しく揺さぶった。驚きと困惑が広がった。客室乗務員が急いで乗客に防護服を着るよう促した。

こうして、ぼくは大海を渡り、空を飛んでいった。世界はすっかり雲霧に覆われている。ぼくは宇宙の一部であり、国を失った中国人でもあった。四十億年の時の渦にはぼくの顔と声とが満載されている。

ずっとあのギャンブラーのことを考えていた。あの男は今なお循環して尽きない千差万別の歴史の中を右往左往して、あの不思議なレコードを商っているのだろうかと思った。あらゆる物質あらゆる生命が、不思議なプログラムによって繰り返し放映されていくのだろう。

上海天平路のあの小さな店、そして女店主に関する記憶は、もうはるか時間と地平のかなたに消えようとしていた。

十二（乙）

戦争が終結して、全地球のグローバル化が始まった。年末、ぼくはコスモポリタンになることにした。

ぼくはこれこそぼくの真の人生の目標なのだと確信していた。あの最後まで頑張っていた国家のように。それらが戦争を勝ち抜いた所以は、最初からはっきりした目的性を持っていたからであって、たくさんの航空母船やイオン砲やジェット機を擁していたからではない。

中国の勝利は、四十億年も前に、一粒のクォークに刻み込まれていたに違いない。

百老汇大厦の屋上で、ぼくはボーイング社のヘリウム飛行船に乗って、太平洋を越えて、北米に向かう準備をしていた。アイゼンハワー大統領はアメリカ経済を率いていよいよ繁栄に向かっていたし、あの国家はいま世界中から大量の留学生を受け入れているのだ。

ブロンドで碧い眼の客室乗務員《キャビンアテンダント》が満開のクチナシの花のようだった。ぼくは彼女たちに愛想笑いを送った。なぜか、乗務員《C・A》たちはあの行方の知れない女店主を連想させた。

座席について間もなく、一人の男が、左足を引きずり、顔を伏せて近づいてきた。どきりとした。

顔を上げたのを見て、がっかりした。あの男じゃなかった。アフリカ系の黒人だったのだ。彼がたずさえている変わった手荷物が、ぼくの注意を引いた。額縁にはめ込まれた化石で、不完全な形のカンブリア紀の長い巻貝だった。

その巻貝の残欠を見ていると、何か気持ちが通じ合うような気がした。そこからは、進化に潜む何らかの理由を悟ったように感じた。思わず熱い涙がこぼれた。向こうもこっちを見て、ちょっと驚いたが、じきに、目を潤ませた。

飛行船が飛び立った。復興工事中の上海上空をかすめていく。黄浦江の東岸で、ぼくはまた摩天楼のまぼろしを見た。高い塔の先端には今まで見たことのなかった五つの星をあしらった紅い旗がひるがえっていた。まもなく、足元に大海の広がりが現れてきた。

さらに何時間か飛んだ。日本列島の上に、握りこぶしのような、二つの巨大なキノコ雲が湧き起こって、ぼくらの乗っている飛行船を激しく揺さぶった。驚きと困惑を誘う光景だった。客室《C・》乗務員《A》が急いで乗客に防護服を着るよう促した。

こうして、ぼくは大海を渡り、空を飛んでいった。世界はすっかり雲霧に覆われている。ぼくは宇宙の一部であり、国を離れていく中国人でもあった。四十億年の時の渦にはぼくの顔と声とが満載されている。

ずっとあのギャンブラーのことを考えていた。あの男は今なお循環して尽きない千差万別の歴史の中を右往左往して、あの不思議なレコードを商っているのだろうかと思った。あらゆる物質あらゆる生命が、不思議なプログラムによって繰り返し放映されていくのだろう。

上海天平路のあの小さな店、そして女店主に関する記憶は、もうはるか時間と地平のかなたに消えようとしていた。

※1　一九三七年の映画《馬路天使》の挿入曲。当時のヒット曲
※2　外国喜劇映画の例
※3　伝統劇の映画化作品
※4　当時のヒット作
※5　日本でいう人力車
※6　一九三七年八月十三日に勃発した第二次上海事変のこと

韓松（Han Song／ハン・ソン）

一九六五年生まれ。武漢大学で文学を専攻し、大学院で法学の修士号を得た。新華社に入って記者として長く活躍した。劉慈欣《リウツーシン》・王晋康《ワンジンカン》・何夕《ホーシー》と並ぶ「科幻四大天王」に数えられており、劉慈欣に「私のＳＦは二次元だが、韓松のＳＦは三次元だ」といわしめた。何層にも寓意を折り重ね、グロテスクで不条理に満ちた世界を陰鬱なユーモアとともに描く。その作品世界は「鬼魅中国」とも評されている。

長篇には、異形のポスト人類を描く『紅色海洋』のほか、鉄道をモチーフに時空を超えたディストピアを描く『軌道』三部作などがある。短篇集には、『宇宙墓碑』『再生磚』などがある。受賞歴は枚挙にいとまがない。短篇の「宇宙墓碑」が第一回世界華人科幻芸術賞科幻小説首賞（一九九一年）を獲得したのを皮切りに、たびたび銀河賞・華語星雲賞を受賞している。近年では、医療をテーマとしたディストピアＳＦの『駆魔』が第八回華語星雲賞最佳長篇科幻小説賞金賞（二〇一七年）と第一回中国科幻読者選択賞（引力賞）最佳長篇小説賞

（二〇一八年）の二冠を達成している。

日本語訳に、立原透耶訳「水棲人」（『紅色海洋』の第三部第一章：『ＳＦマガジン』二〇〇八・九）、上原かおり訳「再生レンガ」（原題「再生磚」：『中国現代文学』十三、二〇一四年）、幹遙子訳「セキュリティ・チェック」（原題「安検」：『ＳＦマガジン』二〇一七・二）、中原尚哉訳「潜水艇」「サリンジャーと朝鮮人」（原題「潜艇」「塞林格与朝鮮人」：ケン・リュウ編『月の光――現代中国ＳＦアンソロジー』早川書房、二〇二〇年）、上原かおり訳「地下鉄の驚くべき変容」（原題「地鉄驚変」：立原透耶編『時のきざはし――現代中華ＳＦ傑作選』新紀元社、二〇二〇年）などがある。

夏　笳

永夏の夢

立原透耶　訳

本書の掉尾を飾る本作は、時間ＳＦの傑作である。細かな説明は省くので、さっそく頁をめくって堪能してほしい。

生命というものは
一夜か二夜のごとく
短いものに過ぎない。
プーシキン

怨憎会（憎しみの再会）

記憶はいつもあてにならない。

それはおよそ二〇〇二年頃、騒々しい夏の夜、街あかりがジメジメした空気の中で煌《きら》めいていて、あたかも濃霧の中に落ちてきた無数の星のようであった。夏荻《シアディ》が賑《にぎ》やかな屋台街に座って一杯の氷鎮《ビンヂェン》酸梅湯《スアンメイタン》を飲んでいると、突然一陣の塤《ケン》（吹奏楽器の一種）の音がふわりと聞こえてきた。どこかよく知った、しかし同時に聞きなれない音色が夜風に吹き寄せられ、集まったかと思うと散り散りになった。その音は真っ暗な城壁の上から落ちてきて、潮の満ちかけを思わせる笑い声や売り声のように、板胡《バンフー》（戯曲などの伴奏楽器）と秦腔《チンチャン》（歌いものの一種）のように、焼肉の煙のようにやってきた。曲調は蘇武牧羊《そぶぼくよう》※1のごとく古風で飾り気がなく、まるで旧暦十二月の寒風がぴゅうぴゅうと啜り泣くかのようであった。彼女が頭を上げて見やると、夜空は街いっぱいの灯火で紅に染まっており、城壁のその小さな人影は薄いシルエットのようになっていた。塤の音はもの悲しく響き、最後には一個の音符がしんしんと大地へと落ちていった。ずいぶん経って、その人影がはるか遠くからやってきた。

彼がこちらをはっきりと見た。見分けた。思い出した。時間をかけて思い出した。「永生者」の記憶は往々にして曖昧模糊で散逸しており、時間の強い制限を受けていない。しかし「旅行者」にしてみれば、もっとも無駄にしてはならないのが時間だった。夏荻《シアディ》は跳ねるように立ち上がって身を翻し、走り出した。無数の経験が証明していた。ただ走りさえすれば助かることができる。すぐ後ろで重苦しい水音が立ったが、それは誰かが十数メートルの高さの城壁から堀に飛び込んだ音のようで、車馬の激しい往来に混じって、夏荻《シアディ》をひときわ驚かせた。

彼女は頭を低くして走るだけだった。視線を転じるとすでに通りを二つすぎていて、耳元では風がびゅうびゅうと音を立てており、足元のスニーカーは熱くなりはじめていた。いつも必死で逃げるのに備えて、彼女はいつどこであろうと最も良い靴を履いていた。道の両側の人たちが奇妙なものでも見るかのような眼差しを向けたが、またぼんやりと別の方向を見やった。このような長い夏の夜には、いかなることでも起こる可能性があった。黒い影が背後からぴったりと追いすがってきて、ぴしゃぴしゃと足音を立てて徐々に近づいてきていた。

今回の逃走は何の意味もない、と夏荻《シアディ》は心ではわかっていた。どんなに長く走ろうとも、相手はいつもピッタリと後ろについてきていた。永生者は時間の制限を受けないので、疲労というものを知らないのだ。しかしそれでも彼女は走り続け、降参しようとはしなかった。彼らは走りに走り、素晴らしいものが立ち並ぶ噴水広場を通り過ぎ、木々の中に隠れた低い街灯を飛び越え、角で追いかけっこしていた野良猫を驚かせた。前方には歩道橋があって、彼女はその真ん中にきた時、突然足を止めて振り返り、やってくる相手を眺めた。黒い目、黒い髪、特徴のない黒い半袖シャツ、ぽとぽと水が滴っており、若い彼の顔には一筋の浅い皺があって、口角が下へ引き結ばれていた。まるでそれは冷たい笑みのようだった。夏荻《シアディ》の二本の足はぶるぶると震え出し、足元では赤や黄色の車のランプの流れが、ザブンザブンと灼熱の気流を巻き起こした。

「やっぱり生きていたのだな」黒衣の男が小声で言ったが、彼の口調はちょっと現地の訛りを帯びていて、この都市に暮らす人々とほとんど何の違いもなかった。夏荻《シアディ》はかたく唇を噛んで話そうとはしなかった。黒衣の男は辛抱強く待っており、しけった夜風が音も気配もなく歩道橋の上から吹いてきた。長い間経ってから、彼はまた口を開いた。「おまえはここに来てどのくらいなんだ？」

彼のこの言葉を聞き終える前に、夏荻《シアディ》は身を躍《おど》らせ、猫のように逞《たくま》しく向きを変えて歩道橋の欄干《らんかん》に這い上った。けれども黒衣の男はとっくにこのことを予期していたらしく、まったく躊《ちゅう》躇《ちょ》せずに飛びかかってきて、彼女の片足をしっかりと掴んだ。街と通りが目の前でひっくり返り、夏荻《シアディ》は頭からもんどりうって空中に逆さまになった。無数の灯火が地平線上で浮き沈みした。

「捕まえた」黒衣の男の声は遥か遠くから伝わってきた。夏荻《シアディ》は最後の気力を振り絞って頭を上げて、その若くかつ老いた顔を見た。それはほんの少し透けた赤い天幕の向こうに嵌《は》め込まれた石像のように、表情を読み取ることもできなければ触れることもできないものだった。

「わかったわ、あなたにあげる」彼女が口元を歪めて微笑みながらやっとのことでこの言葉を口にすると、彼の顔に驚きと疑い、くたびれた表情が浮かんだ。続けて、彼女は全身の皮膚、筋肉、静脈の一つひとつを緊張させ、未知の月の光の中へ勇気を振り絞ってジャンプした。
このジャンプの後、彼女は消えた。二〇〇二年のこの騒々しい夏の夜に完全に消え去り、汗の染み込んだ何枚かの衣服だけが夜風に吹かれて歩道橋の下に落ちた。ほかには、熱くなったスニーカーの片方が黒衣の男の手に残るばかりだった。

病

紀元四六八年、伝染病が河の流れと道にそって周辺一帯に広まり、中原の大地は大きな災害に見舞われた。※2

その地を訪れた瞬間から夏荻《シァディ》は後悔しはじめた。今回は軽率なジャンプだった。充分な訓練を受ける前の旅行者のジャンプは一回一回が危険で、乱気流と渦巻きが満ちたタイムラインでは、ちょっとしたミスで道がわからなくなってしまう。さらにはこのようにスパンが大きく、消費エネルギーの高いジャンプ、それもどこに行きたいか決めずに慌てて行った、やみくもに逃走しようとしただけのジャンプは特に。

今回のジャンプは千五百年あまりに跨《また》がり、念入りに蓄えてきたエネルギーもほとんど尽きようとしていた。彼女はこのクソッタレな年代に閉じ込められてしまった。

長安市内は一面荒れ果てていたが、先刻と変わらず夏で、埃が舞う大通りには死体が積み重なっている。血が彼らのぽっかり開いた口から溢れて流れ、大量の蠅を引き寄せ、陽光は一面の微かにまたたく緑に反射していた。誰も面倒を見るもののいない牛や羊が町中を無目的にうろうろし、野犬が咬み合い、単調な、狂ったような吠え声を上げていた。

一台のみすぼらしい驢馬《ろば》が引く車が城門を出て、雑草が生い茂る道路を北に向かって進んでいる。生き残った人は多くはなく、たとえ生存者の顔色や眼差しが死者のようであったとしても、自分もいつそうなるのか、どこへ逃げれば安全なのかもわからなかった。夏荻《シアディ》は車に座って遥か遠くの空を見渡したが、一群の鴉《からす》が青空の中で翼をはばたかせていた。声は聞こえなかった。世界はかくの如く静寂に包まれ、静寂によって人は恐れを忘れられた。

彼女は多くの時代に行ったことがあり、多くの死と苦難を見たことがあり、どちらかといえば、満ち足りて落ち着いていたことの方が少なかった。それで彼女はずっと走りジャンプし続けねばならず、長い歳月において一つひとつ身を寄せるべき狭い隙間を探した。けれどもこのような住み処はいつも長くはもたなかった。未知の時空へ向かってジャンプし、探し、それからまたジャンプした。旅行者の生命力は実際には弱々しく、時には自分が、短い夏の季節を生き延びることが明らかにできない、それでもある種の未知の本能につき動かされて飛び跳ね続ける、草の先っぽの飛蝗《ばった》のようにも感じられるほどだった。

そばの老婦人が口を開いて何かを言ったが、この時代の人々の話す言葉はおそらくは北方の遊牧民の影響を受けていて、非常に理解しがたかった。夏荻《シアディ》はちょっとぽかんとしたが、相手が自分に水を飲むかどうか尋ねていると理解して、首を横に振った。それで老婦人は腰と椅子の間から革袋を取り出して近くの子供たち――年の頃は十に満たぬ者から十数歳と見える者まで、目に力を宿した者もいれば、活力を感じられない者もいた――に手渡した。子供たちは革袋を受け取って一口飲むと、次に回し、争うことも貪《むさぼ》ることもなく、静かで小さな獣のようだった。老婦人は最後に革袋を受け取ると、すぐに口元に持ち上げたが、その仕草は全身火だるまになって引きつけを起こしたのに似ていて、子供たちは縮こまってぼんやりと眺めていた。それほど経たないうちに、その痩せた身体は倒れ、目と鼻から赤い液体が流れでた。

夏荻《シアディ》は跳ね上がった。逃げようとする思いが身体の一つひとつの細胞にどっと流れ込んだ。どこであろうと、たとえ過去であろうと数か月後であろうと、この場所を離れられさえすれば、命拾いできるかもしれない。彼女が馬車を降りて素早く逃げ去ろうとしたまさにその時、突然大鳥の悲鳴のような、背後から刺すような鋭い声が響いてきた。老婦人が起き上がり、上半身をほとんどありえない角度で捻じ曲げ、夏荻《シアディ》に向かって痩せ衰えた片方の手を伸ばし、声を上げずに、真っ暗な口を大きく開けたのだ。

夏荻《シアディ》は立ち止まった。老婦人の胸がふいごの如く痙攣《けいれん》し、そのたびに喉からあがってくる赤黒い泡がぶくぶくと口の外へとこぼれたが、彼女は最後の力を振り絞って振り返ると、車の上にいる子供たちを指さした。それからぴんっと強張って倒れた。

子供たちは相変わらずぼんやりと縮こまって一緒に眺めていた。まるで何が起こったのか理解していないようだった。夏荻《シアディ》はちょっと躊躇して歩き去ろうとしたが、頭を垂れてその胡桃《くるみ》の殻みたいなまだら模様の顔に目鼻立ちがまとまって縮こまっており、泣いているのか笑っているのか、ただ血のように赤い目でじっと虚ろに自分を見つめている子供たちを見た。それは今にも燃えそうな目をしていた。夏荻《シアディ》はその眼差しに耐えられなくなり、顔を横に背けて低い声で言った。

「わかったわ」

死体を最後の一枚のむしろで巻いて路辺の草むらに捨てると、すぐに鴉が集まってついばみはじめ、遠くからは真っ黒な雲霧のように見えた。夏荻《シアディ》は車を駆って出発した。選択肢はなく、目標もなく、ただ前に進むだけだった。革袋の中の水はすぐに飲みつくし、乾飯《ほしいい》もとうに尽きてしまったが、車内の子供たちは泣くことも騒ぐこともせず、昼も夜もこんこんと眠っていた。

三日目の夕方、彼らはついにある村にたどり着いた。夏荻《シアディ》は車から飛び降り、茨の草むらの中の小道に沿って飛ぶように走った。風はなかったが、両側の群生した灌木がざわざわと音を立てていた。それ以外は何の音もしなかった。彼女は大声で人を呼んだが、自身の声が周囲に一回、また一回とこだまするのしか聞こえなかった。

やっと村の中央に井戸があるのを見つけ、夏荻《シアディ》は近づいた。むっと悪臭が立ち上ってきた。何度も躊躇《ためら》ったのち、桶を投げ入れて半分ほど水を汲み上げた。水の色は澄みきっているように思えたが、かすかに赤く染まっていた。水桶を引きずりながらその場を離れようとしたとき、不意に少年の声が背後から響いてきた。

「その水を飲んだら、すぐにくたばってしまうよ」

振り返ってチラッと見ると、手にしていた水桶が草むらに落ち、遠くへくるくる転がっていった。だいぶん経ってから彼女はやっと思い出した。二人が最初に出会う時はこの時からまだ数百年ちょっとあった。

かまどの上には二つの甕《かめ》が並んでおり、一つには煮ている深い褐色の草薬《そうやく》があり、もう一つにはきらきら光る粟粥があった。少年は傍らに立ち、ずっとグツグツ煮えている薬湯へ一本の指を伸ばし、少し舌で舐めては、また近くから葉や根のひげを捏《こ》ねて入れた。夏荻《シアディ》はうずくまって、下で火をあおいだ。傍らにはぐるっと子供たちが座り、頭をもたげて待ち望むように見ていた。「お粥ができたわよ」夏荻《シアディ》が軽く一言いうと、粟粥の香りが鼻をぐるぐると巡り、自分の腹もぐうぐうと叫び出した。少年はチラッと見ることもせず、ただ目の前の薬土瓶を見つめながら言った。「こっちを先に、この薬湯は空腹時に飲まなきゃならない」

夏荻《シアディ》は顔を上げてその小さな顔を見た。黒い眉根が水蒸気の中でくっきり映えて、明らかにいつもより見慣れない感じがした。彼女は尋ねた。「なんて名前なの？」

「江小山《こうしょうざん》」少年は答えるつもりもなさげに返答した。夏荻《シアディ》は少しびっくりしたがすぐに理解した。江小山《こうしょうざん》は彼のこの時代の名前だ。永生者ごとにみんな、人々の注意をあまりひかないように、時の移り変わりと流浪の中でたえず名前を変えねばならない。この一点は彼らに共通のものだった。

「君は？」少年が顔を伏せて尋ねた。「君はなんて名前？」

夏荻《シアディ》はこほんと咳をして、かまどの火で燻って赤くなった目を慌ただしく擦り、曖昧に応じた。

「小花《シャオホァ》、夏小花《シアシャオホァ》」

彼らは薬を飲み粥を啜った。そしてごちゃごちゃと干し草の中に横たわり泥のように眠った。真夜中まで眠ったところで夏荻《シアディ》は突然目が覚めた。周囲はあまりに静かであまりに騒がしすぎた。たださまざまな虫の声だけが、そこかしこ一面に高らかに歌っているばかりだった。彼女は用心深く這って、庭の人影を見やった。自称江小山《こうしょうざん》という少年は一人で月明かりのもと座しており、その暗く沈んだ双眸は満天の星を眺めていた。時折羽虫が一、二匹顔や頭の上にとまったが、彼は石のように微動だにしなかった。

夏荻《シアディ》は不意に訳もなく彼のために悲しくなった。永生者の大多数は寂しく、冗長で荒れ果てた歳月において、彼ひとり黙々と考えるだけである。豊富すぎて雑然とした記憶の中、あらゆる問いに対する答えを探している。彼は彼女のように軽やかに未来を覗き見たり予知したりはできない。ひとりで待つ。待つということはこの世界においてもっとも静かなる苦痛だった。

月の光は水の如く草むらに溢れている。夏荻《シアディ》は歩いていった。名前が思わず口から滑り落ちた。

「姜烈山《きょうれつざん》」

少年は振り返って彼女を見た。驚きも喜びもない顔は、彼があまりにも多くのことを経験してきたことを示していたが、その三文字は何らかの記憶を呼び覚ましたようだった。

「おそらくずいぶん久しくその名は使っていなかった」彼は言った。「おれたちは会ったことがあるのか？」

夏荻《シアディ》はわずかな時間ためらったが、答えた。「会ったことがある」

「君は誰だ？」少年が尋ねる。

「言えない」夏荻《シアディ》が応じた。

「君はおれと同じなのか？」

「それも言えない」

「なぜ？」

「やっぱり言えない」夏荻《シアディ》はそっとため息をついた。「でも信じて、いつの日かわかるから」

少年はちょっと考えて、言った。「君は仙人なのか？」

「仙人？」夏荻《シアディ》は少し驚いて笑った。「あなたは仙人に会ったことがある？」

「覚えていない。もしかしたら会ったことがあるかもしれない」少年は答えた。「もしかしたら夢かもしれない」

「何が夢で、何が真実かはっきり区別することができるの？」夏荻《シアディ》が尋ねた。

「もしいつかこの夢から覚めたなら、あるいははっきり区別できるかもしれない」

言い終えると彼はまた改めて天空を眺めやった。満天の星がきらきら輝き燃えているかのようだった。夏荻《シアディ》は彼の傍らに座り、その長い夜の間じゅうずっと口をきかず、ただそれぞれ星空を見上げていた。あたりには草木の呼吸する音が満ち溢れているだけだった。いつしか、二人は続けて草むらの中に寝そべり眠ってしまった。

彼女はまたあの月のない夜を夢に見た。四、五歳の少女がひとりぼっちで荒れ野に座っている。全裸だ。寒風の中野生の狼の長々とした悲しい声がこだまし、空からは雨が降ってくる。彼女は大声を上げて泣き出した。

誰も聞いている人はいなかった。ひとりっきりで完全に見知らぬ時代に迷い込み、どこに何があるのかも、タイムラインの順序もわからないまま、彼女はジャンプを開始した。一回、また一回。前へ後ろへ。やみくもに狂ったように。驚いた野生の獣のように転々と逃げ惑ったが、いつもあの雨の降る荒れ野へ戻ってしまった。

最初の朝の光が輝きはじめた頃、彼女はやっと目を覚ました。

夏荻《シアディ》は飛び起きて周囲を見渡した。夜露に湿った髪の毛と衣服のせいで、少し肌寒く、少年が目を見開いてじっとこちらを見つめていた。

「行かなくちゃ」彼女が言った。

「どこへ?」少年が訊いた。「それもまた言えないのか?」

「まだちゃんと決めていない、でも行かなきゃ」夏荻《シアディ》が答えた。「わたしが行った後、あの子供たちの世話をお願いできる?」

「では彼らの面倒を見よう」

「ありがとう」夏荻《シアディ》はちょっと頷いた。「草薬をありがとう」

彼女は身を翻してまだ消えやらぬ朝もやの中へ大股で歩いたが、次第にそれは速くなり、最後には駆け出していた。清々しい朝の空気はかすかに甘く、口の中の苦い薬の味を和らげ、残っている漆黒の夢心地を和らげた。彼女は心の中で自らを慰めた。永生者の記憶は一番あてにならない、ほんの一、二百年かからずに、今回の邂逅《かいこう》を忘れるだろう。

老

彼女はまた前に向かって何回か注意深くジャンプを行って、ついに紀元前四九〇年にやってきた。ここはよく知った時代で一段と落ち着いており、ある老人が関所を出て秦《しん》の地に隠居してから、しばしば訪問しているところだった。

これはあるいは一種の依存、ある種の遥か昔の子供時代の記憶がもつ温かさだったのかもしれない。長い雨の夜の中、一本の手が彼女の頭に置かれた。夏荻《シアディ》が顔いっぱいの涙の跡と雨水で濡れながら顔を上げると、真っ白な鬚《ひげ》の老人がぼんやりと見えた。その表情には俗世間に汚されていない善良さがたたえられていた。彼のもう一方の手には目の粗い毛布とマントウが握られていた。

「私は旅行者だ。君と同じ」彼は言った。「私はわざわざ君に会うためにここにやってきた」

幼い旅行者ごとにみな一人の道案内人が必要で、彼らは時空を越えて、道に迷った子供を探し出し、そばに置いて共にさすらい、生存に必要なすべてを習得させるまで、走り、ジャンプし、方角と年代を見分け、異なる時代の基本的な言語と文字、及び生きるために不可欠なさまざまなちょっとした技巧――精錬、生薬の製造、占い、予言、喧嘩《けんか》や盗みまでも教えた。

「盗みは不道徳です」彼女はかつて荒れ野の寒風の中、一枚の毛布だけをかぶり、寒くてガタガタ震えながら、この上なく厳粛な面持ちで、自分がそう言ったのを覚えていた。老人は火のそばに座ってイモを炙りながら、声を出さずにひっそりと笑った。
「道《タオ》とはなんだ？　徳とはなんだ？」彼はゆっくりと話した。「この問題については私は一生涯かけて考えたがはっきりとはわからない」

　夕方、残照がゆっくり谷へと消えていくさなか、夏荻《シアディ》は軽やかな足取りで歩いていた。山を登る道すがら泉は澄んだ歌声をあげ、波のうちには赤や白の野薔薇《のばら》の花弁が漂っていた。人生の最後の十数年間、老人は次第に気力を草花の世話に向けるようになり、草葺《くさぶき》の家の外には周囲数十里にもわたっていろいろな馥郁《ふくいく》とした香りが漂い、あたり一面仙界の景色になっていた。

「老彭《ろうほう》※3」彼女は遠くへと叫びかけた。老彭《ろうほう》と彭祖《ほうそ》はどちらも聃《たん》国彭《ほう》地からとった名前で、これ以外にももっと多くの名前があった。李聃《りたん》、李冉《りぜん》、李陽子《りようし》、李菜《りさい》、李伯陽《りはくよう》、李大耳《りだいじ》※4。老人は花《はな》叢《むら》の中から立ち上がったが、もうこれ以上は歳を取れないほど老いていた。けれども顔色や気概は初めて出会った時となんら違いはなく、夏荻《シアディ》はだっと駆け寄ってまるで子供みたいに彼の袖を掴んでぴょんぴょん飛び跳ねた。老人は笑うだけだった。「イカれた嬢ちゃん、また来たのか？」

「だってあなたは出てこようとしないでしょう。わたしがあなたに会いにくるしかないじゃない」夏荻《シアディ》は甘えたように長く引っ張った声を出した。「いまなんの季節？　新茶は出回った？飲みたい」

「嬢ちゃんは修行して妖怪にでもなったのか。いつもこの時期を選んで来る」老人は言いながら微笑んで頭を振り屋内へと歩いた。夏荻《シアディ》も変わらず彼の袖を後ろから引っ張り、にこにこして嫌味を返した。「時期を選ぶなんてできっこない、全部偶然。老彭《ろうほう》、とぼけないでよね。一人でこんな奥深い山林でじっとして、話す相手さえいないんでしょ。あなたとお茶を飲むのを承知する人がいたら、喜んでもお釣りがくるわよ」

「相手がいないだって？」老人がのんびりと応じた。「今回は折よく客がいる。来てしまったからには、入って一緒に座るがいい」

室内には本当に人がいた。一人の女性で、質素な服を身にまとっていたが、却ってその艶やかさは室内全体にきらめくようなまばゆさを放っていた。夏荻《シアディ》もたくさんの美人を見てきたけれども、それでも思わずいささかぼうっと見つめた。

「こちらはどなた？」こっそりと老師の袖を引いた。老人は笑って答えず、ただそばに行ってお茶を煎れるだけだった。女性は卓のそばの椅子に斜めに座り、夏荻《シアディ》を一瞥した。その身のこなしはゆったりしてまるで雲のようだった。

「あなたが、老聃《ろうたん》がいつも言っている例の子ね」女性が笑いながら小声で言った。「なんて名前だったかしら？　急に思い出せなくなってしまった」

夏荻《シアディ》はこっそり老人を見つめながら、答えた。「夏小花《シアシャオホア》」

「阿夏《アーシア》と呼べばいい」老人がお茶を持ってきて、そばに座り、振り向いて夏荻《シアディ》に言った。「ちょうどいい時に来た。近頃またどこに行ったのか、我々に聞かせてくれ」

夏荻《シアディ》は茶杯を手にして一口でぐいっと飲んだ。熱々のお茶で舌が火傷したが、久しぶりの良い香りがすっと胸に入っていった。彼女は頭を上げてほうっと息をついた。「まだそんなにジャンプしていない。全部あなたが連れていってくれた場所で、面白くないわよ」

「前後五千年、自由に漫遊して、まだ面白くないなんて言うの。飽くことを知らないと言わざるを得ないわね」傍らの女性が笑いながら言った。彼女の一対の細長い眉と目は水墨画で描かれたかのようで、立ち込める霧の潤みが満ち溢れていた。

「面白くないんだもの」夏荻《シアディ》が口を開いた。「もっと美しく、もっと目新しいもの、もっと賑やかな時代、そんなのはみんなわたしにはなんの関係もない。他の人の生老病死、喜びや悲しみ、別れや巡り合い、そんなものはすべて芝居のようなもので、わたしはただ舞台下で見ているしかない。見終わったら何も残らない」

「それなら、どうしてあなたが来た時代に戻らないの？」女性が尋ねた。「普通の人のように平々凡々に日々を過ごせたでしょう。あなたがしてきたような旅は何もかも一幕の夢としたっていいじゃない」

「でもそんなのも結局は退屈すぎるわ」夏荻《シアディ》は頬杖をつきながら、両の眉を吊り上げた。

「これこそ静けさが極まれば動きを求め、動きが極まれば静けさを求めるって道理だ」老人が笑った。「おまえには今は理解できないし、強制するわけにもいくまい」

夏荻《シアディ》はチラッと彼を見て口ごもった。「たぶん今後は戻りたくても戻れなくなる」

「どうして？」

「姜烈山《きょうれつざん》に会った」

「姜烈山《きょうれつざん》？」老人が少し考えた。「だがおまえは以前そいつに関わったことがあるのか？」

「ええ、彼はもともとわたしが死んだと思っていたわ」夏荻《シアディ》がしょんぼりしたように頭をごつんと卓にぶつけた。「一五〇〇年あまり経ってまた偶然にも会うだなんて思いもしなかった。こんなにも運が悪いだなんて」

「姜烈山《きょうれつざん》、この名前にはいささか耳馴染みがある」と女性が言った。「炎帝[※5]のあの子供ではないのか」

「その通り」老人が答えた。「彼らの一族の姓は姜、号は烈山氏、この名前を用いたことがあるということは、そいつも永生者だ」

「この子供は簡単ではない、こやつは神農氏《しんのう》※6一族を司っていた頃は、まだ物事もわかっていないガキだったな」女性が笑った。「ただ涿鹿《たくろく》の戦い※7の後は消息が途絶えていた。おそらく物事がわかるようになって、二度と軽々しく人前に出たくなくなったのだろう」

「周《しゅう》以来、諸神は徐々に姿を消したが、それも道理かもしれぬ」老人が続けた。「彼らはそういったことを代々伝えてきて、今は神話になったというわけだ」

　女性が突然笑い声を上げた。「きゃつらは妾《わらわ》をなんと書いたのであろうな、そなたは知っておるか？」

「少しは」

「では絶対に教えるな」女性が言った。「神話に変化する過程をゆっくり待ちたいのでな」

　夏荻《シアディ》はポカンとして尋ねた。「あなたはいったい誰なの？」

「妾が誰か、そんな問いには答えにくい」女性が答えた。「妾は女媧《じょか》、妲己《だっき》※8でもあり、幾百幾千もの名前がある、上古《じょうこ》時代の神、浮世における伝奇、妾もまた永生者の一人である」

　夏荻《シアディ》は驚いて飛び上がった。永生者と旅行者は並び立てない。あたかも造物主が心を込めて宿敵として配置したかのように。幾千万年も彼らは互いに推し量り、探り、対立し、包囲して討伐し、殺戮《さつりく》してきた。永生者は千年も田畑のなかに屹立《きつりつ》する案山子《かかし》のように、人類の歴史を守護し、旅行者はその間を飛び跳ねて通りぬけ、一つまた一つと裂け目を残す。老人はかつて彼女に、永生者に出会ったら、とにかく逃げろ、過去にジャンプしろ、二度と戻ってはならない、そうすれば彼らはおまえを忘れるかもしれない、忘れなかったとしたら、いつか充分な忍耐力でもって未来で待ち構えて、長い時間をかけて網を張り、おまえが自ら罠に飛び込んで来るのを待っていることだろう、と教えたことがあった。

女性は夏荻《シアディ》の顔を目にして笑い出した。

「おばかさん、そんなに驚いて」彼女は言った。「安心するがいい、妾は老聃《ろうたん》の友人だ」

「友人？」夏荻《シアディ》は信じられなかった。「あなたたちはどうして友達になれるの？」女性はなおも笑っている。「妾たちが知り合った時、おそらくそなたはまだいなかったであろうな」女性はなおも笑ってい
る。永生者はいつもこんな感じで、長い歳月のうちに、息をする神像の如く表情が仮面のようになって顔に張りつく。

「でもここに何をしに来たの？」夏荻《シアディ》はまだ緊張していた。

「そなたが来ることができるのに、妾が来られぬとでも？」彼女が言った。「老聃《ろうたん》はまもなく死ぬ、それで看取りに来たのだ」

夏荻《シアディ》は愕然としてその場に立ち尽くした。老人が背後から彼女の肩に手を乗せ、言葉を発した。

「座りなさい」

夏荻《シアディ》が振り返り彼を見て尋ねた。「もうすぐ死ぬの？」

老人が軽く頷いた。「おそらく秋まで生きられないだろう」

室内が静まり返った。ただ茶壺が七輪の上でしゅんしゅんと音を立てているだけだった。

「私はもう老いすぎた」彼が言った。「人は老いるといつかその日がやってくる。将来おまえも私のように老いる。どこにも行きたくなくなったら、己が最初に生活した時代に戻って、静かに隠居したくなるのを待つがいい」

「とっくにわかっていたの？」夏荻《シアディ》が質問する。「自分がいつ亡くなるって」

「わからない、旅行者は自身の未来を見ることができないからな」老人が答えた。「ただ人がこんなにも長く生きると、自分はおおよそいつ死ぬだろうということが、結局は感覚としてわかる

んだ」

「じゃあわたしはこれからどこにあなたを捜しに行けばいい？」夏荻《シアディ》は不意に鼻がつんとした。

「過去？　未来？　それともいまこの時？」

「全部試してみるといい」老人が言った。「おまえにはまだたくさんの時間がある」

「わたしは行かない」夏荻《シアディ》が言う。「わたし、ここに残ってあなたに付き添う」

「私に付き添って死ぬのを待つのか？　はっはっ、それもいいだろう」老人が笑った。「おまえたち二人が付き添ってくれるなら、とても嬉しい」


その瞬間がくる前に、夏荻《シアディ》はまたも逃げ出した。

「どうか黙って立ち去るのを許してください」彼女は一枚の狭い竹簡に書いた。「本当にちゃんと準備が整うのを待って。必ず戻ってくるから。この時間この場所に。戻ってきてあなたに付き添うから。夏書《シアしょ》す」

彼女は竹簡を卓の上に置いて、振り返ってちらりと見た。女媧《じょか》は枕元に座り、変わらず芭蕉《ばしょう》扇《せん》を手にしており、老人は彼女の膝の上に丸くなって伏せ、赤ん坊のように眠っていた。室内には二人の浅い呼吸音が広がり、高くなったり低くなったりしているうちに一つに溶け込んでいった。

夏荻《シアディ》はひっそりと戸口から出た。屋外では星がきらきら輝き、さながら白い霜のごとく草の上に光を振り撒いていた。

死

数千年来、人類はずっとこの土地で慌てず急がず、沈黙して強靭に生息し、言語と生活習俗をさほど大きく変えることもなかった。まさにこの一点において夏荻《シアディ》はかくの如くこの地に未練を残したのかもしれない。これほどの年月を跨いだにもかかわらず、彼女は終始ここを離れることはなかった。

黄河と秦嶺《しんれい》[※9]の間、八百里の広さの平原、ここが彼女の生まれた地で、人類と諸神の故郷でもあった。

清明節《せいめいせつ》[※10]前に雨がひとしきり降ったばかりで、土地は柔らかく湿っており、わずかに渋くて苦い香りを撒き散らす。遠くの大地に、微かに一本の煮炊きの煙が立ち上り、眩《まばゆ》い青空へ漂っていった。夏荻《シアディ》は不揃いな石の階段を登った。そこは歳月を経た墓地で、ほとんど誰も墓参りには来ず、きのこが地面にたくさん生えているような草むらに、灰色の石碑が散在している場所だった。

彼女は一人、ほどなく雑草に埋もれそうな小道に沿って歩いた。不意に灰色の人影が墓碑の間から立ち上がった。夏荻《シアディ》はびっくりして飛び上がり、すぐさまくるりと背を向けてものすごい勢いで走ろうとしたが、目の前にいたのが年老いた男だということに気がついた。

「墓参りに？」老人は目を細めて彼女に尋ねた。彼の顔は干からびた胡桃の殻と似ていて、縦横に皺が走っていた。

夏荻《シアディ》はドキドキして飛び出しそうな胸を撫で下ろして、言った。「ええ。墓参りなの」

「これまでに会ったことがないね」老人が言った。

「よその土地から来たから」

「都市から？」

「そう、都市」

「どこの家の人なんだい？」老人は相変わらずくどくどと尋ねた。まるでこの対話さえも彼の職責のようだった。

夏荻《シアディ》は少し考え、問い返した。「夏青書《シアチンシュー》はここに埋葬されている？」

「夏青書《シアチンシュー》？」老人がまぶたを押し上げて彼女を観察する。「彼女とどんな関係が？」

「彼女を知っているの？」夏荻《シアディ》の胸がまた飛び跳ねた。

「知っているとも」老人がゆっくりと話す。「何年も前のことだ。彼女は村で先生をしていてな、その時は今と違って、誰も女性の先生を見たことがなかった。名声はあまねく周囲に伝わり、会ったことがなくてもみな、噂は耳にしていた」

「彼女に会ったことは？」夏荻《シアディ》の声は少し震えていた。

「会ったことがないわけないだろう、彼女手ずから字を書くのを教えてくれたものだ。村の祖《そ》廟《びょう》にかかっている対聯《たいれん》※11は見たかい？　あれは彼女が書いたんだ」

夏荻《シアディ》は驚くと同時に途方に暮れた。目の前のこの胡桃の殻のような深い皺のある顔からは、どうしてもあの子供たちの面影を見出すことができなかったからで、また自分の様子も明らかに変わっていないはずなのに、相手がとうとう気付かなかったからでもあった。人類の記憶というのは永遠にあてにならない、何年も前にとうに死んで失われた人は、最終的には他人の心のなかに留まるけれども、ただ曖昧模糊とした印象の切れ端があるにすぎない。よしんばいま彼女がここで、老人に自分があの時の夏青書《シアチンシュー》だと伝えたとしても、彼は首を横に振って同意しないだろう。

けれどもあの夜の城壁では、姜烈山《きょうれつざん》は自分を見出したのだ。

胸中で何かひどく冷たいものが落ちていくかのように恐れを抱き、彼女はぶるりと震えた。

老人は後ろ手に組んで、歩きながらくどくど話し続けた。「彼女の墓はこの先にある、大きくはない、この場所はみな外部の人間で、ほとんどの人は名前もない。夏青書《シアチンシュー》は早くに亡くなって、残念だった」

「何が残念なの？」

「あの時族長の三番目の息子が彼女を嫁にしたがっていた。嫁になっていたら村人だ、ここには埋葬されなかっただろう」

夏荻《シアディ》は少しびっくりして、突然笑い出したくなり、思わず即座に答えた。「彼女もそのことについてはありがたくなかったでしょうね」

「知っているのかい？」老人が訝しげにまぶたを押し開けて彼女を見た。「じゃあ何をありがたがると言うんだ？」

しばらくの間、沈黙。ずいぶん経ってから夏荻《シアディ》が声を低めて呟いた。「わたしにもわからない」

墓地は小さかったが、くねくね折れてかなりの時間歩いた。老人が突然足をとめた。「ここだ」

四角くて小さい青い石の墓碑で、ほとんど生い茂った草むらに埋没しており、表面には「夏青《シアチン》書《シュー》之墓」と彫られていて、それ以外には何もなかった。しかし墓碑の前にはなんと燃え残りの砕けた紙銭《しせん》※12が、草むらの中に大小さまざまな灰でできた蛾《が》の翅《はね》のように落ちていた。夏荻《シアディ》は腰をかがめて一片を拾い上げて擦ってみた。紙銭は新しく、水をかけられて濡れた痕跡もあった。彼女は老人に質問した。「誰かお参りに来たんですか？」

「ああ、朝来たばかりで、もう行ってしまった」

「誰ですか?」

「知らないやつだ、やはり都市から来たと言っていた」

瞬間、夏荻《シアディ》の心臓がどきりと飛び跳ねた。「若者で、全身黒ずくめだったんじゃ?」

「どんな服を着ていたかは覚えていないが、歳は取ってはいなかった」

「彼はどのくらい来ていたんですか?」夏荻《シアディ》は飛び上がった。「毎年いつも来るんですか? ずっと同じ様子で、永遠に歳を取らないみたい?」

「前にも来たことがあるようだ」老人は目を細めて思い出そうとしているようだった。「姿形ははっきり覚えていないが、年齢はそんなにいってなかったよ」

もう彼が言い終えるのを待てなかった。夏荻《シアディ》はくるりと身を翻し風のごとく走り出した。草むらの中に隠れた大小の石に足を掬《すく》われて転びながら、それでも真っ直ぐに十数里も走って、それからやっと足を止めた。正午の陽射しが目に眩しく、彼女は大きな口を開けてぜいぜいと息をついた。額には一筋の細かな冷や汗が浮かんでいた。それから、いまこの時の姜烈山《きょうれつざん》は彼女がまだ生きていることを知らないと思い出した。それでもまだ落ち着かなかった。

しかし彼は来ていた。自分が死んでしまったと思ったあの時から、彼は毎年清明節にここに墓参りに来ていた。もしずっと後のあの夏の夜、彼が城壁で自分を見つけなかったなら、こんなふうにずっと、あの埋葬されたという嘘の小さな墓の前で一年また一年と紙銭を焼いていたのだろう。

彼女は一人で広々とした大地を漫然と歩き、青々とした緑の麦畑と粉色の蕎麦の花を通り過ぎ、時折大きなケシの花が艶《あで》やかに、色とりどりの花弁が艶《なまめ》かしく綺麗に咲いているのに感動した。突然いたずらのような考えがどっと頭の中に溢れた。

あなたがわたしの墓に来たからには、わたしだって一度あなたをお参りしなくちゃ。

『国語・晋語』に「黄帝《こうてい》は姫水《きすい》を以て成り、炎帝は姜水《きょうすい》を以て成る」※13と記されている。北魏の酈道元《れきどうげん》は『水経注《すいけいちゅう》』※14の中で姜水の分布を詳細に考察している。明代の天順《てんじゅん》五年『一統志《いっとうし》』※15にも次のような記述がある。「姜水は宝鶏《ほうけい》県の南に在り」と。県の南には姜氏の城があり、唐代にここに神農祠が建てられたことがあって、祠の南の蒙谷口《もうこくこう》には常羊山《じょうようざん》があり、山の上には炎帝陵があった。いま祠は壊れ陵も崩れたままになっていて、荒れた蔓草の中に散らばり、跡形もなくなっている。

夕方の頃合いに、夏荻《シアディ》は一人で水辺に座って紙銭をひとやま燃やした。明るい炎が暮色の中で暖かく見えた。と、一陣の風が吹き、まだ消えていない燃えかすがゆっくりとぐるぐる回りながら上昇し、河の対岸へと飛んでいった。岸辺で一人の逞しい船頭が好奇心をもって見つめていたが、とうとう我慢できずに尋ねてきた。「お嬢さん、誰に紙銭を焼いたんで？」

「炎帝に」と夏荻《シアディ》が答えた。

「炎帝を祀るのにどうしてこの時期に？」体格のいい男は笑い出した。

「じゃあいつにすべきなの？」

「正月十一日でさ、正月十一日は炎帝の誕生日だ。みんな九龍泉《きゅうりゅうせん》へお参りに行くよ」船頭が続けた。「炎帝は神様で、君ん家の身内じゃない。どうして清明節にお参りできようか。それに紙銭を焼くこともない」

夏荻《シアディ》は目の前でちかちかする火を眺めながら、不意に笑い出した。「気にしないで、思いが届けばいいの、礼は往来を尚《たっと》ぶ、よ」

船頭はあまり理解できなかったけれども、つられて頷き、どさくさ紛れに尋ねてきた。「河を渡るつもりはないかい？　この時間帯は他の奴らはみんな帰ってしまった。残っているのは俺の船だけだ」

「それもいいわね」夏荻《シアディ》が言った。「あなたの船に乗って河を渡る」

彼女が船に飛び乗ると、船頭は逞しい腕で櫓《ろ》を漕ぎ始めた。小船は波間に浮き沈みし、すげ草のようにしなやかな動きをした。ゆらゆら揺られながら男は声を張り上げて甘酸っぱい恋愛の歌をうたい始めた。

哥《あんた》は天上の一条の龍、妹《あたし》は地上の花一叢
龍は身を翻さず雨を降らさず、雨は花を濡らさず花は紅くならず
（あんたが雨を降らせてくれないと、あたしは紅く花を色づかせることができない。「あんたが手を出してくれないから、あたしは熟《う》れることができない」の意）

歌声は河の流れに沿って流れてゆき、遠くなってはまた近くなった。夏荻《シアディ》が膝を抱えて耳をそば立てて聞いていると、突然心の中に無数の不思議な、はっきりした光景が浮かび上がってきた。それは遥か昔、永遠の未来、時間と空間が絡み合い、溶け合って一つになっていた。

彼女は川辺に住み着き、戦争が勃発する前の秋までずっといて、またもや神秘的な失踪を遂げた。

生

彼女は一つ、また一つと時代を渡った。人類の文明という大きな流れに沿って遡ったが、途中姜烈山《きょうれつざん》の消息にずっと関心を払っていた。天災や疫病の時代ごとに彼は現れ、生薬と長い年月蓄積してきた知恵で人々を救った。さらに彼は古くから伝わる技術を広め、進歩させた。たとえば陶器、弓矢、絵画、楽器、文字、暦法。充分に繁栄している年代では、彼は自らの身分を隠したが、古く荒れ果てた時代であればあるほど、彼のイメージはより輝かしいものとなった。

夏荻《シアディ》は自分たちの争いあったあの時を経験し、一回また一回と出会い、涿鹿の戦場を経験し、彼が炎帝となった激動の時代を経て、最初の太古の時代へと戻ってきた。

紀元前四千年あまり、この土地にはまだ名前がなかった。広大で肥沃な平原には一本の河があり、川辺には粗末な村があって、村の外は茂った稲田。先祖たちはここで繁栄し生活していた。夏荻《シアディ》が村に入ると、何匹かのまだ進化しきっていない牧羊犬が吠えながら突進してきて、すぐに石斧や弓矢を手にした男たちが続いた。彼女は彼らに手真似をしつつ、できるだけ彼らの簡素な言語を模倣し、自分に悪意がないことを伝えた。

皮膚が比較的白くてすべすべしているほかは、彼女はこれらの人々と外見上の特徴はほとんど目立った違いはなかった。人々は彼女を引き留め、他の何人かの若い娘たちと一緒に住まわせた。この時代の生活条件はすでに苦難という二文字の形容では足りないほどで、充分な食料もなければ、医薬品もなく、その上一匹の蚊に嚙まれただけで致命的な病気にかかった。

その日の夕方、彼女は女性たちと一緒に村を出た。みんな粗末な獣の皮と麻布の衣服を脱ぎ捨て、笑ったり跳ねたりしながら冷たく気持ちの良い河に入った。黒ずんだ錆色の皮膚から一枚また一枚と泥をこすり落とす。夏荻《シアディ》は一人で柔らかな泥土の岸辺に座っていた。河の水が高くなったり低くなったり、澄んだり濁ったりして、彼女の両足をくすぐった。

彼女は無造作に黄色い泥を摑んで手の中でこね、知らず知らず小さな人間の形を作り上げていた。はるか古の伝説が足元の潮とともに湧き上がってきた。突然近くで一人の女性が驚愕の叫びを上げるのを耳にして、彼女はギョッとした。

その女性は川辺に倒れて、盛り上がった腹部をちょっと手で覆いながら、甲高い声で鋭く叫び出した。その音は何かの信号らしく、河で沐浴していたほかの女たちが引き寄せられてきた。彼女たちはその女性をすぐに岸辺へと担ぎ、周囲をぐるっと取り囲んだが、それはある種の神秘的な儀式にも似ていた。夕日が健康な裸体に落ちていき、暗い金色の反射光が最も濃厚なドーランのように流れた。女性が耳にしたことのない軽やかな旋律を唄い出したが、すぐにほかの声が加わって、極めて素朴な、それでいて華やかなハーモニーが、河の水のように延々と連なり、昂ったり沈黙したりした。雫が滴るような踊りとともに、バラバラだったものが次第に一つに集まって調和する。女性の鋭い叫びとうめき声は歌声の中で途切れたり続いたりしたが、唐突に高く響き渡った。それはよく響くラッパのようだった。

河原にいた水鳥たちがざっと飛び去った。

女性が一人出てきたが、その腕には痩せた男の子が抱かれており、葦のような腕でそっと水をかいたものの、泣いたり喚いたりはしなかった。彼女は喜んで夏荻《シアディ》に赤子を見せ、手真似と古い素朴な音節で、この子は夏荻《シアディ》がやってきた日に生まれたのだから、夏荻《シアディ》に名前をつけてほしいと告げた。

夏荻《シアディ》は赤子を抱き、その大きくて黒い両目をじっと見つめた。この時から、長くて辛い人生がこの子の前に広がっていた。彼は不吉なものとして捨てられ、野獣に育てられて、再びほかの一族に拾われ、ここから別の場所へと行くだろう。彼といっしょに遊んだ子供たちは男や女に成長し、狩猟や戦闘、繁栄して生きのび、やがて老いて死んでいった。だが彼は依然として痩せて弱々しく、弱々しいが頑強で、時間と空間は彼の前に無数のなぞを設けていた。彼は自らの両足に頼って、一歩一歩前へ歩くしかなく、そこに終わりはなかった。

永生者の悲哀は自らがいる時代を超越するすべがないことで、彼らは普通の人と同じように生活し、戦争も平和の喜びも経験し、生老病死や悲歓離合を経て、一つひとつ人類共同の記憶を集めて、冗長すぎて雑然とした身の上に無数の注釈を付け加えるのだった。文字と言語が充分に発達していなかった時代では、彼らは古の品物を証明するべく集め、健忘症患者のように一つひとつに付箋を貼った。人によっては記録を試み、亀甲《きっこう》や竹簡、木板、綿帛《めんはく》や紙を用いて、数十年、果ては数百年も保持した。けれども最終的に彼らは飽きてしまい、これらの物を焼いてしまって、ほかの人が見つけることのできない場所に隠棲し、世間の混乱を忘れ、時間の流れを忘れていった。かと思えばある日、群れを離れて一人で暮らしていることに我慢できなくなって、また群れの中に戻ったりもした。

彼らは寂しく、二人の永生者がたまたま出会えば、おおいに喜んで、何日も続けて不眠不休で自分たちの経験を語り合ったりもしたし、道連れになって世の中を漫遊する約束をしたりもした。しかし結局はあまりにも時間が長すぎて、彼らは最終的にはお互いに飽きてしまい、冷静に微笑んで別れ、果てしない人の世の中へ正反対の方向に去っていくのであった。

不思議なことに、旅行者である彼女はこれらの何もかもを理解できた。尽きることのない歳月という大河の中、彼女と腕の中の赤子は互いに関心を寄せ合い、互いを記憶し、互いに相手の存在によって自分の存在を証明していく。よしんば二人がかくの如く全く異なる存在であったとしても。

本来旅行者と永生者の間には、確かにこのような一本の奇妙な絆があった。

赤子はいまだ彼女の腕の中で静かに横たわって、大きな目を開けて、見たものすべてを自分の小さくて深い胸の中に記憶として収納しようとしているかのようだった。夏荻《シアディ》は手の中の粗末な泥人形を彼の胸元に置き、頭を上げて女性たちを見、遠くの青山を指さした。

「山」彼女はゆっくりとしかしはっきりと言った。「わたしはこの子に山という名前をつける」

女性たちが赤子を抱き抱え、一人また一人と手渡していき、揺すったり、あやしたりしながら、喜びの低い笑い声をたてた。夏荻《シアディ》は向きを変えて、川岸に沿ってぶらぶらと上流へ歩いて行った。彼女は疲れていた。両足が重くて湿って軟らかい泥に沈んだが、気力を振り絞ってまた走り出した。夕日が河の上に落ちてきた瞬間、彼女はジャンプした。生まれてこの方初めての、最も長い、最も大きな旅へと出発したのであった。

愛別離（愛する者と別れる苦しみ）

ひとりぼっちで、寂しく、ひどく暑い星の上で、最後の一人が部屋の中に座っていた。突然外で扉を叩く音がした。

彼が少し頷くと、扉が開いた。その様子は部屋全体が彼の意志にしたがって動くのに似ていた。夏荻《シアディ》が入ってきたが、奇妙な材質の布を適当に巻いて、靴は履いていなかった。裸足は柔らかい床では音をたてなかった。

「ここはとても暑い」彼女が言った。「本当に世界の終末なの？」

「そんなものだ」姜烈山《きょうれつざん》は馴染み深い言語で答えた。「地球上に残っているのはおれたち二人だけだ」

彼らは互いに相手を観察した。長い歳月が姜烈山《きょうれつざん》の顔に多くの痕跡を残していたが、それでも彼は昔と変わらず若かった。永生者は永遠に死なないわけではない。ただ老いていくのが人類の歴史が消滅するよりもさらに遅いというだけだ。

「彼らはどこへ行ったの？」夏荻《シアディ》が尋ねた。「地球上の人間は？」

「死んだり、移動したり、流浪したり、ほかの星系へ移民したり、あるいは時間旅行を試したり。要するに、みなこの時この場所を離れた」姜烈山《きょうれつざん》が答えた。「太陽はまだ膨張している。いくばくもなく、地球は灼熱の気体に変わるだろう」

「幸いにもわたしは今回、飛び越えなくてすんだのね」と夏荻《シアディ》はぺろっと舌を出した。「それじゃあ、何もかも終わった？」

「終わったと思う。新しい始まりだとも言える」姜烈山《きょうれつざん》が言った。「永生者たちは人類を率いて宇宙へ新しい故郷を探しに出発した。数千万年来、我々は初めて人々の間に出てきて、ほかの人たちと一緒に立ったんだ。つまりは人類がいなければ、我々とて生きていてもなんの意味もないということだ」

「偉大だわ」夏荻《シアディ》はいささかやっかんで言った。未知なるものへの恐怖から、旅行者はあえて未来に大きくジャンプすることは少ない。例え実際にこの瞬間に到着したとしても黙って引き返すだけだ。問題はそこにある。旅行者は長い星間旅行を永遠に生きることはできないし、宇宙から地球に戻ることもできない。永生者は宇宙船に乗って人類のお供をして先へ進み続けることができる。何千万年もの間争いを続けてきたが、つまりはこのように勝ち負けははっきりしていたのだ。

「じゃあ、あなたはここで何をしているの？」夏荻《シアディ》が尋ねた。

「ここでおまえを待っていた」

「わたしを？」

「これはおれたちの約束だ」と姜烈山《きょうれつざん》が答えた。「ある時、ある瞬間、おれの過去、おまえの未来、おまえはいつもおれの記憶が悪いと怒っていたが、この約束だけは忘れなかった」

「ちょっと待って」夏荻《シアディ》は片手で頭を支えた。「わたしがここを離れた後にほかの時空で、あなたと約束をしたって言うの？」

「そうだ」

「その約束とはあなたがここでわたしを待つってこと？」

「そうだ。おれはここで一人でおまえを待ち、すでに何百年も経った」

「あなた一人で何百年も待ったの？」夏荻《シアディ》は愕然としてその場に立ち尽くした。「どうして？」

「いまは言えない」姜烈山《きょうれつざん》が微笑んだ。「おれを信じろ、いつの日かわかるだろう」

過去、未来、あらゆる問いと答えがすべていっしょくたになっていて、この瀕死の地球においてすら、すべてがまだ終結のその瞬間ではなかった。夏荻《シアディ》は室内をぐるぐると歩き回った。しばらくして、彼女は足を止め、姜烈山《きょうれつざん》の黒い目を見つめて尋ねた。「いまあなたはわたしに会った。その後は？」

「その後は行かねばならない」姜烈山《きょうれつざん》が言った。

「どこへ?」

「最後の宇宙船に乗って宇宙へ、仲間たちを追いかける」彼は言った。「これがおれの使命だ」

「ありえない。わたしを一人でここに置き去りにしていくために、待っていたの?」夏荻《シアディ》が飛び上がった。姜烈山《きょうれつざん》は両手を彼女の肩に置き、頭を下げて一字一句軽やかな声で告げた。「別れを言うためだ」

「別れなんていらないわ!」夏荻《シアディ》はつっけんどんに顎を上げて彼を遮った。二粒の大きな涙が突然、彼女の目から溢れ出てきて、長い間くるくる回り、落ちていこうとはしなかった。

「そうだ、おまえはいつだって別れを告げないのが好きだった」姜烈山《きょうれつざん》は昔と同じ柔らかな声に、暗澹《あんたん》とした笑みをたたえた。「忘れるな。時間はおまえには開放されている。過去のどの時代においても、おまえはおれを見つけることができる。だがおれはいまより後、二度とおまえに会うことはできない」

「じゃあどうして残らないの」夏荻《シアディ》が言った。「地球はすぐに滅亡するんじゃないでしょう。わたしはしょっちゅう会いに来るから」

「危険すぎる。おまえがジャンプして行きすぎたら、灼熱に溶けた火球に飛び込んでしまう」姜烈山《きょうれつざん》が言う。「それにおれもこれ以上は待てない。覚えておけ、これはおれたちのこの星での最後の別れになる。以後は二度と来るな」

彼は俯いて彼女の柔らかくて細い腰を抱いた。腕は温かく力強かった。夏荻《シアディ》は木のようにその場で微動だにせず立ち尽くしていた。姜烈山《きょうれつざん》が耳元でそっとささやいた。「おれを抱きしめてくれないか?」

夏荻《シアディ》は相変わらずぼんやりと立っていた。だいぶん経ってから、彼女は掠れた声で言った。

「いま、いまは何なの、わたしには理解できない」

「いまはいまだ」姜烈山《きょうれつざん》が言いながら、彼女の額に軽く接吻した。「おれたちはどちらもいまを忘れちゃいけない」

「忘れないわ」夏荻《シアディ》は歯を食いしばり思い切って言った。

「おれも忘れない」姜烈山《きょうれつざん》が微笑み一歩退いた。彼の足元の床が上昇しはじめ、周囲の壁も自動的に収縮して組み立てられ、変形して組み合わさり、最後に扉がゆっくりと閉まった。姜烈《きょうれつ》山《ざん》の声が屈折して翻った。

「さようなら、阿夏《アーシア》」

夏荻《シアディ》は驚いて上へ行こうとしたが、扉はすでにピッタリ閉じていた。彼女は扉を叩いて大声で叫んだ。「どういうこと？　誰があんたにそんなふうに呼んでもいいって許したのよ⁈」

答えはなかった。宇宙船は彼女の目の前でゆっくりと上昇し、炎と轟音の後、素早く青紫色の空へと消えていった。彼女一人をこの灼熱の、寂しい、死にかけた星に残して。

「姜烈山《きょうれつざん》‼」

彼女は頭を上げて空へ力いっぱい大声で叫んだ。高くよく響く声が空気を震わせ、あたりに分散した。瞬く間に彼女も消え去った。胸いっぱいの怒りを抱えて過去にジャンプし、答えを探すつもりだった。

求不得（求めても得られず）

変わらず二〇〇二年、騒がしい夏の夜。夏荻《シアディ》はバルコニーから飛び降りて、ひととき も休まずに走った。

彼女は見覚えのある通り、漆黒の城壁、高くそびえた城門、明るい店舗の間を走り抜けた。両端の行き交う人々が彼女に道を譲り、ぜいぜい息を切らす若い女性を奇妙な目で眺めた。彼女は柄物のブラウスにかなり大きなサイズのショートのビーチパンツを身につけ、靴は履いていなかった。髪はとても長く、切り揃えてはおらず、ボサボサに乱れて夜の中をゆらめいた。

どっちみち、彼女が捜している人物は理由なく消えてしまうことはないだろう。姜烈山《きょうれつざん》は必ずまだこの都市に、この瞬間、次の瞬間、将来もいる。時間が足りさえすれば、彼を見つけ出すことはできるだろう。

空が突然何色もの花火で明るくなった。真っ赤、深い緑、銀、明るい紫、煌《きら》びやかで混乱している。人々は驚き、喜んで、頭上を見回し、あたり一面すべてが人で塞がった。夏荻《シアディ》は止まらざるをえなくなり、膝に手を添えて、大きな口を開けてはあはあ息をついた。

まさにこの時、彼女は地面に二つのうっすらとした、湿った足跡を見つけた。

黒い髪、黒い目、若い顔に浅い皺、口元は下へ引き結ばれている。それは単に長い歳月積み重なってきた寂しさで、あるかなきかの固まった笑みだったのかもしれない。

姜烈山《きょうれつざん》の顔には淡い驚きが浮かんでいた。あまりに多くの出来事に出会ってきたが、この女性だけは彼にもよくわからなかった。彼女は急に消え、また突然現れた。夏の夜の蛍が点滅するかのごとく。

「どこから来たんだ？」彼が尋ねた。

「世界の終末」彼女が答えた。「そこは暑くてたまらなかったわ」

「そこに何をしにいったんだ？」

「あなたには関係ないわ」夏荻《シアディ》は地団駄を踏んだ。「姜烈山《きょうれつざん》、あなたに話があるの」

「言えよ」

彼女は口を開けたが、何から話せばいいのかわからなかった。タイムラインが交錯して集まり、一つまた一つと狭い円を形成していた。目の前の彼は辛抱強く待っており、黒い目は水のように落ち着いていた。ずいぶん経ってから彼女はやっと小さな声で言った。「過去のことはわたしが悪いこともあったし、あなたが悪いこともあった。でもわたしたち、ちゃらにしましょう、これからは帳消しにしましょう？」

「過去？　どの過去だ？」姜烈山《きょうれつざん》が淡々と言った。「本当に覚えていないんだ」

「この死にぞこない、なんて記憶なの！」夏荻《シアディ》が本気でいらだった。「忘れたんならいい。わたしは行くから。さようなら！」

彼女がくるっと身を翻して走ろうとした瞬間、姜烈山《きょうれつざん》が背後でのんびりと言った。「だがいくつかは覚えているぞ」

「どんなこと？」夏荻《シアディ》は振り返らなかった。

「おまえはかつてこう言った。あなたの時間は長すぎる、わたしの時間は短すぎる、だからわたしはあなたのそばに長くはいられない。わたしはいつか死ぬだろう。あなたはまだ生きていて、永遠に生き続ける。最後にはわたしを忘れてしまう。忘れられるのは死よりもなお恐ろしい、と。さらにこうも言った。わたしがタイムラインでジャンプし続ければ、時代ごとにわたしはあなたに会うことができる。わたしの生命ある限り、この歳月一つひとつ、できるだけあなたに会おう、とも」

「そんなことを言ったの？」

「では、未来のおまえが過去のどこかでおれに言ったに違いない」姜烈山《きょうれつざん》が答えた。「以前は意味がわからなかった。いまこの瞬間になって、おれはようやく少し理解した」

「それって……わたしが言ったの……」夏荻《シアディ》は呆然とその場に立ち尽くした。「どうして早くわたしに伝えなかったの？」

「おまえだって未来のことはおれには言わないだろう」

二人は立って見つめ合った。五色の花火が頭上で炸裂《さくれつ》し、ほころび、混ざりあって落ちていった。歓声が潮のようにそこかしこから起きた。

「わたしたち知り合ってどのくらいかしら」しばらくして夏荻《シアディ》が尋ねた。

「覚えていない。言ってくれ」

「わたしの時間だと十数年。あなたの時間だと六千年あまり」

「だが出会う時間はいつもこんなにも短い」姜烈山《きょうれつざん》が笑った。「どちらかといえば、この六千年あまりは本当に一幕の夢のようだ」

「聞いて」夏荻《シアディ》が言った。「あなたにはまだ時間がある。わたしにもたくさん時間がある。いまこの時から友達にならない？」

「わかった」姜烈山《きょうれつざん》が言った。「しかしおまえはまだ名前を教えてくれていない」

「夏荻《シアディ》」彼女が答えた。「荻の花の荻」

「夏荻《シアディ》」彼は一度繰り返した。「君にふさわしい」

長い歳月彼らは共に寄り添いあい、出会い、再会し、別れ、探し求めた。彼女はあらゆる名前で彼を呼んだ。姜烈山《きょうれつざん》、小山《しょうざん》、老農《ろうのう》、阿炎《あえん》。そして彼は彼女を阿夏《アーシア》と呼んだ。

※1　蘇武（紀元前一四〇？〜六〇年）は、前漢時代の人。字は子卿。匈奴に囚われ十九年ののちに帰国する。匈奴に寝返ることのなかった漢朝の忠臣として有名。そこから「蘇武牧羊」は不屈の精神で牧羊しても匈奴にくだらなかったことを指すようになった。「蘇武牧羊図」は清末の画家・任伯年の著名な作。

※2　中国は古代より繰り返し疫病性の病に襲われてきた。『魏書』巻一一二上霊徴志には、皇興二年（四六八）十月に、豫州（現在の河南省南部）を中心に疫病が発生し、死者が十数万人にのぼったことが記されている。なお、作中に「長安」という土地名がみえることから、舞台は南朝の宋ではなく、北朝の北魏である。

※3　殷の伝説上の名宰相・彭祖《ほうそ》のことで、仙道に通じ八〇〇年生き、伝説上の聖帝である堯・舜から夏王朝・殷王朝に仕えたと伝えられる。戦国時代の道家の思想書である『荘子』にも名前が登場する長寿の代名詞的人物。

※4　いずれも戦国時代の思想家である老子の別名である。諸子百家での「道家」は彼の思想を元にしたものである。後世の「道教」も老子を始祖と仰ぐ。

※5　中国古代の三皇五帝の一人。人間に医術と農耕を教えたとされる。炎帝は一二〇歳まで生きた長寿の王である。

※6　中国古代の三皇五帝の一人。初代の炎帝と同一視されている。炎帝と神農を兄弟とする俗説もある。

※7　中国における伝説上の戦い。『史記』巻一 五帝本紀は、神農氏（炎帝）の統治が衰えると、軒轅《けんえん》氏（黄帝）がかわって世を治め、反乱を起こした蚩尤《しゆう》を涿鹿の戦いで破り、諸侯の支持を得て天子になったとする。しかし、蚩尤の攻撃を受けた炎帝が黄帝と連合して戦ったという説もある。炎帝・黄帝の関係や、涿鹿の戦い・蚩尤については、多くの研究者によって様々な解釈が施されている。湯浅邦

弘『戦いの神——中国古代兵学の展開』(研文出版、二〇〇七年)参照。

※8 古代中国における人間を創造した女神。人頭蛇神とされる。妲己は殷王朝末期に登場した傾国の美女。のちに『封神演義』なども伝説化され九尾の狐が正体とされ、日本にやってきて玉藻前として朝廷を騒がしたという伝説も生む。ともに絶世の美女。

※9 中国の農業の最大境界線が秦嶺山脈と淮河《わいが》であり、黄河と長江の中央あたりに位置する。北部が黄河流域で小麦が盛ん、南部が長江流域となり米作が盛んとなっている。

※10 旧暦の三月節で、今でいう四月四日前後に行われる墓参りの日である。一族や家族が揃う機会でもあり、この日を舞台とした物語も多い。

※11 祖先の霊を祀るところで、対聯(対句)が飾られている。

※12 冥界(あの世)へ焼いて送る死後の世界専用のお金のこと。

※13 『國語』晋語四に「黄帝は姫水のほとりに成り、炎帝は姜水のほとりに成る。異徳を成した。ゆえに黄帝は姫となし、炎帝は姜としたのである」とある。つまり黄帝は姫水のほとりに生まれたので姓を姫とし、炎帝は姜水のほとりに生まれたから姓を姜としたのだ、ということ。

※14 北魏の酈道元が撰した河川を軸とする地理書。『水経注』巻十八渭水に姜水に関する記載がある。

※15 天順五年(一四六一)に完成した勅撰の地理書『大明一統志』のこと。巻三四鳳翔府に姜水に関する記載がある。

夏笳（Xiajia／シアジア）

一九八四年生まれ。本名は王瑶《ワンヤオ》。北京大学で大気科学を専攻し、中国伝媒大学大学院でメディア論を学び、北京大学で中国SFをテーマとした論文で博士号を取得。現在、西安交通大学副教授。SF研究者としても活躍している。核心にハードSFの要素を据えつつ、詩情あふれる柔らかな筆致が特徴。夏笳自身は「ポリッジ（おかゆ）SF」と呼んでいる。短篇集に『你無法抵達的時間（あなたがたどりつけない時間）』『傾城一笑』がある。編著に中国SF傑作選の『寂寞的伏兵（寂しき伏兵）――当代中国科幻短編精選』がある。翻訳者としても活躍し、ケン・リュウやレイ・ブラッドベリの作品などを訳している。

中短篇では、科学者と妖精の知恵比べをSFに昇華させたデビュー作「関妖精的瓶子（瓶詰めの妖精）」で、第十六回銀河賞（二〇〇五年）を獲得。本書収録の「永夏の夢」（原題は「永夏之夢」）で第二十回銀河賞科幻優秀賞（二〇〇九年）を、「晩安憂鬱」（邦訳あり）で第二十七回銀河賞最佳短篇小説賞（二〇一六年）を、都会の若者の孤独と痛みを描いた「鉄月亮（鉄の月）」で第二十八回銀河賞最佳短篇小説賞（二〇一七年）を受賞している。また、独自言語を話し出した人工知能をキュートに描いた"Let's Have a Talk"はイギリスの科学雑誌『ネイチャー』に掲載された。

日本語訳に、林久之訳「カルメン」（原題「卡門」：『SFマガジン』二〇〇七・六）、中原尚哉訳「百鬼夜行街」「童童の夏」「龍馬夜行」（原題「百鬼夜行街」「童童的夏天」「龍馬夜行」：ケン・リュウ編『折りたたみ北京――現代中国SFアンソロジー』早川書房、二〇一八年）、吉田智美訳「ヒートアイランド」（原題「熱島」：人民文学雑誌社主編『中国SF作品集』外文出版社、二〇一八年）、中原尚哉訳「おやすみなさい、メランコリー」（原題「晩安憂鬱」：ケン・リュウ編『月の光――現代中国SFアンソロジー』早川書房、二〇二〇年）などがある。

編者解説　中国史ＳＦ迷宮案内

大恵和実

本書に収録された八作品をお楽しみいただけただろうか。著者紹介については各篇の末尾に付したので、ここでは、中国史ＳＦの概要と、各作品の内容（ネタバレ含む）について解説していきたい。

《中国史ＳＦ概要》

中国ＳＦに占める位置

そもそも中国史ＳＦとは何であろうか。「ＳＦ」の定義すら容易ではないため、「中国史ＳＦ」を厳密に定義づけることは難しい。そこで本書では、あえて詳細な説明は省き、中国の歴史を題材とするＳＦを中国史ＳＦと呼ぶこととする。史実と全く関係の無い中華風世界を舞台にした作品はカウントしない。時代のおおまかな上限は文字資料が出現する殷周時代（前十六～前八世紀）、下限は二十世紀半ばといったところである。ただし、歴史上の人物が現代や未来にタイムスリップする話も中国史ＳＦに含めることとする。

近年、日本では「中国ＳＦ」の翻訳が進んでいるが、「中国史ＳＦ」についてはどうであろうか。日本で刊行され、大きな注目を集めた三つの中国SFアンソロジーをみてみよう。中国系アメリカ人のSF作家で翻訳家でもあるケン・リュウが英語圏に中国SFを紹介するために編み、早川書房から邦訳された『折りたたみ北京――現代中国SFアンソロジー』（二〇一八年）と『月の光――現代中国SFアンソロジー』（二〇二〇年）、それから日本における中国SF研究の第一人者であり、小説家でもある立原透耶《たちはらとうや》が編者となった『時のきざはし――現代中華SF傑作選』（新紀元社、二〇二〇年）である。この三冊にはいずれも中国史SFが含まれており、その割合は四六作中七作で約十五％に及ぶ。SFが未来と親和性の高い文学ジャンルであることを考えると、過去を舞台とする歴史SFの出現率としては低くない数字といえないだろうか。

　そのなかには読者に強いインパクトを与える作品もある。例えば、『三体』で世界的に著名になった劉慈欣《リウツーシン》（中原尚哉訳）の「円」（『折りたたみ北京』所収）は、始皇帝と荊軻《けいか》が人間計算機を構築する異形の中国史SFで、日本の第五十回星雲賞（海外短編部門）を受賞している。また、時間SFの名手である宝樹《バオシュー》（中原尚哉訳）の「金色昔日」（『月の光』所収）は、激動の中国現代史を生き抜く男女を描いた傑作である。始皇帝がTVゲームにはまる馬伯庸《マーボーヨン》（中原尚哉訳）「始皇帝の休日」（『月の光』所収）や、謎の地下洞をくぐって時間を遡る滕野《トンイエ》（林久之訳）「時のきざはし」（『時のきざはし』所収）などもあり、多様な作品が翻訳されている。未読の方は、ぜひ読んでほしい。これをみると、中国では良質の中国史SFが盛んに作られているように感じられよう。では、実際のところ、中国SF全体における中国史SFの割合はどうなのであろうか。

　中国では毎年、千を優に超えるSF短篇が発表されているため、正確な数字を出すことは難しい。そこで便宜的に、編者の手元にある二〇一〇～一九年度の二種類の年刊傑作選[※1]における中国史SFの比率を調べてみた。すると合計二五六作中、中国史SFは十作であった。すなわち約三・九％。次に中国ＳＦ界の二大タイトルともいうべき銀河賞[※2]と華語星雲賞[※3]の中短篇部門に目を向けると、二〇一〇年以降の受賞作一五七作のうち中国史ＳＦは九作であった（約五・七％）。長篇に目を向けても、編者の知る限りでは、二〇一〇年以降に発表された中国史ＳＦは六冊程度にとどまる。こうしてみると、中国史ＳＦが占める割合はそれほど高くないのである。

そこで比較のために、日本における「日本史ＳＦ」の比率を算出してみた。ただし、日本でもＳＦ短篇の発表は数百に及んでいることを踏まえ、便宜的に年刊傑作選[※4]（二〇〇八〜二〇年刊行）を調べてみた。すると合計二一五作中、日本史を題材としたＳＦは十作で約四・六％であり、中国と大差なかった。次に二〇一〇年以降の星雲賞[※5]の国内短編部門の受賞作・参考候補作をみたところ、合計六五作中、日本史ＳＦは六作（約九・二％）であった。さらに長篇に目を向ければ、日本史ＳＦは二〇一〇〜二〇年の間に十五冊も刊行されている。[※6]すなわち中国よりも日本の方が、自国史を題材とするＳＦの割合が高いのである。この結果は編者にとって予想外であった。

どうやら日本に紹介されている中国史ＳＦは、実際の比率よりも高めのようである。ここからシンプルな結論を導き出すことができる。中国国外の作家・翻訳家・ＳＦファンなどが中国ＳＦを紹介しようとすれば、中国の特色が濃厚にあらわれる作品――文化や歴史を背景にした作品――を多めに選んでしまう、ということだ。かてて加えて、ケン・リュウは『月の光』の序文（古沢嘉通訳）で、中国史ＳＦを例に挙げて「西側の読者にはなかなか理解しがたいと見なされるかもしれない数作を意図して含めた」としたうえで、「わたしが用いたもっとも重要な尺度は、以下のように単純なものだ――わたしがその作品を楽しみ、注目に値すると考えたからである」と述べている。かくいう編者も、中国史ＳＦを偏愛するあまり、こうして中国史ＳＦアンソロジーを組んでいるわけで、この流れを後押ししていることになる。そもそも中国史ＳＦは理屈抜きに面白いのだからしかたがない。

次に、日本と中国とでは自国史を題材としたSFに大きな違いがあるので紹介したい。それは作品の舞台となる時代の多様性である。二〇一〇年代に日本で発表された日本史SFの短篇・長篇は、近現代を舞台にした作品が約七割を占めている。例えば長篇では、日中戦争下に生み出された制御不能の細菌兵器の秘密を探る上田早夕里《うえださゆり》『破滅の王』、昭和初期を背景に南方熊楠《みなかたくまぐす》たちが粘菌コンピュータ搭載の「天皇機関」を生みだす柴田勝家《しばたかついえ》『ヒト夜の永い夢』、日露戦争に敗れてロシア帝国の属国となった日本を舞台とする佐々木譲《ささきじょう》『抵抗都市』などがある。[※7] 短篇では、二十世紀前半を題材に改変歴史&百合SFを連発する伴名練《はんなれん》[※8]や、第二次大戦末期に人面牛身の件《くだん》（未来を予言する獣）を買おうとする見世物一家を描いた津原泰水《つはらやすみ》「五色の舟」[※9]といった傑作がある。日本史SFの残りの約三割は江戸時代が大多数を占めており、江戸より前の時代については年刊傑作選にも星雲賞参考候補作にもあがっていない。もちろん、最近でもそうした時代を舞台とする作品が書かれていないわけではない。例えば、田中啓文《たなかひろふみ》は、本能寺の変と怪獣SFを組み合わせた「本能寺の大変」[※10]を書いている。しかし、全体からすればやはり、その数は多くはないのである。

一方、中国では、二〇一〇年以降の年刊傑作選と受賞作に限っても、春秋戦国（前八～前三世紀）・魏晋南北朝（三～六世紀）・隋唐（六～十世紀）・二十世紀を舞台とした作品があり、その時代の幅は広い。また、現時点で編者が把握できている二〇一〇年以降発表の中短篇六〇篇をみると、殷周（前十六～前八世紀）から中華民国（二十世紀）まで各時代がひととおり舞台となっている。内訳でいえば、清末～中華民国という新しい時代を題材にした作品が約三五％と比較的多いのだが、中国では様々な時代を舞台とする作品が次々に生み出されている。[※11] 長大な歴史を誇る中国ならではといえるだろうか。

　ここで、なぜ日中ともに近現代を舞台にした作品が最も多いのか、さらにいえば英語圏をはじめとする欧米の歴史ＳＦではどうなのだろうか、といった疑問が浮かんでくる。専門家の見解をぜひ聞きたいところである。どうやら、この問題は中国ＳＦの枠を超える議論に発展しそうである。今後、本格的な分析が求められよう。

中国史ＳＦの歴史と分類

　現在の中国史ＳＦの占める位置を確認したところで、次に中国史ＳＦの歴史と分類について概観したい。そこで恰好の参考書となるのが、宝樹《バオシュー》が編者となった『科幻中的中国歴史』（生活・読書・新知三聯書店、二〇一七年）である。[※12] 中国初の中国史ＳＦアンソロジーであり、時代順に十一作品収録している。宝樹《バオシュー》の序文は、世界の歴史ＳＦを簡潔に紹介した後、中国における歴史ＳＦの沿革・分類を論じている。また巻末には「中国歴史科幻小説要目」という中国史ＳＦ目録が付けられている。本書を編む際には、この序文と目録に大いに助けられた。そこで、これを参考に中国史ＳＦの歴史をまとめてみたい。

　中国のＳＦ作家が本格的に歴史を題材とするようになったのは意外に遅く、一九八〇～九〇年代になってからのことであり、それ以前はあまり書かれてこなかった。一九四九年の中華人民共和国成立後、中国ＳＦは社会主義文学の支流として、科学知識の普及・啓蒙や社会鼓舞の役割を担っていたため、唯物史観に基づく社会発展をゆるがすものとみなされていた改変歴史ＳＦ（歴史のｉｆを描くＳＦ）や、荒唐無稽で正当な科学の対象ではないとされていたタイムマシン・タイムスリップを扱った歴史SFを描くことは難しかった。そもそも、一九五〇～七〇年代は中国史上の人物・事件の評価が政治的評価と結びつきやすく、SFに限らず、歴史小説を書くこと自体危険であった。[※13] この頃の数少ない中国史SFとしては、考古学者の童恩正《トンエンチェン》が書いた「五万年以前的客人（五万年前の来客）」（一九六〇年）があげられる。この作品は、清初（一六四五年）に墜落した隕石の正体（実は火星人のロケット）を現代の少年と科学者が解明する児童向けSFである。また、同「古峡迷霧（霧深き谷）」（一九六〇年）は、戦国時代（前四世紀）の巴《は》国滅亡の謎と、失踪した考古学者の謎を解くミステリー仕立ての作品である。科学普及に主眼が置かれていた当時の中国SFの枠を打ち破った作品として高く評価されている。[※14] 両作とも歴史考証とSFを融合した形をとっているように、中国史SFの始まりは歴史考証SFだったのである。しかし、一九六六年に毛沢東《もうたくとう》が発動した政治闘争である文化大革命が始まると、中国史SFどころか、SF自体が沈黙を余儀なくされてしまった。

　一九七七年に文化大革命が正式に終結し、一九八〇年代に入って改革開放が進むにつれて、徐々にこうした呪縛から解き放たれ、歴史SFの数も増えていく。まず書かれたのが、歴史考証SFである。劉興詩《リウシンシー》「扶桑木下的脚印（扶桑の木の下の足跡）」（一九八〇年）は、南北朝時代（六世紀）の僧侶がアラスカ経由で北米に渡ったという伝承を史書に基づいて実証しようとした作品である。また、文献史料に名前の見える石筍の正体に迫る童恩正《トンエンチェン》「石笋行」（一九八二年）もある。しかし、こうした歴史考証SFを継承する作家は現れず、しばらくの間姿を消すこととなる。[※15] また、一九八二～八三年に再びSF批判が沸き起こったため、八〇年代後半は中国史SFも含め、SF全体が低調となってしまった。

　SFが息を吹き返したのは一九九〇年代のことである。この頃、よく書かれるようになったのが、中国の神話・伝説や古小説・史書などに見える奇怪な話をＳＦに翻案した作品だ。[※16] 例をあげると、晶静《チンチン》は中国神話の登場人物である女媧《じょか》（人首蛇身の女神）や盤古《ばんこ》（天地を創造した神人）を異星人やアンドロイドとする作品を書いている（「女媧恋」一九九一年、「盤古」一九九四年）。長い歴史を持つ中国では、ＳＦの題材となりうる神話や伝説に事欠かなかったのである。なかでも人気の高い題材が西周の穆《ぼく》王の時代（前十世紀）にからくり人形を作ったとされる偃師《えんし》である（出典は『列子』）。一九九〇年代から二〇一〇年代まで、潘海天《パンハイティエン》「偃師伝説」（一九九八年）、拉拉《ララ》「春日沢・雲夢山・仲昆」（二〇〇三年）、程婧波《チョンジンボー》「青梅」（二〇一〇年）など、複数の作家が同じモチーフで作品を書いている。また、古典に材をとりつつも、その枠を超えて独自の作品に昇華させたのが蘇学軍《スーシュエジュン》「遠古的星辰（遥かなる星）」（一九九五年）である。中国で著名な復讐譚を出発点に、戦国後期（前四世紀末）の秦と楚の激戦の最中にあらわれた未来の火星人類と楚の将軍との交流を描いている。

　この時期にはタイムスリップをテーマとする中国史ＳＦも次々に登場した。その先蹤《せんしょう》は、西南シルクロード調査中の考古学者が異星人の力を借りて時間旅行する劉興詩《リウシンシー》「霧中山伝奇」（一九九一年）である。しかし、当時、読者に最も大きなインパクトを与えたのは香港の武侠小説家として著名な黄易《ホワンイー》が書いた『尋秦記』全二五巻（黄易出版社、一九九四～九六年）である。この作品は特殊部隊のエリート軍人が戦国末（前三世紀）にタイムスリップし、秦の中国統一を陰で指揮する大長篇である。自衛隊の一部隊が戦国時代にタイムスリップする半村良《はんむらりょう》『戦国自衛隊』[※17]（一九七一年）を想起させるが、『尋秦記』はタイムマシンの実験中に主人公のみがタイムスリップしてしまった点で大きく異なっている。そもそも、こうしたタイムスリップＳＦは、英語圏では主人公が六世紀のイングランドに飛ぶマーク・トウェイン『アーサー王宮廷のヤンキー』[※18]（一八八九年）や六世紀のイタリアが舞台のL・スプレイグ・ディ・キャンプ『闇よ落ちるなかれ』[※19]（一九三九年）のように古くから書かれてきたが、中国では前述の理由で歴史SF自体がなかなか書かれなかった。そのため、『尋秦記』は、現在、中国のウェブで高い人気を誇る穿越小説（過去に転生して活躍・恋愛するなろう小説）の淵源の一つとみなされている。

この時期に書かれた作品の多くは、過去を物珍しい異世界としてとらえる冒険譚（宝樹《バオシュー》は「異域探険」と呼ぶ）であったが、次第に自身の故郷・血脈・精神世界の根源として過去を扱う作品（同「故郷尋根」）も登場してきた。例えば、幻覚機器（一種のVR＝仮想空間）で戦国末（前三世紀）の長平の戦いを追体験する姜雲生《チアンユンシェン》「長平血」（一九九二年）は、VR内での背信行為と文革中の裏切りを重ね合わせることで、人々の傷痕を抉り出し、人性批判に至る作品である。このように中国史SFの深みは徐々に増していった。

二十一世紀になると、より多様な歴史SFが書かれるようになった。宝樹《バオシュー》は、タイムスリップ以外の中国史SFを便宜的に三つに分類している。一つ目は、歴史の背後に隠されていた秘密を解き明かす「秘史」である。日本の作品でいえば、はるか古代から日本の危機を特殊能力で、陰ながら救ってきた〈ヒ〉一族の歴史を描く半村良『産霊山秘録《むすびのやまひろく》』[※20]（一九七三年）が該当する。先に紹介した史実の謎を探る歴史考証SFも「秘史」に数えることができよう。宝樹《バオシュー》が「秘史」の代表作としてあげているのが、銭莉芳《チエンリーファン》『天意』（四川科技出版社、二〇〇四年）である。秦末漢初（前三世紀末）の動乱を陰で操る謎の存在と、悲劇の名将韓信《かんしん》との暗闘を描いた『天意』は、刊行されるや人気を博して十五万部を超えるヒット作となった。この記録は、一九八〇年代以降の中国SFの最高記録であり、二〇一〇年に劉慈欣《リウツーシン》『三体Ⅲ』が出るまで破られることはなかった。

二つ目は、「別史」である。歴史のｉｆを描いたＳＦのことで、日本では改変歴史ＳＦと呼ばれている。本書では馬伯庸《マーボーヨン》「南方に嘉蘇あり」（二〇一三年）が相当する。改変歴史ＳＦは、欧米では十九世紀から書かれはじめ、二十世紀半ば以降、多くの作品が生み出されている。中国では、明代（十五世紀）に鄭和《ていわ》がヨーロッパを制圧し、東西の歴史が逆転した世界を描いた劉慈欣《リウツーシン》「西洋」（二〇〇二年）が「別史」の早期の事例である。アメリカやイギリスでは、フィリップ・Ｋ・ディック『高い城の男』[※21]（一九六二年）、ジョー・ウォルトン《ファージング》シリーズ[※22]（二〇〇六〜〇八年）といった第二次世界大戦でナチスドイツが勝利を収めた世界を描いた作品が数多く作られている。日本でも一九九〇年代以降、第二次世界大戦をテーマにした架空戦記が独自の発展を遂げている。[※23]しかし、中国では第二次世界大戦を題材とする改変歴史ＳＦは大変少ない。珍しい例として、陳冠中《チェングアンチョン》が香港・台湾で出版した『建豊二年――新中国烏有史』（牛津大学出版社、二〇一五年）があげられる。この作品は、第二次大戦後に起きた国共内戦で中華民国が勝利を収め、毛沢東が亡命先のクリミア半島で死亡した世界を描いており、現代史を舞台としている。しかし、内容が内容だけに中国ではほとんど流通していない。一方、一九八〇年代に英語圏で勃興した、蒸気機関が異常に発達した世界を描くスチームパンクＳＦは中国でも人気がある。清末を舞台にした梁清散《リアンチンサン》『新新日報館――機械崛起』（湖南文藝出版社、二〇一六年）はその代表作である。また、ケン・リュウがシルクパンク（木・布・革などの加工技術が異常に発達して現代的な技術を生みだした世界）を提唱したのをきっかけに、青銅パンクと呼ばれる作品――春秋時代が舞台の慕明《ムーミン》「鋳夢」（二〇一九年）――も登場している。

三つ目は、時代・地域の異なる技術・概念・歴史がまじりあった世界を描く「錯史」である。日本には対応する用語が無いものの、高野史緒《たかのふみお》の作品群が「錯史」に該当しよう。高野史緒は、人工衛星をも打ち上げたローマ帝国崩壊後の中世ヨーロッパを描いた『アイオーン』（二〇〇二年）や、ネット技術がいびつに発達した帝政ロシア支配下の江戸を描いた『赤い星』[※24]（二〇〇八年）など、独自の世界観の作品を発表し続けている。日本では改変歴史ＳＦに分類されているが、歴史の分岐点が明確にされておらず、歴史的に不可能な技術が発達するに至った経緯も説明されていない点で、通常の改変歴史ＳＦとはやや異なっている。本書では、飛氘《フェイダオ》「孔子、泰山に登る」（二〇〇九年）や韓松《ハンソン》「一九三八年上海の記憶」（二〇一七年）が相当する。

　このように、現在では多様な中国史ＳＦが次々に生み出されており、一定の人気を集めているのである。四分類（タイムスリップ・秘史・別史・錯史）に従って、編者の把握している中国史ＳＦを分類すると、タイムスリップが約三割弱と最も多く、錯史・秘史・別史と続く印象を受ける。もちろん、この四つだけで歴史ＳＦの全てを分類できるわけではない。一度途絶えた歴史考証ＳＦのスタイルを復活させ、ＳＦにまつわる架空の人物・事件を考証する梁清散《リアンチンサン》の作品（本書の「広寒生のあるいは短き一生」など）は、史実を扱っていないので「秘史」の枠におさめてよいか迷うところである。また、タイムスリップ＋秘史やタイムスリップ＋別史という複数の分類を結合した設定も可能であるし、ファンタジーと融合した作品（本書の程婧波《チョンジンボー》「陥落の前に」）のように、四分類に当てはめることが難しいものもある。宝樹《バオシュー》の分類には、限界があることも意識しておく必要があろう。

　とはいえ、この分類が中国史ＳＦの概要を把握する際に便利であることは確かである。それどころか、この四分類は中国史ＳＦのみならず、日本や欧米などの歴史ＳＦにも当てはめることが可能であり、汎用性が高いといえよう。

小結

最後に、「中国ＳＦ」における「中国史ＳＦ」の意義について考えてみたい。中国ＳＦは、文化大革命の断絶を経て、一九八〇～九〇年代に再建を余儀なくされた。その際、中華人民共和国建国以来の「科学普及のための文学」という枠組みを乗り越える努力がなされた。さらに、この頃には英語圏や日本のＳＦの翻訳・紹介も進んでおり、世界のＳＦとの差を縮めつつ、中国ＳＦの独自性を出すことが求められた。そこでＳＦの中国化の一手法として、中国史を題材とするＳＦが作られるようになったものと思われる。文革前にも書かれていた歴史考証ＳＦが復活し、一九九〇年代に中国の伝説・物語などを翻案した中国史ＳＦが流行したことはその証左であろう。また同時期には、欧米・日本の歴史ＳＦで定番のタイムスリップも取り入れられた。

そして二十一世紀に入るやいなや、秘史・別史・錯史やファンタジーと融合した作品など多種多様な中国史ＳＦが生み出された。いずれも既に欧米・日本のＳＦにあった手法であり、中国独自というわけではない。しかし、長きにわたる中国の歴史とＳＦが組み合わさることで、内容豊かな中国史ＳＦが生み出されたのである。先にみたように、現在、中国ＳＦにおける中国史ＳＦの割合は五％程度であるが、その存在感は決して小さくはない。特に二〇一七年の宝樹《バオシュー》編『科幻中的中国歴史』出版後、中国史ＳＦがジャンルとして意識されるようになってきた。例えば、中国のＳＦ評論家の三豊《サンフォン》は、二〇一九年の中国ＳＦの概要を総括した際に、未来の科学技術（人工知能・バイオ技術など）・宇宙・精神世界と並んで中国史をセンス・オブ・ワンダーの来源としている。[※25] 立原透耶は、エキゾチックな作品を好む英語圏に向けて、あえて中国的な意匠を取り入れている作家が存在すると述べているが[※26]、今後、国外も視野に入れて中国史をライトな形で取りこむ作品が出てくるかもしれない。また、中国の経済発展と大国化を背景に、数年前から若者の間で中国の伝統的要素と現代文化を融合した「国潮」ブームが起きており、ファッション（漢服や化粧品など）やサブカルチャー（TVドラマ・アニメ・映画など）のみならず、国産ブランドそのものの消費活動をも牽引している。その流れが中国史SFに波及する（または既に波及している）可能性もあろう。

中国史SFの歴史を見ると、世界の百年に及ぶ歴史SFの展開を短期間（特に一九九〇～二〇一〇年代の三十年間）に凝縮したかのようである。振り返れば、日本SFも同様の経過をたどったのではないだろうか。一九六〇年代にデビューした小松左京《こまつさきょう》・筒井康隆《つついやすたか》・半村良・光瀬龍《みつせりゅう》といった第一世代の作家は、欧米由来のSFを短期間で吸収・咀嚼し、独自の日本SFを打ち建てる過程で、多様な日本史SFを書いている[※27]。すなわち、日本や中国といった欧米以外の地域がSFを吸収した際には、歴史SFが地域化《ローカライズ》に一役買っているのである。他の地域（例えば韓国SFなど）でも同様の現象がみられるのか気になる所である。ただし、第一世代の登場から六十年経った現在、日本史SFは定着・浸透した結果、かえってジャンルとして意識されなくなっている。この点が中国と相違しているように思える。

長い歴史を持つ中国は、古くから多くの歴史書が編纂されてきた。そのなかには王朝を正当化／正統化するための正史もあれば、歴史叙述の中に現実批判を潜ませるものもある。いわば、中国は歴史叙述大国だったのである。そのため編者は、中国史SFの隆盛は中国独特の現象ではないかと考えてきた。しかし、中国史SFの現況・歴史・分類を踏まえると、そう単純に捉えるのではなく、より広い視点で考えていく必要があることに思い至った。また、中国史SFの特徴を見出すためには、各作品に深く分け入り、丁寧に読み解いていくべきだろう。その作業はまだ始まったばかりである。

《作品解説》

続いて各作品の解説に入っていきたい。出典や背景を語るためには、どうしてもネタバレを含むことになるので、本書未読の方は、先に各短篇を読むことを強くお勧めする。

飛氘「孔子、泰山に登る」（一览众山小）

本書の巻頭を飾るのは、春秋末・戦国初（前六～前五世紀）を舞台とした飛氘《フェイダオ》「孔子、泰山に登る」である。初出は『科幻世界』二〇〇九・八。飛氘《フェイダオ》の代表作の一つであることから、複数のアンソロジーに選ばれており、近年刊行された飛氘《フェイダオ》の自選短篇集である『四部半』（作家出版社、二〇一八年）と『銀河聞見録』（花城出版社、二〇二〇年）にも収録されている。また、前述の宝樹《バオシュー》編『科幻中的中国歴史』と、中国文化に関する作品を集めた劉慈欣《リウツーシン》等著『人類基地』（沈陽出版社、二〇一八年）の双方に選ばれていることからも分かる通り、中国史SFの代表的作品である。なお、ほかに双方に収録されているのは、後漢末（三世紀初）の曹操《そうそう》に麺を献上する宝樹《バオシュー》「三国献面記」（未邦訳：諸事情により本書に収録できなかった）と、五代十国時代（十世紀）の北漢《ほくかん》がシルクパンク化する張冉《チャンラン》「晋陽三尺雪」（ケン・リュウ編『月の光』所収「晋陽の雪」）の二作のみである。

本作は、儒家思想を打ち建てた孔子とその弟子たちが楚に赴く途中、陳・蔡という二つの小国の兵に囲まれて窮地に陥った場面（陳蔡の厄）から始まる。しかし、公輸般《こうしゅはん》が機械鳥に乗って救出にあらわれたり、後の戦国時代の斉で開かれた稷下の学宮に孔子が参加したり、戦国時代の思想家である墨翟《ぼくてき》が気球を操るなど、多くの時代矛盾が生じ、徐々に史実とずれていく。中国史に詳しい読者の中には眉をひそめる人もいるかもしれないが、最後まで読み進めていくと、時代考証がいい加減だったわけではなく、一種の伏線だったことに気づくだろう。

「道」を求めて泰山を登った孔子が知る世界の「真実」は重く厳しい。しかし、苦悩の旅を続けてきた孔子は、これにひるまず、思想を、世界を変えていくことを決意する。この生命力の強さが中国SFの特徴の一つである。なお、孔子の弟子といえば、中島敦《なかじまあつし》「弟子」で著名な熱血漢の子路であるが、本作でも孔子とともに泰山に登るなど存在感を発揮している。

孔子の生涯と思想については、たくさんの概説書が出ている。コンパクトにまとまっているのは高木智見《たかぎさとみ》『孔子――戦えば則ち克つ』（山川出版社、二〇一三年）。孔子と儒教を裏面から読み解く浅野裕一《あさのゆういち》『儒教――怨念と復讐の宗教』（講談社学術文庫、二〇一七年）は刺激的な一冊。孔子・墨子・老子などの諸子百家の思想については、湯浅邦弘《ゆあさくにひろ》『諸子百家――儒家・墨家・道家・法家・兵家』（中公新書、二〇〇九年）がある。

さて、本書収録作は、基本的に原題に沿って日本語タイトルをつけているが、本作のみは原題から大きく改変した。原題の「一览众山小」は、唐代の詩人である杜甫《とほ》（七一二～七七〇）の「望岳」という詩の一節である。杜甫は泰山を眺めながら、その頂上に立って周囲の山々を見下ろす様を想像して、「一覧衆山小（衆山の小さきを一覧すべし）」とうたった。ここには泰山のように雄大な人物になりたいという気持ちも込められている。そして、この一節には、戦国時代の儒家の思想書である『孟子』尽心上の「孔子東山に登りて魯を小とし、泰山に登りて天下を小とす（孔子登東山而小魯、登泰山而小天下）」、すなわち孔子が東山に登って魯の国の小ささを知り、泰山に登って天下の小ささを知ったという句が響いている。飛氘《フェイダオ》は、孔子が泰山に登って、世界の「真実」を知る様を描いた本作と、杜甫の詩・『孟子』の句を重ね合わせたのである。出典を知れば、大変魅力的な題名であるものの、一読で理解するのは難しい。そこで本書では、著者の了解を得た上で、『孟子』の句にちなんで「孔子、泰山に登る」と改題した。

馬伯庸「南方に嘉蘇あり」（南方有嘉苏——咖啡在中国的假想历史）

初出は馬伯庸《マーボーヨン》のブログ（加里波第二〇一三年三月二十八日）である。その後、たびたび転載されているが、紙媒体に載ったのは中国の主流文学の雑誌である『青年作家』二〇一四‐三のみである。すなわち、今回初めて書籍に収録されたことになる。

東アフリカに自生していたコーヒーは、九世紀頃にイスラーム世界に広がり、ヨーロッパを経由して、十九世紀に中国に到来した。しかし本作は、コーヒーの歴史自体を数百年遡らせたうえで、漢末（一世紀初頃）にコーヒー（嘉蘇）が伝来した中国を描く改変歴史ＳＦである。学術エッセイのスタイルで、コーヒーの発見・中国への伝来・後漢から唐に至る嘉蘇文化を紹介していくが、その語り／騙り口は絶妙で、ＳＦと銘打たれていなければ史実と信じてしまいそうになる。それもそのはず。作中に出てくる中国史上の書名・人名はほとんどが実在しており、作中に引かれた漢文の多くも実際の史料の一部を嘉蘇がらみに改変したものである。

例えば、馬援《ばえん》が遠征から持ち帰った嘉蘇の実（崑崙果）を赤い宝石と疑われるエピソードから

「薏苡朱果《よくいしゅか》」という故事成語が生まれたとしているが、これは「薏苡明珠」という実在する故事成語（意味は、罪がないのにあらぬ嫌疑をかけられること）のもじりである。また、司馬懿《しばい》のクーデターを題材とする晩唐の李商隠《りしょういん》の詩として引かれた「嘉蘇の小豆磨きて未だ半ばならず、已に晋師の洛陽に入るを報ず（嘉蘇小豆磨未半、已報晋師入洛陽）」は、北斉の滅亡をうたった李商隠作「北斉二首」の「小憐の玉体横陳せる夜、已に周師の晋陽に入るを報ず（小憐玉体横陳夜、已報周師入晋陽）」を踏まえたものである。もっとややこしい事例は杜甫作「同李十一醉憶元九」として引かれた「褐蟻《かつぎ》新醅《しんはい》の水、紅泥《こうでい》小火の炉（褐蟻新醅水、紅泥小火炉）」である。これは白居易《はくきょい》作「問劉十九」の「緑蟻《りょくぎ》新醅の酒、紅泥小火の爐（緑蟻新醅酒、紅泥小火爐）」を改変したものであり、作者も作品名も入れ替えられている。

　このように本作は中国史パロディで埋め尽くされている。その全てに訳注をつけたら、あまりにも煩雑になるため、本書では最低限の語釈を除き、詳細な訳注はあえてつけなかった。興味のある人は、ぜひインターネットや概説書などを駆使して元ネタを探してほしい。違った楽しみが味わえるだろう。また、作中では描かれていないが、おそらく六世紀頃には朝鮮半島経由で仏教と一緒に嘉蘇が倭国にも伝来しているはずである。日本における嘉蘇文化を想像するのも楽しいのではないだろうか。

　ところで本作は、嘉蘇がらみの逸話こそ創作であるものの、後漢から隋唐に至る歴史の流れ自体は、おおむね史実通りに推移している。しかし、史実と大きく異なる箇所が二つある。誤解を招かないよう、ここで言及しておきたい。一つは三国時代の蜀漢《しょくかん》である。本作において、蜀漢の宰相である諸葛亮《しょかつりょう》は、二三一年の第四次北伐の途中にカフェイン中毒で急死している。そのため魏の将軍である司馬懿が蜀漢を滅ぼしている。しかし、史実の諸葛亮は二三四年の第五次北伐の際に病死しており、蜀漢も司馬懿ではなく、その子の司馬昭《しばしょう》によって二六三年に滅ぼされている。もう一つは台湾である。本作では西晋時代（三世紀末〜四世紀初）に、嘉蘇栽培のために台湾に入植がなされ、中国の領域に入ったとしている。しかし、実際に台湾が中国の王朝に統治されるようになったのは、十七世紀後半の清代のことである。

本作の主な舞台である魏晋南北朝時代については、川本芳昭《かわもとよしあき》『中国の歴史5 中華の崩壊と拡大』（講談社学術文庫、二〇二〇年）が入門書として最適である。また、嘉蘇飲用法の集大成の書物として出てきた陸羽《りくう》『蘇経』の元ネタは、お茶を主題とする陸羽『茶経』である。これについては、布目《ぬのめ》潮渢《ちょうふう》『茶経 全訳注』（講談社学術文庫、二〇一二年）がある。

程婧波「陥落の前に」（赶在陷落之前）

初出はSF雑誌ではなく、主流文学の老舗雑誌『人民文学』二〇〇九・一二である。第一回華語星雲賞最佳科幻短篇小説賞を受賞した本作は、程婧波《チョンジンボー》の代表作である。そのため複数のアンソロジーに選出されており、二〇一九年に万巻出版公司から出た華語星雲賞アンソロジーの表題作となった（『赶在陷落之前』万巻出版公司、二〇一九年）。また、彼女の短篇集である『倒懸的天空（さかさまの空）』（上海文藝出版社、二〇二〇年）にも収録されている。

隋末唐初を舞台とする「陥落の前に」は、幽霊つかいの波波匿《ポポーニ》の弟子である少女禅師《シャンシー》が世界の「真実」を知ってしまう話である。要約だけ読めば、飛氘《フェイダオ》「孔子、泰山に登る」と同じに見えるが、その読後感は大きく異なる。洛陽城を引きずる巨大な骸骨、数十年歌い続ける尼僧の幽霊、二つの心臓を持つ西域商人など、濃厚で幻想的な世界が広がり、「真実」自体も容易につかむことができず、茫漠としたまま結末を迎える。儚さと美しさに満ちた、大変魅力的な作品である。

ここで注目したいのは作中の洛陽城内の地名・寺院名である。隋の煬帝は、北魏後期（六世紀前半）の都であった洛陽が戦乱で荒廃していたため、六〇六年に北魏洛陽城の西南に新たに洛陽城を造営した。これが隋・唐の洛陽城である。しかし、本作は隋末唐初の洛陽が舞台であるにもかかわらず、北魏洛陽城の里名（延年里・永康里など）・寺院名（長秋寺・永寧寺・景明寺）・官庁名（護軍府・司徒府・太尉府など）を用いているのだ。これによって現実の洛陽城との乖離が進み、作中世界の幻想性が更に高まる効果を発揮している。あるいは作中世界を夢想しているのが、旧洛陽城を知っている人物であることを示唆しているのかもしれない。

程婧波《チョンジンボー》自身が述べているように、本作は隋末唐初を生きた南陽公主《なんようこうしゅ》（隋の煬帝《ようだい》の娘）と宇文士及《うぶんしきゅう》という実在の夫婦の故事を下敷きにしている。その時代背景については、「作者による補足」（二二九頁）にまとめられているので省略する。隋の煬帝については、布目潮渢『隋の煬帝と唐の太宗――暴君と明君、その虚実を探る』（清水書院、二〇一八年）がおすすめ。また、竇建徳《とうけんとく》をはじめとする隋末唐初の群雄については、谷川道雄《たにがわみちお》・森正夫《もりまさお》編『中国民衆叛乱史1 秦〜唐』（平凡社、一九七八年）に詳しい解説がある。

さて補足で程婧波《チョンジンボー》は、「宮崎駿《みやざきはやお》の影響を受けた」と述べている。そこで本人にどの宮崎作品の影響を受けたのか尋ねたところ、以下のような回答が返ってきた。

「この作品は確実に宮崎駿氏の影響を受けています。彼はよく少女を主人公としていますね。例をあげれば『千と千尋の神隠し』『天空の城ラピュタ』などたくさんあります。私の作品の多くは女性――その年齢は作品によってまちまちです――が真相を見つけ出す話ですが、「陥落の前に」の主人公が十歳の少女なのは、確実に宮崎駿氏の影響です。千尋も十歳でした」

なお、彼女はジブリ好きが高じて、二〇一七年の日本SF大会に参加した際には、三鷹の森ジブリ美術館を観覧したとのこと。また、二〇二〇年には偶然にも『ハウルの動く城』を中国語に訳したそうである。

飛氘「移動迷宮 The Maze Runner」（移动迷宫 The Maze Runner）

ここで時代は七世紀の隋末唐初から、十八世紀末の清朝に一気に飛ぶ。

飛氘《フェイダオ》「移動迷宮 The Maze Runner」の初出は、二〇一五年三月刊行の『芸術世界』二九四。掌編ながらも飛氘《フェイダオ》のお気に入りのようで、自選短篇集の『四部半』と『銀河聞見録』の双方に収録されている。飛氘《フェイダオ》には、『マトリックス』と岳飛、『ジュラシック・パーク』と乾隆帝といった具合にSF映画と中国史をリミックスした傑作短篇「蝴蝶效応」（二〇一一：六五頁で紹介した「滄浪之水」はその一部）があるが、本作も映画『メイズ・ランナー』（中国語題名は『移動迷宮』）を意識して執筆されている。

貿易体制の改善のため清朝にやってきたマカートニー使節団。彼らは乾隆帝《けんりゅうてい》に会うため、北京の円明園に設けられた西洋風迷路に挑むことになる。しかし、彼らは何日も何日もさまよい歩くことに。「移動迷宮」というタイトルには、迷宮をさまよう人々と、迷宮自体が時空を移動するという二つの意味が込められているのだ。一方、マカートニーを迷路に誘い込んだ乾隆帝であったが、彼は大きな不安に包まれていた。いつか西洋人によって大清帝国は滅ぼされるのではないかという不安に。迷路も時間稼ぎにすぎないことを知っている……。この掌編は幻想的な雰囲気を堪能できるとともに、様々な寓意を読み取ることも可能な作品である。

史実のマカートニーも、一七九二年に自由貿易を求めるイギリス政府によって清朝に派遣されている。これに対して清朝は、通常の朝貢使節と同様に扱い、乾隆帝への謁見の際に、三跪九叩頭（三回跪《ひざまず》き、九回ぬかずく）するよう求めた。マカートニーがこれを拒否すると、清朝は鷹揚な姿勢を見せ、イギリス流に片膝をついて挨拶することを認めた。しかし、イギリスが望んでいた自由貿易については、「わが天朝の基本制度にあわず、とうてい認められない」として完全にしりぞけた。当時の清朝はユーラシア東方最大の帝国で、貿易収支も黒字であった。政治的にも経済的にも、イギリスとの自由貿易に全く魅力を感じなかったのである。そのためマカートニーは何も得るものが無いまま帰国した。

マカートニーは中国派遣時の日記を残しており、日本語訳に坂野正高《ばんのまさたか》訳『中国訪問使節日記』（平凡社、一九七五年）がある。また、清の建国から乾隆帝期にかけての概説書には、石橋崇雄《いしばしたかお》『大清帝国への道』（講談社学術文庫、二〇一一年）がある。乾隆帝の文化事業については、中野美《なかのみ》代子《よこ》『乾隆帝──その政治の図像学』（文春新書、二〇〇七年）がある。乾隆帝期に最盛期を迎えた清朝は、十九世紀に入ると近代化した欧米列強の圧力によって衰退していくことになる。その過程については、吉澤誠一郎《よしざわせいいちろう》『シリーズ中国近現代史① 清朝と近代世界』（岩波新書、二〇一〇年）が詳しい。

梁清散「広寒生のあるいは短き一生」（广寒生或许短暂的一生）

初出は『科幻世界』二〇一六年増刊号。前述の中国文化をテーマにした劉慈欣《リウツーシン》等著『人類基地』に収録されている。

梁清散《リアンチンサン》は、歴史考証SFというジャンルを再開拓した人物である。その代表作には、「私」と邵靖《シャオジン》が清末の爆発事件の真相を解明する「済南的風箏」（二〇一八年発表。拙訳「済南の大凧」『時のきざはし』新紀元社、二〇二〇年）がある。「広寒生のあるいは短き一生」は、「邵靖《シャオジン》」こそ登場しないが、著者自身によって「私と邵靖《シャオジン》」シリーズの一作に正式に位置付けられている。なお、このシリーズには、中華民国期に起きた文学評論家殺人事件の謎に迫る「枯葦余春」（『歳月 推理（下半月）』二〇一六・六）もある。また、シリーズ新作を含む『沈黙的永和輪』が出るそうだ。

本作は、清末に月を舞台とするSF小説を書いた「広寒生」の事績をたどるため、主人公の「私」が図書館に通う日々を描いている。調査過程で浮かび上がってきたのは、優れた学識を持ちながら、狷介な性格が災いし、時流に乗れずに消えてしまった知識人の姿である。そして、そこには正職に就いていない主人公のぼんやりとした不安も重ねあわされている。

作中の文献調査のリアリティは半端なものではない。その理由は、梁清散《リアンチンサン》自身が清末の古典SFに関心を寄せ、調査・研究していることに起因し、なかでも清末の呉趼人《ごけんじん》『新石頭記』の調査経験が活かされている。梁清散《リアンチンサン》は、『新石頭記』の初出雑誌を図書館で調査した際、その一部が欠けていて本文が確認できないという状況を体験しており、その顛末を記したエッセイもある。※28

また、出てくる人名・新聞・雑誌のほとんどが実在していることもリアリティを高めるのに一役買っている。その数少ない例外が『新新日報』と『泰西学新編』である。このうち『新新日報』は、梁清散《リアンチンサン》の清末スチームパンクSF『新新日報館——機械崛起』に、主人公が勤める新聞社の刊行物として登場している。もう一方の『泰西学新編』の「泰西」は西洋諸国を意味しており、いかにも実在しそうな雑誌名である。清末のメディア（新聞・雑誌）を中心とする思想文化については、坂元ひろ子『中国近代の思想文化史』(岩波新書、二〇一六年)がおすすめ。

宝樹「時の祝福」(时光的祝福)

中国の未来事務管理局が開催しているオンラインSFイベントの第五回科幻春晩で公開された作品。公開日は二〇二〇年一月二十五日。中国で新型コロナの流行が始まった直後のことである。著者によれば、科幻春晩で公開したバージョンは、字数制限のため三千字ほど削った短縮版(約一万七千字)であるとのこと。本書には削除前の完全版を寄せていただいた。すなわち、現時点で完全版の内容が読めるのは本書だけである。

一九二〇年の除夕(旧暦の大晦日)を舞台とする「時の祝福」は、魯迅《ろじん》の文学世界とH・G・ウェルズの「タイムマシン」が融合したタイムスリップSFである。故郷に帰省した主人公の迅《シュン》は、ウェルズのもとからタイムマシンを盗んできたという旧友呂緯甫《リュウェイフー》と再会する。二人は歴史を変える「実験」として、不幸な生涯をおくった村の女性——祥林嫂《シャンリンサオ》——を救おうと試みる。善意に基づくとはいえ、旧社会の因習に絡めとられ、不幸の末に死んだ女性を実験台にした迅《シュン》と呂緯甫《リュウェイフー》は、庶民に寄り添おうとして寄り添い切れない当時の典型的知識人ともいえる。ところが何度タイムスリップしてもうまくいかず、事態は悪化する一方。最後に呂緯甫《リュウェイフー》は人々を救う方法を求めて、百年後の二〇二〇年に向かったまま消えてしまう。残された迅《シュン》は、春節を迎える爆竹が鳴り響くのを聞くばかり……。現代中国にタイムスリップした呂緯甫《リュウェイフー》は一体何をみたのだろうか。非常に示唆的なラストである。

本作は魯迅の小説を巧みに下敷きにしている。祥林嫂《シャンリンサオ》は「祝福」、呂緯甫《リュウェイフー》は「酒楼にて」の主要登場人物である。そのほか、ちらっと出てくる孔乙己《コンイーチー》は「孔乙己」、革命党の夏《シア》は「薬」、趙《チャオ》大旦那の息子は「阿Q正伝」の登場人物である。また、本作の冒頭と末尾は「祝福」の文章そのままであるほか、作中の台詞の一部も魯迅の作品の引用やパロディである。例えば「救国救民のことが、どうして盗みといえようか」は「孔乙己」から。「教育部に就職して古碑を写す」や「鉄の部屋」の例えは「吶喊《とっかん》自序」に登場する。また、作中で迅《シュン》は『月世界旅行』を翻訳したと述べているが、実際に魯迅は日本留学中の一九〇三年に、日本語訳に基づいて『月世界旅行』を中国語訳している。魯迅と中国ＳＦの意外なつながりである。ただし、当時はまだ「魯迅」という筆名ではなく、一介の留学生周 樹人《チョウシューレン》として翻訳したにすぎない。同時代に与えた影響もほとんどなかったといわれている。魯迅を中国ＳＦの起源の一つとみなすのは、後世の視点であることに注意すべきである。[※29]

本作を読んで魯迅の作品が気になった人もいるのではないだろうか。魯迅には複数の訳書があるが、藤井《ふじい》省三《しょうぞう》が訳した光文社古典新訳文庫『故郷／阿Q正伝』（二〇〇九年）と『酒楼にて／非攻』（二〇一〇年）は、原文の句読点にまでこだわって翻訳しており、実は名文とはいえない魯迅の屈折した文章を味わうことができる。また、清末から中華民国初期の歴史を知りたい場合は、川島真《かわしましん》『シリーズ中国近現代史② 近代国家への模索』（岩波新書、二〇一〇年）がおすすめである。

韓松「一九三八年上海の記憶」（一九三八年上海记忆）

本書を編むにあたって一つ意識したことがある。それは日中戦争を題材にした作品を必ず入れるということである。複数候補のうち、最終的に韓松《ハンソン》「一九三八年上海の記憶」を選んだ。二〇

○五年に執筆され、宝樹《バオシュー》編『科幻中的中国歴史』で正式に発表された作品である。

本作は、日中戦争下の上海の淀んだ空気を巧みに描く一方、一九三八年に映像レコード（執筆年代からするとVCDを意識していたと思われる）が存在するという史実に反する奇妙な設定を通し、時空の束縛を離れて、隠されていた歴史記憶を明らかにしている。タイトルに「一九三八年」とあるものの、一九四〇年に実戦に投入された零戦《ゼロせん》や一九四四年に配備された同盟軍（＝アメリカ軍）の超弩級要塞（＝B‐29）が出てくるように、その後の歴史展開も凝縮された形で描かれている。

作中では、人生をやり直せる映像レコードが流行した結果、占領地政権下の上海のみならず中国全土で、絶望の淵に立たされていた人々が大量に失踪してしまう。一見、荒唐無稽な話のようだが、そうともいえない。当時、中華民国では政府関係者による汚職や腐敗が蔓延し、兵士や食糧の過酷な徴発が行われ、政府に対する不満も蓄積し、徴兵逃れや兵士の脱走も相次いでいた。このことは笹川裕史《ささがわゆうじ》・奥村哲《おくむらさとし》『銃後の中国社会――日中戦争下の総動員と農村』（岩波書店、二〇〇七年）に詳しい。確かに中国軍は日本軍に激しく抵抗し、学生・知識人や被害を目の当たりにした人々などを中心に抗日意識が高揚していた。しかしその一方、後背地では厭戦気分も広がっていたのである。「一九三八年上海の記憶」はこうした史実をも連想させる作品なのである。

韓松《ハンソン》以外にも日中戦争を扱った中国史SFは数多く書かれている。その多くは日本軍のもたらした悲劇をモチーフとしている。これは被害国としては当然の反応である。しかし、本作は日本軍による惨禍であることを前提とした上で、日中戦争下の「中国軍」の問題にも随所で言及している。例えば中国軍による誤爆、南京陥落時の敗残兵による強姦、官僚の腐敗などである。

韓松《ハンソン》のSF作品の特徴は、飛氘《フェイダオ》が「鬼魅中国（魑魅魍魎たる中国）」と評したように、中国文化・社会に根差しつつ、不条理やグロテスクさを通して、中国人とは何か、中国文化とは何か、中国とは何かといった問題を鋭く突きつけ、さらに人類とは何か、生命・宇宙とは何か、といった哲学的な問題にまで到達することである。近現代史上の敏感な問題を濃い陰翳とともに描く本作からも、この韓松《ハンソン》の凄味が窺えよう。

なお作中では、映像レコードを買った著名人として、作家の巴金《バーチン》・夏衍《シアイエン》・余秋雨《ユチウユィ》・衛慧《ウェイフイ》、学者の陳望道《チェンワンタオ》、女優の阮玲玉《ロアンリンユィ》、画家の陳逸飛《チェンイーフェイ》、秘密結社「青幇《チンパン》」のボス杜月笙《トゥーユエシェン》の名をあげている。このうち阮玲玉は、史実では一九三五年に自殺している。また、余秋雨と陳逸飛は戦後生まれ、『上海ベイビー』で名を馳せた作家の衛慧に至っては一九七三年生まれである。人を喰ったようなユーモアをしれっとまぜるのも韓松《ハンソン》作品の特徴といえよう。

本作の舞台である上海は、一九三八年当時、日本軍が樹立した占領地政権の中華民国維新政府が統治していた。これについては、広中一成《ひろなかかずなり》『傀儡政権――日中戦争、対日協力政権史』（角川新書、二〇一九年）が詳しい。また、この頃の上海の雰囲気を記したエッセイとしては、鄭振鐸《チェンチェンドゥオ》（安藤彦太郎・斎藤秋男訳）『書物を焼くの記――日本占領下の上海知識人』（岩波新書、一九五四年）がおすすめ。一九三〇年代から日中戦争終結までの過程については、中国史研究者の石川禎浩《いしかわよしひろ》『シリーズ中国近現代史③　革命とナショナリズム』（岩波新書、二〇一〇年）と日本史研究者の加藤陽子『シリーズ日本近現代史⑤　満州事変から日中戦争へ』（岩波新書、二〇〇七年）を併せ読むと日中双方の流れがよくわかる。

夏笳「永夏の夢」（永夏之梦）

本書の掉尾を飾るのは、夏笳《シアジア》の「永夏の夢」。初出は『科幻世界』二〇〇八・九で、彼女の短篇集『你無法抵達的時間』（天津人民出版社、二〇一七年）に収められている。また、本作を収録した宝樹《バオシュー》編『科幻中的中国歴史』もラストに配している。

時間旅行者の夏荻《シアディ》と、永生者である姜烈山《きょうれつざん》の、数千数万年に及ぶ、一瞬の恋愛を描いた作品。冒頭は二〇〇二年。黒衣の男に追われる少女夏荻《シアディ》は、逃れるためにタイムスリップする。彼女は四六八年（南北朝時代の北魏）・前四九〇年（春秋時代）・前四〇〇〇年（新石器時代）・遠未来に跳び、あるときは江小山《こうしょうざん》、あるときは姜烈山《きょうれつざん》と名を変えて生きる男と出会う。二人の時間はあまりにも違う。数千年を生きる彼からすれば、夏荻《シアディ》との時間は一瞬にすぎず、再会のたびに忘却している。しかし、二人は悠久の時を超え、出会いと別れを繰り返し、愛をつむぐ。清涼感あふれる傑作である。

作中で明かされているように、登場人物の中には中国の神話・伝説上の人物もいる。姜烈山《きょうれつざん》は中国の伝説上の君主三皇五帝の一人である炎帝《えんてい》神農。夏荻《シアディ》を助ける時間旅行者の老彭《ろうほう》は、八百歳を超える長寿を保ったという彭祖《ほうそ》であると同時に、戦国時代の思想家とされている老子（李《り》聃《たん》）に設定されている。老彭のもとにいた永生者の女性は、中国神話に出てくる女媧《じょか》であり、殷王朝を崩壊に導いたとされている傾国の美女妲己《だっき》だそうだ。

以上、本書に収録された八作品を解説してきた。作風も内容も多様だが、共通点としては中国の歴史・文化を深く掘り下げつつ、ＳＦとしての面白さも兼ね備えていることであろう。そのなかには現代社会への鋭い視線を持つものもある。ただし、この八作品で中国史ＳＦの全てを見通せるわけではない。本書に収録できなかった中国史ＳＦの傑作は数多い。隋唐と清の間の宋・モンゴル帝国・明などを舞台とする作品もあるのだが、紙幅と作風のバランスを考慮して収録することができなかった。また、若手作家（九〇年代前後生まれ）の作品を収録できなかったのも残念である。今後機会があれば紹介したい。

中国では、毎年、多くの中国史ＳＦが創作されているが、まだまだ深掘りされていない題材もたくさんある。例えば実在の女性を題材とした作品は少ない。[※30] 儒教の影響で男性優位の時代が長く続いた中国であるが、当然のことながら、その背後に多くの女性が存在していたのである。中国ではフェミニズムＳＦ・ジェンダーＳＦはまだ目立たないが、中国史ＳＦと結びつくことで新たな作品が生まれる可能性があろう。また、遊牧民をはじめとする漢人以外の諸民族の描写が類型的なのも気になるところである。歴史研究の進展とともに、従来とは違った遊牧民像が描かれつつある。こうした点に目を向けるようになれば、中国史ＳＦはより豊饒になっていくだろう。

さて、中国ＳＦを語る際には、中国固有の社会的文脈をどこまで意識するかという問題がつきまとう。例えばケン・リュウは『折りたたみ北京』の序文の中で、「中国ＳＦと出会う西側の読者にとって、中国の政治に関する西側の夢や希望やおとぎ話でできたレンズを通して見ようとするのは自然なことです。……読者には、そのような誘惑に抵抗していただきたいのです。……中国の作家たちは、地球について、たんに中国だけではなく人類全体について、言葉を発しており、その観点から彼らの作品を理解しようとするほうがはるかに実りの多いアプローチである、とわたしは思います」（古沢嘉通訳）と述べて注意喚起している。

一方、及川茜《おいかわあかね》は、『郝景芳短篇集』（白水社、二〇一九年）の訳者あとがきの中で、「地域固有の政治的、社会的な文脈を丹念に拾いつつ、登場人物たちの目を借りて、「中」に入って読み解こうとするなら、中国を覗くレンズの解像度はぐんと上がるだろう。レンズの向こうは決して別世界ではなく、わたしたちの日常とも直結しているのだ」と述べている。

実際、中国固有の社会的文脈と、世界的普遍性を併せ読むことは十分可能である。そのことは本書に収録された中国史ＳＦ、すなわち中国の社会的文脈と切っても切り離せない「中国史」をテーマにした作品群を見れば容易にうかがえよう。「真実」を知る戸惑い、異文化衝突、才能と人格のずれ、時代に取り残される不安、社会変革の困難、絶望の淵での選択、忘却を超える愛……。これらはあくまで編者が感じ取ったものに過ぎないが、個々の作品に現れる機微は、普遍的なテーマとして読む側の胸に迫ってくるのではないだろうか。

中国史に限らず、歴史をテーマにしたＳＦについて読み解くときは、その地域固有の社会的文脈を無視することはできない。むしろ、その地域を外側から見ている私たち読者が、その社会的文脈を把握し、自身の属する社会との相違点・共通点を認識することで、相互理解は深まっていくのではないだろうか。本書がその糸口になれば幸いである。

最後に謝辞を。中国史ＳＦアンソロジーなどという前代未聞の一冊を手に取ってくださった読者の方々には、ただただ感謝の一言である。また、翻訳を快く承諾してくださった著者の方々、原文の魅力を伝える素晴らしい翻訳を寄せてくださった上原《うえはら》かおり・大久保洋子《おおくぼひろこ》・林久之《はやしひさゆき》諸氏、版権をはじめとして様々なご助力をいただいた未来事務管理局の武 甜 静《ウーティエンジン》氏に、この場をお借りして謝意を述べさせていただきたい。翻訳デビューしたばかりの編者の企画を共に練り上げ、刊行にこぎつけてくれた中央公論新社文芸編集部の藤吉亮平氏には感謝するばかりである。そして、なんといっても本書刊行の最大の立役者は立原透耶《たちはらとうや》氏である。もともと編者は、ツイッターで中華SFの感想を呟いていただけのSF好きの中国史研究者にすぎない。中華SFの紹介・翻訳を牽引してきた立原氏が『時のきざはし』の翻訳に誘ってくださらなければ、今でも「誰か中国史SFアンソロジーを出してくれないかなぁ」と思っているだけだったろう。企画が通った後も、立原氏には翻訳のみならず、著者や訳者との橋渡しも担っていただいた。まさに影の功労者であり、五体投地せんばかりに感謝している。

最後の最後、翻訳・編集にのめりこむ編者を温かく見守ってくれた妻と、「おとうさんのおしごとはほんやくなんだよねぇ」と胸を張る子どもたちに感謝したい（ちゃんと研究もしているからね）。

（おおえ・かずみ／中華SF愛好家）

※1　一つは、毎年一月に刊行される星河《シンホー》等編『中国年度科幻小説』（漓江出版社）である。もう一つは、二〇一四年まで出版された呉岩《ウーイエン》主編『年度中国最佳科幻小説集』（四川人民出版社）と、その後継として二〇一五年以降出版されている姚海軍《ヤオハイジュン》編『中国最佳科幻作品』（人民文学出版社）である。いずれも前年に刊行された短篇作品の中から選出している。

※2　一九八六年に始まった中国で最も歴史あるSFの賞。もともと中国科幻銀河賞という名前だったが、二〇〇七年に銀河賞に改名した。SF雑誌『科幻世界』が主

催している。

※3 華語星雲賞の正式名称は、全球華語科幻星雲賞。二〇一〇年に世界華人科幻協会が始めた。

※4 大森望・日下三蔵編『年刊日本SF傑作選』全十二巻は東京創元社（創元SF文庫）で二〇〇八年から二〇一九年まで刊行された。前年に出版されたSF短篇の中から選出されている。二〇一九年分については、新たに大森望編『ベストSF2020』が竹書房文庫から刊行された。以後、竹書房文庫で刊行予定とのこと。

※5 星雲賞は、前年に発表された作品の中から、日本SF大会参加登録者の投票（ファン投票）で選ばれる。本書では、二〇一〇年の発表作品を対象とする第四十二回から二〇一九年発表作品を対象とする第五十一回までを調査した。

※6 早川書房が毎年二月に刊行している『SFが読みたい！』の前年のベストSFと大森望・日下三蔵編『年刊日本SF傑作選』に収録されている大森望「日本SF界概況」を参考にカウントした。もし架空戦記もカウントした場合は、その数は一気に膨れ上がる。

※7 上田早夕里『破滅の王』は二〇一八年に双葉社から刊行され、現在、文庫化されている。柴田勝家『ヒト夜の永い夢』は二〇一九年にハヤカワ文庫から刊行された。佐々木譲『抵抗都市』は、二〇一九年に集英社から刊行された。現在、続編の「偽装同盟」が『小説すばる』で連載中である。

※8 一九〇〇年代を駆け抜けた女性SF作家を描く「ゼロ年代の臨界点」（二〇一〇年）、第二次大戦中に聖なる力で世界を変えてしまった姉に宛てた手紙で綴る「ホーリーアイアンメイデン」（二〇一七年）などがある。いずれも伴名練『なめらかな世界と、その敵』（早川書房、二〇一九年）に収録されている。

※9　大森望責任編集『ＮＯＶＡ２』（河出文庫、二〇一〇年）が初出。津原泰水『11 eleven』（河出文庫、二〇一四年）に収録されている。二〇一四年に発表された『ＳＦマガジン』七〇〇号記念「オールタイム・ベストＳＦ」では国内短篇部門一位となった。

※10　初出は大森望責任編集『ＮＯＶＡ９』（河出文庫、二〇一三年）。後に田中啓文『イルカは笑う』（河出文庫、二〇一五年）に収録された。

※11　内訳は、殷周二／春秋戦国五／秦漢六／魏晋南北朝八／唐五代四／宋元三／明清八／清末～中華民国二一／その他（様々な時代が登場）三となっており、清末～中華民国が最も多い（約三五％）。

※12　中国文化に関する作品を集めた劉慈欣等著『人類基地』（沈陽出版社、二〇一八年）にも、中国史ＳＦが複数収録されている。

※13　例えば、文化大革命（一九六六～七七年）は、一九六一年に発表された呉晗《ウーハン》『海《かい》瑞《ずい》罷《ひ》官《かん》』（明代の硬骨官僚の海瑞が罷免された事件を描いた京劇戯曲）を毛沢東路線批判であるとして姚文元《ヤオウェンユエン》（毛沢東側近）がバッシングしたことを契機に始まっている。

※14　趙海虹《ジャオハイホン》「科学与文学水乳交融――《古峡迷霧》賞析」（姚義賢《ヤオイーシエン》・王衛英《ワンウェイイン》主編『百年中国科幻小説精品賞析』科学普及出版社、二〇一七年）を参照した。

※15　鄭軍《チョンジュン》「〝文化大革命〟後至１９８４年科幻小説創作綜述（１９７６‐１９８４）」（姚義賢・王衛英主編『百年中国科幻小説精品賞析』科学普及出版社、二〇一七年）を参照した。歴史考証ＳＦを本格的に復活させたのが、本書にも作品を収録した梁清散である。

※16　二〇世紀末に書かれた中国史ＳＦについては、武田雅哉・林久之『中国科学幻想

文学館』下（大修館書店、二〇〇一年）および林久之編「架空ＳＦアンソロジー10選＋α 饕餮の夢——中国古代史ＳＦアンソロジー」（『ＳＦマガジン』二〇〇二・五）でも紹介されている。

※17 一九七四年に半村良『わがふるさとは黄泉の国』（早川書房）に収録された。後に角川文庫・ハルキ文庫で再刊され、二〇〇五年に角川文庫から新装版が出た。

※18 アメリカ人技師が六世紀のイングランドにタイムスリップし、アーサー王の宮廷で活躍する話。翻訳は複数あるが、二〇〇九年に角川文庫で大久保博訳の新版が出ている。

※19 アメリカ人考古学者がゴート族の支配する六世紀のイタリア半島にタイムスリップし、現代の知識を活用してローマ帝国の衰亡を防ごうとする話。一九七七年にハヤカワ文庫から岡部宏之訳が出た。同書は現在、電子書籍化されて入手しやすくなっている。

※20 半村良の傑作伝奇ＳＦ。一九七三年に早川書房から刊行された。その後、角川文庫や祥伝社文庫、集英社文庫でも再刊された。現在、電子書籍化されている。

※21 一九六五年に川口正吉訳が早川書房から刊行され、一九八四年に浅倉久志による新訳版がハヤカワ文庫から出版された。ディックの代表作。

※22 『英雄たちの朝』『暗殺のハムレット』『バッキンガムの光芒』の三部作。二〇一〇年に茂木健訳が創元推理文庫から出ている。

※23 英語圏における改変歴史小説と日本の架空戦記については、赤上裕幸『「もしもあの時」の社会学——歴史にｉｆがあったなら』（筑摩選書、二〇一八年）が詳しい。

※24 『アイオーン』『赤い星』ともに早川書房から刊行された。

※25　三豊「開拓〝驚異感〟的新資源――2019年度中国科幻創作綜述」（呉岩・三豊主編『擬人算法――2019中国科幻年選』北京理工大学出版社、二〇二〇年）参照。

※26　飯塚容・立原透耶「【対談】累計二〇〇〇万部超『三体』だけじゃない！　中国SF文学がなぜいま人気なのか」（『中央公論』二〇二〇・五）参照。

※27　小松左京には、ポツダム宣言受諾が遅れた日本を描いた傑作短篇「地には平和を」（一九六三年）や幕末と現代がタイムトンネルでつながってしまう「御先祖様万歳」（一九六三年）などがある。筒井康隆には、自身の先祖とされる戦国時代の武将を描いた『筒井順慶』（一九六九年）や日本史SF短篇十七作を収録した『時代小説――自選短篇集』（一九九四年）がある。半村良には『産霊山秘録』（一九七三年）や『戦国自衛隊』（一九七一年）などがある。光瀬龍には江戸初期の北町同心を主人公とする『寛永無明剣』（一九六九年）や日清戦争に敗れた日本を舞台とする『征東都督府』（一九七五年）などがある。

※28　梁清散「[散聊科幻] 晩清科幻之賈宝玉的潜水艇」（科幻星雲網：ウェブ、二〇一四年十一月六日）には、華語星雲賞の大会で再会した夏笳らと遊ぶことになり、皆で国家図書館に清末SFの調査に行ったことが楽しげに書かれている。

※29　武田雅哉・林久之『中国科学幻想文学館』上（大修館書店、二〇〇一年）五九頁参照。梁清散も「[散聊科幻] 晩清科幻之是周樹人不是魯迅」（科幻星雲網：ウェブ、二〇一四年十月十五日）というエッセイを書いている。

※30　数少ない事例として夏笳「我的名字叫孫尚香（私の名前は孫尚香）」（二〇〇九年）があげられる。主人公は三国時代の呉の孫権の妹であり、フェミニズムSFの要素がある。

訳者紹介（五十音順）

上原かおり（うえはら・かおり）

一九七三年（昭和48）生まれ。大学教員。翻訳に、顧均正「性転換」（『中国現代文学傑作セレクション』勉誠出版）、韓松「地下鉄の恐るべき変容」（『時のきざはし』新紀元社）ほか

――翻訳したい、邦訳が待たれる作家・作品は？

「天下覇唱《ティエンシアバーチャン》作品の邦訳を読んでみたいです。「鬼吹灯」シリーズ、「四神闘三妖」シリーズ、『賊猫』……」

大恵和実（おおえ・かずみ）編者

一九八一年（昭和56）生まれ。大学非常勤講師、中華ＳＦ愛好家。翻訳に、梁清散「済南の大凧」、呉霜「人骨笛」（以上『時のきざはし』新紀元社）がある

――翻訳したい、邦訳が待たれる作家・作品は？

「邦訳してほしい作家は山ほどいます。なかでも銀河賞・華語星雲賞の常連である阿缺《アーチュエ》と顧適《グーシー》、張冉《チャンラン》（灰色城邦シリーズ）はイチオシです。私自身は、今後も中国史ＳＦの紹介・翻訳に励む所存です。中国史ＳＦ短篇集の第二弾をすぐに組めるくらいまだまだ名作あります！」

大久保洋子（おおくぼ・ひろこ）

一九七二年（昭和47）生まれ。中国近現代文学研究者、翻訳家。翻訳に、江波「太陽に別

れを告げる日」、陸秋槎「ハインリヒ・バナールの文学的肖像」（以上『時のきざはし』新紀元社）、郁達夫「還郷記」、豊子愷「おたまじゃくし」（以上『中国現代散文傑作選1920－1940』勉誠出版）ほか

――**翻訳したい、邦訳が待たれる作家・作品は？**

「『時の祝福』の魯迅と同時代の作家・郁達夫《いくたつふ》（一八九六～一九四五）。日本に留学し、大正文学の香り漂う洒脱で退廃的な小説を書いて、民国の青年たちに熱狂的に愛されました。比較文学・文化的資料の宝庫でもある彼の全作品、詳細な注をつけて翻訳刊行するのが私の夢です」

立原透耶（たちはら・とうや）

一九六九年（昭和44）生まれ。大学教員、作家、翻訳家。訳書に『時のきざはし』（編纂、新紀元社）、劉慈欣『三体』（監修、早川書房）、『三体Ⅱ』（共訳、早川書房）、郝景芳『人之彼岸』（共訳、白水社）ほか

――**翻訳したい、邦訳が待たれる作家・作品は？**

「韓松《ハンソン》、王晋康《ワンジンカン》などを初めとして、中華圏のSFを翻訳したいです」

林 久之（はやし・ひさゆき）

一九四四年（昭和19）生まれ。翻訳家。著訳書に『中国科学幻想文学館』（共著、大修館書店）、金庸『雪山飛狐』『倚天屠龍記』（共訳含む、徳間書店）、『中国怪談集』（共訳、河出書房新社）ほか

――**翻訳したい、邦訳が待たれる作家・作品は？**

「SFだけじゃない、秘境冒険ものやホラーもあるぞー」

装幀　水戸部功

中国史《ちゅうごくし》SF短篇集《たんぺんしゅう》
移動迷宮《いどうめいきゅう》

二〇二一年六月二五日　初版発行

編　訳　大恵《おおえ》和実《かずみ》
訳　者　上原《うえはら》かおり／大久保洋子《おおくぼひろこ》
　　　　立原《たちはら》透耶《とうや》／林《はやし》　久之《ひさゆき》
発行者　松田陽三
発行所　中央公論新社
〒一〇〇-八一五二
東京都千代田区大手町一-七-一
電話　販売　〇三-五二九九-一七三〇
　　　編集　〇三-五二九九-一七四〇
URL http://www.chuko.co.jp/

ＤＴＰ　平面惑星
印　刷　大日本印刷
製　本　小泉製本

Published by CHUOKORON-SHINSHA, INC.
Printed in Japan　ISBN978-4-12-005443-3 C0097
定価はカバーに表示してあります。落丁本・乱丁本はお手数ですが小社販売部宛お送り下さい。送料小社負担にてお取り替えいたします。

好評既刊

レッドサンブラッククロス
I～III

佐藤大輔 著

第二次世界大戦で勝利したドイツ第三帝国は、カナダで抗戦を続ける英国を追い北米に侵攻。欧州を制圧した強大な軍事力による電撃攻勢と、史上初の反応弾攻撃で合衆国を崩壊させた。ここに、日英同盟対ドイツの第三次世界大戦が勃発！

単行本

新訳 メトロポリス

テア・フォン・ハルボウ 著
酒寄進一 訳

機械都市メトロポリスの崩壊は、ある女性ロボットの誕生に始まる。近代ドイツの黄金期を反映した耽美に満ちたSF世界が新訳で登場！　詳細な訳者注・解説を収録。〈推薦〉萩尾望都

中公文庫

作家たちの愚かしくも愛すべき中国

飯塚容 著訳
高行健／余華／閻連科 著

三人の作家たちの講演、日本の著名作家との対談、オリジナル・インタビューをとおして、世界的に高く評価されている中国文学の魅力と、中国の激動の現代史をリアルに伝える。高行健×大江健三郎、ノーベル賞作家対談を収録。

単行本

蛙《あ》鳴《めい》

莫言 著
吉田富夫 訳

神の手と敬われた産婦人科医の伯母は、「一人っ子政策」推進の責任者になるや、悪魔の手と怨嗟の的に。堕せば命と希望が消える、産めば世界が必ず飢える……莫言が現代中国の禁忌に挑む！

単行本

白檀の刑（上下）

莫言 著
吉田富夫 訳

膠州湾一帯を租借したドイツ人に妻子と隣人の命を奪われた孫丙は、復讐として鉄道敷設現場を襲撃する。哀切な猫腔の調べにのせて花開く壮大な歴史絵巻。

中公文庫

活きる

余華 著
飯塚容 訳

生と死、愛と別れ、時間の神秘。国共内戦や文革という激動の時代を生きた、ある家族の物語。世界で不動の地位を築く中国作家の代表作。

〈解説〉中島京子

中公文庫

1984年に生まれて

郝景芳 著
櫻庭ゆみ子 訳

ヒューゴー賞受賞作「折りたたみ北京」の郝景芳が描く〈中国×1984年〉。中国が歴史的転換点を迎えたこの年、父は出奔し、私は生まれた。激動の中国を背景に二人の運命が交錯する！

単行本